我是欧文太太

陈 谦 作品

陕西新华出版传媒集团
太白文艺出版社

图书在版编目（CIP）数据

我是欧文太太／（美）陈谦著. -- 3版. -- 西安：太白文艺出版社，2017.1（2023.2重印）
（中国文学新力量. 海外华文女作家）
ISBN 978-7-5513-1033-8

Ⅰ.①我… Ⅱ.①陈… Ⅲ.①中篇小说－小说集－美国－现代②短篇小说－小说集－美国－现代 Ⅳ.①I712.45

中国版本图书馆CIP数据核字(2016)第253760号

我是欧文太太
WOSHI OUWEN TAITAI

作　　者	陈　谦
责任编辑	姜　楠　胡世琳
整体设计	弋　舟　前程设计
出版发行	陕西新华出版传媒集团 太 白 文 艺 出 版 社
经　　销	新华书店
印　　刷	三河市嵩川印刷有限公司
开　　本	880mm×1230mm　1/32
字　　数	158千字
印　　张	6.625
插　　页	4
版　　次	2017年1月第1版
印　　次	2023年2月第2次印刷
书　　号	ISBN 978－7－5513－1033－8
定　　价	36.00元

版权所有　翻印必究
如有印装质量问题，可寄出版社印制部调换
联系电话：029-81206800
出版社地址：西安市曲江新区登高路1388号（邮编：710061）
营销中心电话：029-87277748

序言

"她们"的风景

何向阳

海外华文女作家,一直是海外华文文学创作中的一支劲旅。她们的文学实绩有目共睹,并已然完成了代际的承递,对于这一点,文学史自会忠实记载,无须我在此一一列举。而收入这套丛书的作者,只是无数有成就的"她们"中的五位。五位作家虽分布于北美或欧洲不同的国家和地区,领略与生身的中国有差异的文化背景,并在文化的差异中以智慧感悟着文化的融合与进步,且以文学的形式记录之,表达之。她们一方面在国外营造和寻找事业与生活的新的基点,一方面一直在语言的深层创造上保留着对于华语文学传统的深度认同。当然这认同已然不是封闭僵硬的,而是融汇了不同文化之后创造出的新质地的华文文学。

有一种说法,海外华文女作家的成熟作品大都写于中年之后,原因在于生存的问题——解决之后,对于精神的思索开始提上日程,并随着经历的丰富而渐入佳境。而回望个体生命的过程,同时更是用写作这种方式建立与祖国家园的精神联系的过程。所以这套

"文丛"所收的海外女作家虽在文学上的起步有的并不算早，而大多在年龄上也不再年轻，其中有的是早年在国内发表作品很多，时隔多年才又重拾创作。看似应可纳入文学新力量的行列，其实这是符合写作金律的。这里的"新"，不过是对一种力量的确认。实际上，海外女作家近年的文学表现岂止不俗，她们对于人、人生与人性的沉思不仅深入，而且也为我们提供了不同于国内女作家观察与写作的独异的角度，这种不同经验与艺术的补充，对于文学的整体创造而言，弥足珍贵。

五位女作家虽居地各不同，但收入"文丛"的这些中短篇小说有一个共同点，也是她们的写作所呈现出的特点，就是大多写中国人，尤其是中国女性在海外的生活、工作、心理、情感（周洁茹除外）。她们的作品具有女性特有的细腻温婉，而在女性视角之上的眼界之开阔，使得作品在中西方文化的对比与碰撞中，在对于不同文化的观察与体悟上，显出一定的优势。

比如，陈谦近年的作品之所以引人瞩目，不仅在她的叙事呈现出的细致温婉的风貌，更在其作品中深蕴的生命体验与人性思考。而《繁枝》《莲露》等对于女性内心的开掘与探索，极其深入，而且创造了我称之为"繁枝体"的叙事方式，艺术上的层层脱剥，使得被岁月层层包裹的内心一点点地袒露明亮起来。她的两部作品均进入我的年度中篇作品综述，打动我的不仅是其对故国家园往事细致耐心的打捞和梳理，对人性中最幽微最真实的反映与讲述，更是她对于女性命运洞若观火且又悲悯有加的关注与体恤。

方丽娜对于女性的关切，多集中在对于跨国婚恋中的女性的情感成长与人格历练的探索上，其《处女的冬季》探讨置身于两种不同文化中女性的疑惑与迷茫。讲述生机勃勃又嗓门亮丽，其语风泼辣，每每切中要害。在旖旎迷人的风景、引人入胜的故事里传达出富有意味的人生主旨，在看似悲伤的结局中见出人间的温暖和坚定的希望。作品传达出的令人欣喜的强劲力量不仅使之在短时间完成了从非虚构文学到虚构文学的华丽转身，而且也一直是这位一手散文一手小说的作家追求的艺术之境。

王芫的作品看似中规中矩，略显坚硬与冷静。比如《路线图》，于平稳的叙述中呈现出的是不同文化背景下三代女性的成长，母亲的迁就与无奈，做女儿的坚忍与脆弱，自己女儿的单纯与刚强，都于不动声色的叙述中一一呈现。作品在描写女性或可于不同人生阶段所具有的核心性格与品格的同时，也流露出作家身为女性的温情和仁慈。其作品中对于"来路"的人生瞭望引人深思，在真诚中显现出的宽厚而稳定的底色，或来源于她在国内早就开始的文学历练。与王芫近年的一再"出走"不同，周洁茹走的是一条"回归"之路，她的这些小说没有将笔力放在书写海外生活上面，而是将触角探向小城人物的内心哀伤。《到香港去》，在她倾心于一个个"点"的"地理"叙述中，过往故乡的细碎与迷惘，都市格子楼的拥挤与窘迫，生活的无情挤压与撕裂，生存的伤痛、无奈与不甘，在她日常琐碎的书写与才情出众的文笔下，营造出特异的语境，散发出别样的魅力。两位女作家的写作"路线"虽有不同，但使这些似乎无法言说的平凡之事跳动着的疼痛感觉，都显现出她们不凡的文字之功。

最后我们说说曾晓文，这是一个作品中更多一些母性的温厚与女性的耐心，并无强化女性对于情感过多依赖的作家。她的眼光更为开阔的部分，使得她的叙述节奏获得了难得的速度，而在小说结构上的用心也见出某种艺术追求的成熟。比如《重瓣女人花》，写不孕女性的婚恋、心理与命运，开端则从案件入手，颇有个性。而这部小说娓娓道来式的"重瓣"结构也颇可圈可点，她甚至将海外男性的心理变化也放在这次第开放的"重瓣"结构中加以剖析解读，叙述人的冷峻让人注目。这是一位关注点从女性出发而更致力于社会文化与心理层面的作家，由此她探索的更广阔的界面，往往盛得下更悲悯的情怀，其延展到女性领域之外的诸多思考，也同时表达了海外当代女作家对于人与自我探索的同时对于人与社会、人与自然关系的关注，而这一点或可视为女性作家越过自身性别关心之外创作的一种进步。

祝贺她们，同时也祝贺那些不断加入进来的新人。正是她们，跨越不同文化背景、解说不同文化内涵的写作，在这个文化不断融合而写作又需保持独特性的时代，成就了文学的新的力量，同时也带来了文学的新的风景。

我相信，这风景才刚刚展开，而由"她们"带来的更美的景色还深藏在她们未来持续的强有力的写作之中。

为此，我们充满期待。

2016 年 10 月 6 日　北京

（何向阳，女，诗人，学者。出版诗集《青衿》《刹那》，散文集《思远道》，长篇散文《自巴颜喀拉》《镜中水未逝》，理论集《夏娃备案》《立虹为记》《彼岸》，专著《人格论》等。获鲁迅文学奖，冯牧文学奖，庄重文文学奖。现为中国作家协会创研部主任。）

目录

1/繁枝

109/我是欧文太太

123/莲露

187/麒麟儿

199/后记　小说存活下去的理由

繁枝

繁枝

1

就是它吗？——立蕙轻声说着，半蹲下身，去看珑珑搁在家庭起居室中间的硬纸板。灯好亮，太亮了——她在心里说，下意识地转过头去，扫了一眼墙角的立灯。智健和她并没有目光的交汇，却在她从光源收回目光的瞬间站起身来，走过去拧了拧灯杆上的开关。阔大的起居间立刻染上一层轻柔的橘光，沙发边龟背竹阔大的叶子呈出金色调的蜡亮，乳白色地毯与纸板交叠出的边界变得模糊，在脚下浮出一片浅淡的暖烟色。立蕙的目光迅速聚焦，柔和地落到纸板上。

这是一块从沃尔玛买来的学生专用课业项目展示板。长方形的主页旁有两个可折叠的副翼，合起来小巧轻便，易于孩子们拎着出入、上车下车，待到课堂上再展开，进行讲解答辩。

十一岁的珑珑趴在地毯上，手压在纸板副翼两端，扭过头来看着立蕙叫："准备好了？好了吗？"他还没变声，脆嫩的嗓音带着丝微的奶香气，扑哧而出，让长长的睫毛看着更翘了。立蕙摸摸他那滚圆的大脑袋，微笑着柔声说："我好了！"智健也坐下来，抱着双膝，故作郑重地说："小伙子，来吧！"珑珑不响，翻身坐起，敏捷地将折合着的两片副翼同时掀开，往两旁一摊，在智健带着夸张的"哇"里，展示板的内页袒露在柔和的灯光下。

立蕙第一眼看到的是顶行的深棕色花体字串：My Family Tree（我的家庭树）。珑珑写下的这些字有点大小不齐，带着毛边，看上去稚气未脱，跟他那一口脆脆的嗓音很是相配。

这是小学六年级学生珑珑的生命科学课最新课程项目：让孩子们写一篇文章介绍自己的家庭组成和来历，并以此为题做课堂演讲。立蕙明白，在美国这样一个以刻在国玺上的拉丁国训"Epluribus unum（合众为一）"为自我标识的移民国度里，"我从哪来"这类问号总是如影随人。他们相信，这"哪里"是生物和文化的双重基因，你只有扶牢这个浮标，才不致在各种文化合流而成的繁杂海面上沉没。但忽然看到珑珑这个年纪的孩子，竟已开始对自我身份进行如此郑重其事的有意识寻找，她还是有点意外。

版面上部的空间被淡淡的果绿色覆满，那是大小不一的叶子，每一张都腆着圆润的肚子，却在叶尖陡然收回，看上去像一粒粒饱满的南瓜子儿，带着盎然的喜气。那些嫩绿虽被利索地涂出，却有着微妙的深浅变化。中间隐约呈"Y"型的粗壮深棕树干露出强劲的根须。后面不远处，是一道呈大波形起伏的双杠白色栏杆。栏杆外边远处，是浅绿的小小山丘。树根附近立着一排茂密的青草。展板左右两边是一圈淡淡的咖啡色，一直绕到栏杆下边。整个画面的构图干净利索，带着天然稚气。立蕙笑起来，说："好漂亮的一棵树啊！比我想象的好多了！"智健朝珑珑抬抬下巴："我没说错吧，妈咪会喜欢的！"珑珑憨厚地朝立蕙笑起来，露出一口孔雀蓝色调的牙箍,很有点超现实。

"嗯,它现在还只是一棵树,但马上就要成为我们的家庭树了!"珑珑说着,从展板底下抽出一个透明塑胶大文件袋,往地毯上一倒,滚出一小瓶透明胶水,几只彩色水笔,一沓纸片。"闭上眼睛!"他兴奋地叫,伸出手来捂住立蕙的眼睛。

立蕙闭上眼睛,屏住气。只听得几声"啪,啪,啪"的轻响,再一看,那棵茁壮树上已经跳出几只浓艳的果实。她凑上前去,看到在茂盛的树叶丛中,一左一右对称的树干上,端正地贴了两张4×6英寸的彩色照片,分别是智健和立蕙父母的合影。两对四位老人的性格,在这两张照片里表现得相当突出。她想这该是智健帮着从相册里仔细挑选出来的。智健那曾为矿冶专家的父母,当年双双留学莫斯科大学。在照片中,智健父亲穿着蓝白大格子的衬衫,戴着太阳镜的母亲穿着红白细格、领口带着白色小卷边的衬衫,一前一后相拥而立,带着中国同龄人少有的开朗和亲密。他们在镜头前几乎是在大笑,引得立蕙想起智健母亲拉着手风琴,智健父亲刹不住车高歌苏联歌曲的情形,不禁微笑。这照片是那年夏天在优胜美地国家公园拍的,背景里的半圆石峰清晰可辨。如今两老常住广州天河,年近八十还经常四海神游。

立蕙父母的照片则是在大峡谷拍的。立蕙的父亲戴着一顶棒球帽,深色的衬衫,神情安详。立蕙母亲淡淡地笑着。两位头发花白的老人比肩而立,看上去不特别亲密却默契相依。立蕙年逾八旬的父亲如今已基本失忆。多年来,立蕙一直在劝说母亲携父亲移民来美,以便自己可以分担母亲的重负。母亲却从不松口,和住家保姆一块儿在广州家里照顾着立蕙父亲。立蕙明白这是母亲怕连累女儿全家,只得隔洋牵挂。她近年来只要有假,就直奔广州探望。此时再看到自己父母十年前的照片,立蕙感到有些陌生。她凑近去看父亲的眼睛。那是认得她的眼神，里面有着他们父女彼此能懂的深意。如今他已经认不得立蕙了。他都握着她的手反复说，他有个很优秀的宝贝女儿，长大后去了很远的地方，他非常想念她。每到这时，立蕙就会将手安静地搁到父亲的手里，听他唠叨。偶尔不甘地说，我就是你女儿啊！父亲会天真地笑起来，说，我女儿叫立蕙，比你要漂亮些。想到这些，立蕙将右手食指和中指并拢，伸过去在照片中父亲的脸上轻轻划过。竟觉到指尖有点热，赶紧缩回。

　　树干的中央，在比父母们的照片稍低些的位置上，端正地贴着立蕙和智健的合影。那是硅谷全盛时期，他们在当时智健供职的国家半导体公司的圣诞派对上拍的合影。照片中的立蕙一袭深紫色正式晚装，胸前装饰的珠片在镁光灯下闪闪发亮，肩上一条浅紫色调的薄羊绒披巾，头发用发胶牢牢地固定了。立蕙这时好像才想起来，自己那时还留着长发。一双同色调的长坠耳环，让当年格外瘦削的立蕙看上去下巴更尖了。她的眉眼都认真描过，再着了彩影，让眼神显出些许雾气。抹着深紫红唇膏的嘴角轻抿，令一脸矜持的笑意带上了隐约的幽怨。一脸阳光的智健着深色洋装，打一条花色活泼的领带，体贴地微斜了身子靠向立蕙，由衷地笑着迎向快门。他们坐在一张铺着大红桌布的餐台前，面前盛着红酒的高脚酒杯晶莹清亮，雪白的盘盏刀叉在圣诞红和蜡烛的陪衬下，繁美华丽。立蕙喜欢这张照片，那是她做母亲前的最后一个圣诞，也是硅谷互联网泡沫破灭前的最后一个圣诞。

　　立蕙顺着大树的枝干看向树根底部，发现那些茁壮挺拔的青草现在被牵着一匹小马的珑珑遮掉了大半。照片中的珑珑身穿牛仔服，颈上围着大红白碎花的三角布巾，配着头上黑色的牛仔帽，看上去神气活现。立蕙一边寻着说词要表扬珑珑，一边快速地上下看了看眼前这棵大树，往后偏开身子，明显感觉到叶干间果实的稀零冷清，脱口而出的竟是自语般的轻问："就这些了吗？"

"是啊，如果我是爹地那就不一样了！他有四个兄弟姐妹呢！"珑珑乖巧地接上一句。没等立蕙张口，他又说："我们班上的同学，总有一两个兄弟姐妹可以充充数的，很多还地上坐一溜呢。""那有啥？"智健打断他，"我们公司里的阿拉伯同事，家里十几二十个兄弟姐妹的大把；越南同事家里也是，十个八个兄弟姐妹的不在少数。你若嫌少，那将你跟靓妹的照片贴上去？"——靓妹是珑珑心爱的猫咪的名字。"爹地！这又不是汽车的后车窗，你爱画啥就画啥。这是家庭树！是严肃的事情！"珑珑扭着脑袋，对着智健嗲怪起来。

"哈哈，逗你的。"智健说着，搂了搂珑珑的肩。珑珑笑起来，抽出一支彩笔，趴上前去，在自己的照片下飞快地写下英文全名：Longlong Fu，DOB（生日缩写）：09-24-00。他毫不停顿地又在立蕙和智健的照片下写出：Lihui & Zhijian Fu。看着自己的名字被珑珑如此轻松地写下，立蕙有些回不过神来。她喜欢护照上自己的全名：Lihui Yan Fu。和智健在美国登记结婚时，立蕙选择了入乡随俗，改随夫姓。"傅严立蕙"这四个字，将她的来龙去脉表达得如此精准：严家的女儿，傅家的媳妇。现在看到自己的本姓被珑珑轻巧地抽去，立蕙心下生出些微的不适。虽然在日常里，几乎所有人的中间名字都会被省略，但这个夜里，看到自己被这样挂到家庭树上，一种来路不明的感觉，仿若一根小小的刺，从指甲尖轻轻刺入。

"妈咪！"珑珑轻叫着，推了立蕙一下。他握着笔，有点犹豫地说："祖父母们……？"智健在一旁点头笑说："你写，你是中文学校五年级学生啊，拼音比赛还拿奖的，肯定行。奶奶徐丽文，爷爷傅奇章。"珑珑果然就有些犹豫，扯过一张纸，在上面将拼音写出，递给智健。立蕙凑近去看，发现他还是在"Q"之后加了

"U"——这是将英文拼写的硬道理又套到拼音里来了。再一看,他还将奶奶的"Xu"姓写成了"Su"。立蕙微笑着帮他改正,再由他誊到祖父母的照片下。"妈咪,外公外婆的名字你就帮我写了吧。"珑珑叫着。立蕙不响,从他手里接过笔,弯下腰趴近纸板,写下父母名字"严明全、刘洁清"的拼音,朝珑珑说:"看到吗?这里面有两处'Q',外公的'全','Q'后面要跟'U'的。""我知道了。"珑珑打断她。立蕙直起腰来,轻轻搂了搂珑珑的肩,忽然听得珑珑问:"在中国,人们结婚了,妻子是不改随夫姓的,对吧?"立蕙说:"嗯,如今的中国是这样的。""那你原来是姓,嗯,那你原来姓燕,很好听!"珑珑得意地点点头。"是严,第二声!"智健纠正他。珑珑将笔搁下,说:"可惜找不到严家和傅家曾祖辈的照片了,要不我们的家庭树可以多一层果实。"没等立蕙和智健反应过来,珑珑又问:"哦,你们见过你们的祖父母吗?"立蕙和智健对视一眼。智健说:"我见过我的爷爷奶奶和外婆,外公去世早,没见过。可惜我没有他们的合影。"立蕙顺着轻声应道:"我也没有。"珑珑耸耸肩,说:"移民家庭都这样,没关系的。从这棵树已经可以清楚地看出我们的血液是如何汇流的。"立蕙心下一声"咯噔",赶紧说:"做得真好!祝贺你了,折起来收好了,早点睡觉去吧。"她边说边起身离去。"珑珑你听见了吗?明天要早起上学呢!"智健的声音在身后轻淡地停在最后一个字时,立蕙已经坐到了书房的转椅上。

她没开灯,眼前却立着那棵嫩绿的家庭树,枝繁叶茂却果实零星。如果不是珑珑最后那句话,她都不曾面对过这样一幅清晰的家庭图谱:树上的每一位长辈,都是流向珑珑血液管道上的阀门。这个意象让她不安。她知道,智健也明白,珑珑画出的那条渠道,实际是流不通的。

— 6 —

从窗外和过道上折进的微光在宽大的空间里叠交着,勾出墙边书柜模糊的边界,将它变出虚幻的高大。立蕙转过身,面对着沿墙而立的那排书柜。她愿意告诉珑珑,她是见过祖母的。

她记不清祖母的脸相了,却记得那上面密密麻麻的皱纹。稀疏雪白的头发在脑后结实地扎成一个小小的髻,总是穿着盘扣简约的深色中式布衫,冬厚夏薄。瘦小单薄的身子因着一双小脚,总是颤颤巍巍。那是立蕙见过的唯一小脚女子。老人那时只是锦茗、锦芯兄妹的奶奶。立蕙听大人们说过,别看这老太太如今低眉顺目的,旧时可是桂林城里大药堂主家里管事的少奶奶。立蕙有时去找同学,走过锦芯他们在院里西区的宿舍楼,看到老太太就赶紧远远绕开。她相信这穿着怪异的小脚老太当年就是《白毛女》里黄世仁母亲的样子,动不动拔出脑后的发钗给人戳上一下。立蕙偶尔听那奶奶开口说话,是她完全听不懂的客家口音。

锦芯的奶奶活到九十五岁高龄,寿终正寝——是寒露天里在睡梦中离世的,走得很安详——这个消息是立蕙生物学意义上的父亲——中国人说的生父,在她十九岁那年不远千里寻来,在广州暨南大学的校园里告诉她的。立蕙那时已是暨南大学物理系二年级学生。她十二岁那年随父母离开南宁,来到广州后,就再也没见过这位她称为"何叔叔"的男人。他一度曾是她眼中心里巨大的问号。

她在去食堂吃午餐的路上被何叔叔拦下。何叔叔的到来,将那个几乎要被她遗忘的问号,突然戳到眼前。那个问号在她十一岁那年平地而起:她发现自己确实和他长得太像了,比锦芯和锦茗都更像他的孩子。他真是她的爸爸吗?是吗?

这个问号在她刚满十一岁的初夏从天而降——立蕙在南宁西郊农科院小卖部的台阶下被几个男孩围住。其中两个大点儿的男孩上前拉住她。他们嬉笑着问:小靓女,快点讲,你爸是谁?立蕙扭着身子试图挣脱他们的手臂,却被他们扯紧了脑后的小辫,疼得她尖细的声音带上了哭腔:"我爸是严明全。"她的应答引来一片哄笑,连台阶尽头黑洞洞的小卖部里的大人们也跟着笑了起来。她惊异地睁着双眼,再说了一遍:"我爸是辐射育种室的严明全。"笑声忽然稀疏了。大男孩们松开她的辫子,还不肯放开她的手臂,低声说:"说你爸是何骏,叫何骏!"立蕙惊异地张大眼睛,抬头看着他们。其中的一个男孩用力捏了一把她的手臂。立蕙不依,他们来夺她手里的酱油瓶子,一边表情诡异地说:"你姐也在打酱油呢,你们家要喝多少酱油?"店里又传来人们的哄笑。立蕙握牢手里的酱油瓶,低了身子忍着不作声。这时,她感到本来钳制着她一双细臂的手松开了。顺着男孩们的目光朝台阶上端看去,个子高出立蕙大半个头的锦芯,双手握一只装满酱油的瓶子,站在五六级台阶上的小卖部门口,安静地盯着立蕙身后的两个大男孩。

　　锦芯那时已是南宁二中初二年级学生。如果不是周末,已经很难在农科院里见到她了。五岁就能穿解放鞋顶脚尖跳小白毛女,过去一直在学校文艺宣传队当台柱子,还到市业余体校练过体操的锦芯,去年在"文革"后市里举行的第一届中学生作文比赛中拿下初中组第一名,同时获化学竞赛二等奖。在市中心朝阳广场召开的颁奖大会上,锦芯作为获奖者代表,在几千人面前从容地念完了演讲稿——那时还不叫获奖感言,又到电台录了音。她那凭语文功底说出的普通话听起来中规中矩。农作物栽培专家何骏家那自幼漂亮出众的女儿,果然像小报上形容影星歌星说的那样:华丽转身,成了农科院和西郊片,甚至市里中学生眼里品学兼优的明星学生。就是从小一起长大的孩子们,再谈到她的种种旧事,都有了点对证传奇的意思了。连大人们提起她来,表情也相当复杂。

　　立蕙没想到,锦芯开口说的竟是:"你们再耍贱,小心我砸烂你们的狗头！"锦芯声音不高，但很冷，南地罕见的字正腔圆的普通话，带出不动声色的坚硬。男孩们应声四散，这也是立蕙不曾预料的。后来她想，这些捣蛋鬼若不以此极端的方式引起锦芯的注意，锦芯怕是不会正眼看他们一下。

店里也没了声响。立蕙和锦芯分别立在台阶的上下端，互相对看着。锦芯的肤色很白，抽条了的身形更加修长。上身是白底粉红细密小格子图案的套头短袖衫，领口和袖边都镶着白色的荷叶边，下身是一条短短的白色 A 字布裙，脚上穿一双平底白凉鞋，看上去活泼又雅致。长长的头发在脑后扎把高高的马尾，额头光洁阔长。那种南方不常见的鹅蛋脸形上，五官的线条非常清晰。浅瑰红的嘴唇线条却又非常南方的饱满。早年这大概是她的弱项，如今时尚一变，它又成了最时尚的样式。

店门前高大桉树的浓密枝叶倒映在锦芯的脸上，让她一双圆黑的大眼显得深不可测。立蕙想象自己握着空空的酱油瓶，头上刚被扯乱的两条小辫，脚下一双人字拖鞋的样子在锦芯眼里会有多么不堪！她拘谨得并拢了双腿，在台阶下迎着锦芯对自己的专注俯视。锦芯过去在子弟学校里只跟宣传队里那些眼睛长在头顶的小靓女们玩。她们非常抱团，一起早起压腿练功，下午一起排练，夜里不时跟着院里大人们的宣传队坐车去四处演出，生活在自己的小王国里。立蕙这样安静羞怯的女孩，哪里进得了锦芯的视界。锦芯转型成了学习尖子后，不久就考到重点中学南宁二中去了。她哪里有过机会跟锦芯如此近距离接触。在立蕙的眼里，锦芯提着一瓶满满的酱油的姿态，竟是那样高不可攀！她心里感激锦芯肯为自己喝走那些男孩，却说不出话来。

锦芯盯着立蕙看了一会儿，然后转身急步走下台阶，头也不回就离开了。立蕙看着锦芯越走越急的身影，有点回不过神来，待走上台阶再一次回头望去，看到已拐到池塘边小道上的锦芯小跑起来。十岁的立蕙忽然意识到，那肯定跟他们说的"说你爸是何骏，叫何骏"大有关系。难道那何骏说的就是锦芯爸爸吗？

立蕙在午餐时分将这件事告诉了母亲。年近四十的母亲是院里微生物实验室的副主任，中等个子，眉眼不很突出，看上去却带着让人心定的机灵气，说话做事眼到手到。母亲业余爱好裁剪车缝，在院里是出了名的，常有同事朋友送来的布料堆在家里那台蜜蜂牌缝纫机上，排着队等她帮着缝制成衣。母亲身上总是穿着自己亲手缝制的衣裳，腰总是收得很妥帖，让她丰腴的身形看上去玲珑有致。立蕙特别喜欢被母亲轻轻搂住时那种松软温热的感觉。母亲那时也赶时髦烫了个短发，每天夜里都小心用发卷卷好，早晨再在额前脑后吹出几个大波浪。

刚从微生物实验室里回来的母亲本来在喝粥，听立蕙一说，碗搁在嘴边，好一会儿都没有动作。他们是什么意思？立蕙追上一句。母亲将碗放下，说："那些调皮捣蛋的小鬼，你管他们说什么！"母亲说着，侧过身子来帮她整理凌乱的头发，一边说："你都十一岁了，好好一个眉清目秀的妹仔，不要头发乱糟糟就到处乱跑。"立蕙咕哝着说："是他们扯乱的。"随即低了头由着母亲帮她整理。母亲的手停下来，声音有些尖起来，问："他们动手了？都是哪家的鬼崽？"立蕙还在自己的圈子里绕不出来，没答母亲的话，又问："为什么他们说我爸爸是何骏，又说锦芯是我姐姐？"母亲问："锦芯好大了吧？"立蕙说："是啊，她好好看噢，更好看了。"立蕙一个短暂的停顿，问："她爸爸是叫何骏吗？"母亲的脸色立刻就暗了，轻声说："是啊！"随即站起身，收拾起盘碗。立蕙看着母亲，又说："我觉得锦芯都给气哭了。"母亲盯了她一眼，眼神有些游离，没有说话，转身出了门。

立蕙家住在一里一外两间直套的宿舍楼里，用厨房和卫生间要走出门，走到走廊的对面去。那是 20 世纪 70 年代这里最流行的户型。长长的走廊是公用的，邻里们出出入入烧饭做菜洗衣刷碗都会在走廊上碰着，非常热闹。立蕙住在外间，家里的小饭桌就搁在靠走廊的窗子下，父母住在稍大的里间，那里出去有个小小的阳台。他们住在五楼，从阳台看出去，近处是农科院大片的果园，再远处是实验田，种满稻子和甘蔗之类，还能看到鱼塘。院里的办公楼、实验楼夹在深浅不一的绿色中，还能看到南宁西郊连片的丘陵山脉。

立蕙出门上卫生间回来时，探头看到母亲在里间床上起伏急切的背影。母亲脑后的大波浪完全塌落了，像卷在淡蓝色枕巾上的一团墨。立蕙赶紧缩回脑袋。母亲哭了。她在自己小床的竹席上翻来侧去，难过地想，有点后悔跟母亲提起那些孩子间的小事。却又有些不明白，这小小的事情怎么会让锦芯好像也哭了？

午睡起来时，母亲将她唤进里屋，看着她的眼睛说："答应妈妈，你中午讲的那些事情，不要在爸爸面前提起。"见立蕙不响，母亲蹲下来，立蕙看清楚了母亲微微肿起的眼睛，身子就有些僵住。母亲抓牢她的双臂，再一次说："你听见了吗？今天在小卖部发生的事情，不要跟你爸讲。"立蕙嗫嚅着："我不讲，我不会讲。"见母亲的手松脱了，她忍不住小声问："为什么不能讲？"母亲站起身来，想了想，说："你觉得你爸他听了会高兴吗？"立蕙赶紧摇头。母亲伸过手来，轻轻抚过她的下巴，说："他会很难过的。"立蕙看到了母亲眼角新鲜红艳的血丝，明白了事态的严重。虽然她被男孩子欺负了，心里也难过，但她不明白为什么这件事会让母亲和锦芯都那么难过。母亲还这么肯定它也会让爸爸很难过。"你不愿意让你爸难过的，对吧？"立蕙点头。母亲搂住她的肩，柔声说："真是妈妈的乖女。"

在院里大路上再见到锦芯的爸爸何叔叔，立蕙有了心慌的感觉。她发现自己确实跟这位何叔叔长得很像，甚至太像了，比锦芯和她的哥哥锦茗都更像是何叔叔的孩子。她自己那小巧的鼻头，笑起来猫咪一样乖巧上翘的细长眼形，直接就是何叔叔的翻版，让她只要想到他，连笑容都要敛住。锦芯的眉毛是神气扬起的，而她自己的，跟何叔叔一样，是很少见的那种弯形的。还有自己偏深的肤色，甚至走路时偏碎的步态，都跟何叔叔极像。这个发现让立蕙非常紧张，再远远看到何叔叔骑着车子过来，她若是自己一人时，就赶紧闪躲到树下或冬青后面藏起来。若和小伙伴们一块儿，她就急忙钻到她们中间。但她有时又忍不住要远远地偷看何叔叔。看着看着，就有点儿恍惚起来，依稀想起很小的时候，好像曾由母亲领着，在果园深处的沟渠边和何叔叔领来的锦芯玩过，她甚至想起锦芯穿的是一双橘黄的雨鞋，但那天却像是晴天。立蕙不敢肯定那是记忆还是幻想，心下就更害怕了。

不久，立蕙在广西话剧团恢复排演的话剧《雷雨》和同学中传借的小说《红与黑》里，知道了"私生子"这个词。在一知半解的朦胧间，立蕙对母亲那天中午泪水里的深意生出猜疑，她不敢往深里想，整个人好像一下就闷掉了。再走出家门去，见人就想躲闪，下学后也总是快快回家，不再到处找同学疯玩。

到了这时，立蕙开始听到母亲在家里频繁地跟父亲提说调动的事情。母亲给邻近的广东省里各处同学发了很多信，寻求接收单位。那时已经是1977年，报纸和电视上、广播及收音机里到处在讲十年浩劫过去了，百废待兴，前途一片大好，生活有无穷的可能。具体到家里，就是父母也起念想要调往已经非常开放热闹的广州去。

立蕙的母亲在"大跃进"年代戴着大红花，被敲锣打鼓欢送去广州的华南农学院读书，毕业后又分回家乡广西。到农科院工作后,碰到了年长她十岁的立蕙的父亲。父亲是母亲华南农学院的学长、马来西亚归侨。父亲后来告诉立蕙,新中国成立初期,东南亚的华侨听说故乡人人都将分得土地,很多家庭急忙将孩子送回国来,以期能在故乡拥有片土,以便将来叶落归根。立蕙父亲是吉隆坡华人小商家的长子,中学毕业后就在家里的小杂货铺帮工,被父母挑出送回故乡广东开平接受传说中将到手的土地。没想到船一靠岸,就被政府送往华侨补习学校,第二年作为侨生参加考试,送入大学学习,毕业后分配到广西。

这对年纪相差不小的校友在农科院一见如故,很快就恋爱成婚,却在婚后多年才生下立蕙这个唯一的孩子。立蕙成了那个年代罕见的独生子女。大家说起"含在口里怕化了,捧在手心怕飞了",都会说:"那就是说的严老师家的蕙蕙了。"立蕙从小到大,每天早上都由父亲或母亲亲自送到教室门口。更出名的是,每逢突降暴雨的天气,整个学校几乎只有立蕙是由爸爸打了伞亲自来接。接到了,一定是披好雨衣,由父亲背到背上,涉水而去。如果父亲出差了,必有母亲来接。而别家的孩子若不愿冒雨离去的话,放了学也得在教室里耗到天放晴了才能回家。

广州的老同学们很快传来消息,说本市的仲恺农校因有升格成为本科院校的计划,眼下正在大规模招兵买马。立蕙的父母就开始定向联系。他们借着出差开会,分别跑了几趟广州。来来去去的,到了立蕙将满十二岁那年的暑假,终于办通了调往广州所需的各项手续,立刻着手打包搬迁。这个调动消息似乎让院里的同事们感到非常意外,来送行的人们都说:"你们夫妇都是各自专业里的科研骨干,又双双破格提了副高职称,在这里样样得心应手,出差开会也是想去哪儿都可以,广州虽然好,但毕竟去的是个中等专科农校,多少屈才了。"立蕙母亲淡淡笑了说:"小孩大了,广州那样的大城市，对她的未来发展会比较好。"大家转眼去看立蕙，忽然就不吱声了。

立蕙心下是不大愿意走的。她和同学们从小就在院里的、托儿所幼儿园同班，一路到附小，将来到附中都会是同学。她如今虽然跟她们玩得越来越少了，可毕竟样样都是熟悉的，这一下去得那么远，完全陌生的环境，心里很是害怕。可是这哪里由得了她，连父亲都做不了主。何况母亲说了，那是为了她的未来。再说，她就要去一个没有何叔叔、没有锦芯他们的城市了，这让她有些高兴起来。

离开南宁那天，家里全部腾空了。立蕙母亲去总务处办最后的手续，留下父亲带着立蕙在空荡荡的房里做最后打扫。他们将剩下的杂物倒掉后，父女坐到阳台上休息。立蕙一杯水还没喝完，就看到母亲戴着草帽的身影远远地从芒果树交蔽的马路上冒出，时隐时现，慢慢移近。穿着背心，拿着毛巾在擦汗的父亲几乎同时看到了母亲。他叹了一口很长的气。立蕙不知为什么，突然感到心里很难过，一下就哭了起来，说："爸爸，我好怕，我不想去广州！"爸爸蹲下来。她看到了他浓黑的眉毛下，那双黝黑的眼睛里闪烁的泪光。爸爸握住她的手臂，轻轻摇了摇，说："爸爸也不想去，但爸爸是很爱你的。"她看到爸爸侧过头去取下眼镜，揩了揩眼睛。她上前抱住他的腰哭出了声。她一直都知道爸爸是爱她的，却在很久很久之后，才明白那天话里的意思是什么。

在何叔叔寻到暨大校园里的那个早春，十九岁的立蕙已经明白，何叔叔不仅仅是锦芯的爸爸，这让她对父母当年将她带到广州来的决定生出前所未有的感激。她在这个庞杂浩大的城市里无声无息地安全生长。广州跟南宁一样，到处可见芒果树和冬青墙，不同的是，这里再没有人让她撞到时要躲到它们的阴影里。好长时间，她为了这样美好的解脱，总是忍不住要去扯几张芒果树的叶子。那断枝处流出的黏浆在她的指尖拉扯出细细几条长丝，确认了那解脱带来的欢喜。立蕙升学时，考进全省重点中学华南师大附中当住校生，只有在周末才坐车回到珠江南岸的家中，连邻居都不认识。用了一两年的工夫，她在学校里有了新的朋友圈。

何叔叔在1986年初夏的广州突然出现。立蕙像广州城里的年轻女孩那样，穿着高第街上买来的港澳风情的亮闪闪的套裙，一口广州口音的粤语，完全甩脱了南宁白话那些粗咧的尾音。她像身边的同龄人一样，在蒙蒙的清晨早起背英文单词，心下已确认自己的未来是在大洋彼岸。何叔叔等在她去往食堂的道上，由着同学将她领到自己面前。他穿着一件半旧的白色的确良短袖衬衫，里面的背心清晰可见。一条灰色的确良长裤，手里拎着一只黑色人造革提包，脚下是双深棕色的泡沫塑胶凉鞋。在这个男士流行穿各式花哨衬衫、时髦T恤的城市，何叔叔的这身打扮，就像出入城里火车站的那些来广州淘金的外地人。他看上去比过去略胖了些，头发明显花白了，胡子剃得很干净，但看得出那些微微露出的末梢已染白，腰板也不像过去那样挺拔。立蕙觉到些许心酸。她在正午的阳光下靠近了看他，心下一阵惊慌。开始变老的何叔叔，四下豁开的边，让真相的核心显现：她是越来越像他了。立蕙扯紧了书包带子，双脚并拢。她觉得她随时都可能哭出来，赶紧咬紧嘴唇，整个心思都在对付胸腔里那缓慢上涌的酸楚。

何叔叔说的第一句话是："你都长这么大了？"立蕙直直地看着他，微微挪了挪脚。"你还认识我吧？"她没响。何叔叔很轻地叹口气，说："我是锦芯的爸爸。我出差来暨大开会，听说你在这里上学，锦芯让我来看看你。"十九岁的大二女生立蕙听懂了这里面的逻辑。那心酸已经到了喉管里。她轻声回着："谢谢你们。"何叔叔接着说："变化太大了，你看，锦芯的奶奶都去世了。"立蕙"哦"

了一声，她觉得她该安慰他，却不知说什么。何叔叔低下头，从包里掏出个牛皮纸袋，打开从里面拿出的灰白格子相间的手帕。立蕙看到一只玉镯被递到眼前。她下意识地将双手背到身后。何叔叔将手镯递得更近了，温和地说："这是锦芯奶奶留下的。何叔叔这么远来看你，没有什么可以送给你，做个纪念吧！"

立蕙刚伸出手，又立刻缩回来，嗫嚅着："这太贵重了，留给锦芯吧。"何叔叔一把握住她的手，这个动作非常突然，立蕙下意识地有点儿抵触。何叔叔点点头，示意她放松。立蕙的手掌摊平了。何叔叔将那玉镯放到她手中，又将她的五指推回，让那玉镯留在立蕙的手心里，说："锦芯也有。"立蕙一愣，想问那是不是一对，却没敢开口，只将手心打开，移近了看。那是一只蛋清白的玉镯。她不识玉，只是看到这手镯是那样通透晶莹，上面还有细微的刻案，心下生出欢喜。

何叔叔将手帕卷起来，舒了口气，说："听说你读的是物理。好能干啊，女孩子学这个不容易。锦芯北大化学系一毕业，就到美国读研究生去了。锦茗比锦芯去得更早。你们赶上了好时代啊！"立蕙感到那玉镯在手中的坚硬，点点头，说："好多年没见过锦芯了，她都去美国了？"立蕙想起那个夏天，锦芯转身跑远的背景，心里为锦芯感到高兴。何叔叔微笑了说："你好好读书，将来也去美国深造，去看看外面的世界。"立蕙点点头。何叔叔就说："那我走了。"他却没有动。立蕙将手镯小心地放进书包里，说："谢谢何叔叔。"何叔叔转身走出两步，又转回头。立蕙看到他眼睛微微眯起来，喉结在动。少顷，何叔叔说："你不用跟你爸妈讲在学校里碰到我。"立蕙点头，眼泪上来了，她赶紧低下头，装着是在整理书包带。再一抬头，看到何叔叔已经拐到通往校门的道上。立蕙望着他洁白的身影在绿出墨色的冬青树前停下来，回过头来看向自己。他也许是见立蕙还没离开，抬起手来，手背朝向立蕙摆了几下，示意她离去。一下，两下，到了第三下，何叔叔的手心翻过来朝向她，高高举起来摆了摆，那就是再见了。立蕙立在那里，远远地看着何叔叔掉过头去，步子大起来，那抹纯白很快融进广州夏日正午赤白的天色里，无影无踪。待立蕙从食堂的碗架上取下自己的碗时，才想起，应该留何叔叔吃午饭的。立蕙下意识地走到食堂的大窗口下往学校南门方向望去，午饭时分的校园人来人往。何叔叔的出现像是个梦境，让立蕙恍惚起来。她反手去摸身后的书包，触到边袋里那个坚硬的圆形。

现在那只玉镯就躺在书柜下部第三格的抽屉里。这么多年来，她从没向父母提起过何叔叔曾到暨大看她的事情，更没有将这只手镯给他们看过。她一路万水千山走来，只将它小心地带在身边。她和何叔叔再也没有联系。立蕙是爱她的父亲的。她很害怕会有外力，将自己和父母一起组成的三人小家的温暖平衡打破。随着年龄的增长，她越发感激何叔叔以刻意的缺席给她带来的安全感。

立蕙起身，蹲到书柜前，拉开抽屉，忽然听到智健的声音在身后响起："怎么不开灯？"她停下来，转过头，看见智健走进书房，侧身向前拧亮了书桌上的灯。"珑珑睡去了。"智健说。立蕙不动声色地将抽屉推上。智健盯那抽屉一眼，目光又落到她的脸上，轻声说："珑珑那棵树让你不开心了吗？"

立蕙坐到地毯上，抬头看向智健。智健双臂交错着抱在胸前，黑色的圆领 T 恤让他显得更加高大。这个当年华南理工学院男排的主攻手，是在圣地亚哥加大的校园里和立蕙相遇的。半导体物理专业博士生立蕙到电机系修大规模集成电路原理，认识了在电机系读博的智健。同期广州高校的经历，让两人生出他乡遇故知的亲切感。两人当时都刚结束了大学里的初恋，处于真空期，很快就出双入对。在学校近旁的拉霍亚海滩上,立蕙身世的秘密在智健向她求爱的夜里被全盘端出。说到何叔叔在她成年之后唯一的一次出现时,她听到自己悠长的呜咽,在智健胸口长久地轰鸣着。智健将她搂得很紧很紧。她转头看到潮水漫上来,在月光下漫过礁石,耳边响起智健的话:"好啦好啦,现在你的生活里有我了。"

和大部分中国同学不同的是,立蕙和智健在搬到一起之前,先去正式登记结婚。立蕙入乡随俗地在自己的名字前冠上了智健的姓,心里觉着奇妙的安然。两人随后双双读下博士。智健先在硅谷找到工作,立蕙去马里兰大学做了两年博士后,才来到硅谷和智健团聚,安下家来。他们在结婚六年后,才迎来了珑珑。在他们婚后的生活中,何叔叔再不被提起,任何可能通向那个核心的话题,都会被智健转开。立蕙有时甚至会想,智健是不是已经将她生活里的那一道折线忘记了?

"你想起他们了,是吗?"智健又问了一句,没等她回答,他又说,"你知道我看着珑珑,常会想到什么吗?"立蕙摇摇脑袋,瞪大眼睛等他的话。"我常会想,那个何叔叔会怎么挂念你。那种感情,到成为父亲之后,我才能有感同身受的体会。如果他不知道你的存在,如果他没有到学校看过你……""不要再讲下去了。"立蕙打断他。这么多年,他从来不曾再跟她提过她倒在他心里的那些秘密,这时突然这样说出来,让立蕙很是意外。"连你都会'常想'……"立蕙停在这里。智健蹲下身来,将手搭到她肩上,说:"我的意思是,如果你挂念他,你该去找找的。如今父母们年纪都大了,你看,你爸爸都再也不能来了。"立蕙盯着智健,自语般地说:"你真的觉得我该去找他们吗?"智健凑近了些,看着她的眼睛,说:"如果你心里想的话,那就应该找。到我们这个年纪,看顾自己内心其实是人生最重要的事情,对吧?"立蕙轻轻地拥住智健,没有再多话。

立蕙那天夜里无法睡安稳。她的脑袋里并没有清楚的影像，却有不停飘闪的白色光芒。就算将双眼闭紧，那些光标也一刻不停地穿梭往来。智健的话音如此清晰，粘着飞镖在她耳中乱窜。立蕙再也躺不住，悄悄地披衣下到一楼书房，抬眼看钟，已过了凌晨3点。

距何叔叔到暨大交给她那只锦芯奶奶手镯的1986年初夏，二十五年过去了。母亲的家乡在桂林。立蕙从十一岁起离开后，就再也没回过南宁。跟小时同学的通信，也在准备参加高考之前就断了。唯有一次，在母亲来美探亲时，她听母亲提到过去农科院的好些子弟也来了美国。母亲说出那些孩子的名字，立蕙有些知道，有些有模糊的印象，更多是完全不认识的。母亲说了一圈下来，就是没有提到锦茗和锦芯兄妹。立蕙想了想，便做出很随意的样子，对母亲说："听讲那个能干漂亮的锦芯早在八五年就到了美国呢。"母亲几乎没有任何犹豫，马上说："那个妹仔很厉害的，真可以讲是才貌双全啊！听说在伯克利加大读了化学博士，发表过好多论文，还有专利发明，好像就在旧金山湾区一家很大的制药公司当高管呢。"立蕙没有接母亲的话，她不愿意知道，母亲是从哪儿"听说"的。她想起来，何叔叔那次到暨大，他也是由着"听说"寻来的。

锦芯既然发表过学术论文，还有专利，那么她的信息一定能在网上查到。立蕙打开电脑，将"锦芯何""伯克利加大"这几个关键词打入Google，满屏的条目跳了出来，果然发现有位"锦芯"在化学、制药学术刊物上发表了不少论文。立蕙想，就是她了。立蕙快速往下拉着鼠标，很快寻到了锦芯的最新信息：锦芯目前在位于南旧金山市的大型上市生物制药公司"海湾药业"任中心实验室主任。立蕙小心抄下了海湾药业公司的电话号码和电子邮箱。

立蕙在第二天下午，从自己的办公室给锦芯公司打电话。电话开始振铃时,她感到手心有些发黏。立蕙迎着光抬起手,好像看到在广州的路旁扯下芒果树叶时被流浆绕上指尖的丝丝缕缕;再一眨眼,她看到锦芯双手捧着一只酱油瓶,在高高的台阶上盯向自己脸上的那冷峻目光。隔了这么多年,她终于可能有机会去问问锦芯,她那天是不是哭了。可响到第五声,还是无人接听。留言机响了,立蕙立刻按下"0",电话转到公司总机前台。接线员是个男的,问过下午好后,立蕙告诉他,她找何锦芯博士,可对方的电话无人接听。接线员马上说:"哦,出于培训的原因,我们下面的对话将会被录音。"立蕙有些吃惊地问:"哦?什么培训?"接线员耐心地说:"顾客满意度方面的培训。"这种情况在跟商业公司联络时常会碰到,但在锦芯公司的总机前台被通知要录音,立蕙觉得有点不适。在美国,未经同意录音是违法行为,偷录下来的录音材料是不能为法庭采用的,所以除警方外,录音前都会明确通知对方,要取得双方同意才能录制。立蕙想了想,说:"那好吧。"接线员说:"谢谢你的合作,我能帮你什么?""我想请你转告何博士,我是她失去联系多年的……"她停了一下,说,"我是她失去联系多年的亲戚,请她方便时一定跟我联系。"接线员热情地说:"没问题。能不能请你留下你的姓名、地址和联络方式呢?"立蕙留下了自己的姓名和手机号码,让接线员转告锦芯。

在立蕙打去电话的第二天早晨,手机里跳出一个陌生的号码,区域号是650,立蕙知道那是旧金山湾区中半岛上从山景城到南旧金山一带的城镇。她的心急跳起来,摁下接听键。"喂,喂,请问是立蕙吗?我是叶阿姨。"立蕙犹豫着,想不起叶阿姨是谁。那声音又说:"我是何伯母。"一个停顿,立蕙听到呼呼的风声。她没回过神来,又听到一句:"我是何锦芯的妈妈。"——非常安静的女声,北方口音的国语。立蕙回过头,看到记忆的池塘里急速地蹿出一条高高的水柱。

"噢,我是立蕙。何伯母,你好!"立蕙轻声应着,看到那水柱应声倒塌,在水面上飞溅出四散的水花。"锦芯她好吗?何叔叔呢,何叔叔还好吗?"她想将这最后一句说得随意轻松些,可听起来却是一字一字咚咚作响,令她的心随着那响声越抽越紧。

"等我们见面再细谈。"——叶阿姨的声音低下去。

2

立蕙抬起头,看到高高木架上盛开着各色指甲花的铁网吊篮,稀疏有致地随风微微摇摆。在加州初夏明艳的阳光下,它们横阵纵行地一路挂到露台深处,将灰蓝色的空间染出点点明艳,再映到明净的玻璃台面,变出一片柔和迷幻的彩色,让她本来忐忑的心境安静下来。

立蕙看看手表,提前了近二十分钟到达,这在她是少有的。她从公司里直接过来,因为不知道这个会面需要多长时间,下午特地告了两小时的假。

阔大的硬木露台有台阶直通海湾边浅浅的沙滩。沿着海湾微微曲折的岸线,拐过一丛高大的桉树林,有个阔大的高尔夫球场。在这工作日的近午时分,碧草如茵的球场上只有些零星人影,让四周的景致显出奇异而富足的空阔。远远的,可以看到旧金山国际机场的跑道。造型各异、大小不一的各种飞机在前方海湾水面低空掠过,它们给人的感觉是如此贴近,好像连机身上那些彩漆边界的交融都能看得清楚真切,却听不到它们的轰鸣,带出一种隐约的超现实感。另一侧,是圣马刁海湾大桥细长的身影。这条旧金山海湾里最长的桥毫无造型感,却如一条细柔的白线,将海天的混沌隔出了层次,使周围的风景生动起来。

这是叶阿姨挑选的见面地点：州立湾景公园深处安静却颇有情调的"水沿"西餐厅。立蕙在电话里听到叶阿姨这个提议时，很有些意外。她平日里跟其他华人长辈约会吃饭，他们的首选通常会是热闹的中餐馆。当然，这个公园风景自然而优美，又离繁忙的101号高速公路不远，出入很方便。穿过繁杂的街区，在树影剪出的天际线外，突然就是海阔天高。

叶阿姨如果在湾区住了很久，知道这个地方并不奇怪，但她在电话里说她要自己开车过来，着实让立蕙感到相当意外。立蕙住在南湾，只在多年前参加硅谷华人工程师联谊会的夏天烧烤活动时到过这里一次。在电话里听到公园的名字时，立蕙的视线有短暂的模糊，一片灰蓝的水雾漫过来，她看到自己赤着脚，牵着智健的手。她赶紧摇摇头，知道自己想到了圣地亚哥的拉霍亚海滩。正是在那个著名海滩上和智健一起走过无数次长路之后，她第一次将自己的身世之谜向这世上的另一人剖开，又由智健怜惜地缝合成了两人共有的秘密。

立蕙想象不出叶阿姨如今的样子。她其实更记不清叶阿姨当年的模样。锦芯妈妈留给立蕙的印象比锦芯奶奶淡薄得多。在锦芯母亲那天来电话之前，立蕙甚至都忘了锦芯的妈妈是叫"叶阿姨"。她模糊记得叶阿姨早年在南宁东郊长堽岭的师院教英文，每周才回到西郊的家里一趟。立蕙对叶阿姨最深的印象，是叶阿姨总是骑着一辆那年代里罕见的深黑色"蓝翎"牌女式自行车。在立蕙的记忆里，那辆坤车很大很长，车头和手把弯弯翘起。车子是软闸的，那些包在灰色塑胶皮里的闸线穿绕在钢杆钢丝间，在车前方交错处汇出夸张的两股，然后结束在手把上。那辆车子还有个很大的黑色包链，像一把琵琶，横插在两个轮子之间。车轮转动时，轮毂里那些总是擦得锃亮的不锈钢条变动着时疏时密的银弧，让人似乎能听到那把黑琵琶的鸣响。

立蕙记得叶阿姨大概是因个子不高，便将座凳调得很低，看起来双臂总是曲着高高地搭在前方，那双手好像是举过了肩似的，姿势有些怪异，却让人感觉她很惬意。记忆里叶阿姨总是穿素净色的衣服，灰白蓝黑，似乎连小格子的都没有，好像有意要跟自己那辆造型特异的"蓝翎"车子浑然一体。叶阿姨还总是戴一顶锐三角形的阔大的竹斗笠。那斗笠的遮阳效果非常好，边缘齐耳的帽檐在阳光里截出一圈阔大的阴凉，将人的脸深深地藏入。它们多半是从中越边境的城镇流通过来的，很受南宁城里年轻女子喜欢。她们用艳色的宽尼龙纱做帽带，系在脖子下，很有异国风情。特别是立蕙她们所在的远郊的农科院里，女科研人员出门或下田总是戴顶软塌塌的草帽，叶阿姨的越南帽就算毫无饰物，看起来还是很特别。

立蕙记得，后来有一阵就经常能在农科院的马路上见到叶阿姨了。锦芯妈妈的自行车和越南帽的特别，让小女生们会偶尔议论起来。立蕙从她们口中得知叶阿姨调到了西郊的民族学院，好像说不教书了，只在教务处工作。小女生们又叽叽喳喳有一搭没一搭地说："锦芯的妈妈是北方人，似乎是北师大毕业的。"听家里大人说，当年抗战胜利后，还是小女孩的锦芯妈妈随在西南联大教书的父亲从云南一路出来回返北方，在桂林借读初中时遇到了锦芯的爸爸。她后来回到北方，两人一直通信。锦芯的妈妈大学毕业后，自己要求分到广西，就为了嫁给锦芯的爸爸。

小女生们那时还不会用"爱情"这样的词汇，只是将从大人口中零星听来的这些事情当传奇讲来消遣。有一次，她们在班里的学习委员兰玲家里小组学习，又聊到锦芯妈妈是英文老师，难怪派头很不一样。说到最后，她们又说，锦芯的妈妈从不跟人打招呼的，跟邻居也不讲话，讲不清是清高还是脾性古怪。这样一讲，大家似乎觉得高年级明星学生锦芯的那身傲气有了解释。原来在里间的兰玲妈妈这时掀了门帘出来，手里提着个布包，急忙间用只小木梳梳理着短发，一边说："锦芯的妈妈当年在北师大是学俄语的。她跟何叔叔刚结婚那时，我听过她用俄语给大家背《静静的顿河》，背着背着，眼里都是泪。唉！"——兰玲妈妈跳跃的语句，小女孩们恐怕也就听懂个五六分，但那一声低闷的叹息，一下让她们都静下了。立蕙屏住气，看到兰玲妈妈很深地看了她一眼，自顾着摇摇头，叹了一句："唉，这就是生活了！"说完搁下木梳，径自出了门。立蕙清楚地接到了木梳击到三合板柜面上的那声"啪"的轻响。她微低下头，看到兰玲妈妈蹬着压有粗糙喇叭花形的黑色塑胶凉鞋的双脚从身边跨过。立蕙不能肯定兰玲妈妈看过来的那一眼，自己是"看到"还是"感到"的，一阵心惊。

在立蕙的记忆里，自己开始躲避何叔叔之后，叶阿姨好像也突然消失了。现在想来，她那时除了上学就不愿出门了，碰不到本来就难得一遇的叶阿姨，倒也正常。

现在她在等那个戴过越南斗笠、骑过深黑"蓝翎"自行车，最早最早，远在她还没出生前，眼含泪水为朋友们用俄语背诵过《静静的顿河》的何叔叔的妻子、锦芯的母亲。立蕙感到紧张，更要紧的是，叶阿姨在电话里避开了她对何叔叔近况的追问。"我们见面再细谈。"——叶阿姨重复了两次，就是没有松口。立蕙生出隐隐的焦虑。何叔叔应该比生于1940年的母亲大些，七十多岁的老人，身体可以很好，也可能很差。父亲就是七十五岁那年开始失忆的。再不就是中风或更严重的病症的后遗症了？这个想法冒出来，让她在木桌上轻敲了两下——这是西人的习惯，走嘴说了不吉利的话，敲敲木头冲掉它。她再一想，无论是什么情况，叶阿姨没有提到何叔叔会出现，这真让人不安。另外，会不会是最坏的可能——何叔叔已经离开人世？刚才在公司停车场准备起动车子时，这个深黑的问号跳出来，让立蕙搭到方向盘上的手停住了。她从后视镜里看到自己的脸色让身上那件铁灰色真丝短袖衫反衬得更苍白了，她竟穿了这么深色的衣服，果然是要去见记忆中总是一身素净的叶阿姨了。

立蕙摇摇头。生活一直是善待她的，而且会一直善待她的，这是她的信念。她在这个早晨还特意戴上了何叔叔给她的玉镯。这些年来，这是第一次。那蛋清色的一环，在晨光里牢牢地圈在她细细的手腕上，细微的佛雕纹线若隐若现，让立蕙的神情看上去有些凝重。

侍应生端来立蕙点的冰茶。她道过谢，往里面挤柠檬汁，再加些蜂蜜，刚拿起勺子要搅拌，一抬眼，看到侍应生领着一个上了年纪的华裔女士走到餐厅通向露台的门边站下，朝自己这个方向比画着。立蕙立刻起身，迎上前去。"是叶阿姨吧？"立蕙听到自己的声音撞到头顶花篮上，又弹回来，尾音扬起。叶阿姨走过来，远远朝她伸出手来，微微地笑着，看上去竟有点儿羞涩。立蕙急步上前握住叶阿姨的手。那手很瘦，薄薄的一把，却带着暖热的体温，让立蕙有些意外。

叶阿姨握着立蕙的手摇了摇："是立蕙对吧？哎呀，你都这么大了！"立蕙心下一酸——何叔叔那年到暨大看她，见面时说的第一句话也是：你都这么大了！那一年，她才十九岁，如今已年逾不惑。立蕙努力笑笑，说："是我啊，叶阿姨。见到你真高兴啊！这边请这边请。"一边拉着叶阿姨的手，走到座位上。叶阿姨松开手，停下一步，上下打量着立蕙，说："你还是这样苗条，就是高多了，真是斯文好看。"立蕙眨眨眼，接不上话来。叶阿姨将这话说得这么自然，听起来亲密得好似叶阿姨当年就住在隔壁，看着自己长大的一样。"哎，你这接的是你妈妈的身形。"——叶阿姨又加了一句。立蕙本来正要笑，听到叶阿姨提起母亲，一下就有些不自在，赶紧说："叶阿姨真会夸人啊！锦芯当年的身材那才叫好看呢，老师常说：'看人家锦芯，站有站相'。"——忽然看到叶阿姨脸色凝住了，有点走神。

立蕙赶紧上前拉开椅子，一边扶着叶阿姨坐下，一边说："叶阿姨，我真是佩服你，能自己开车，还能跑高速公路。"叶阿姨笑着摆摆手说："嗨，我考了八次路试才拿到执照的啊。"立蕙张了张嘴，叶阿姨马上说："不过还是很值得。特别是到了我们这个年纪，能独立太重要了。"立蕙想到父母不愿在美国定居的原因，跟他们感觉离开女儿无法独立、又怕拖累女儿有很大关系，轻叹了一口气，说："叶阿姨你还是不一样的，你的英文又好。"叶阿姨说："刚开始也难的，电台一开，根本听不懂，发现还不是美式英语和英式英语那么简单，是自己基本没有语感，急死人。哎，都过去了。谢谢你提醒了我经常忘记的一点：比起很多同龄的中国老人，我真是幸运的。"立蕙感觉到叶阿姨思维的跳跃，却一时无法确定语气中的内在关联，就没接话，转头去给叶阿姨叫热茶。

叶阿姨比立蕙记忆中的样子矮了，身架骨也缩了一圈似的，腰板却很挺直。烫成大波纹的齐耳短发几近全白，梳理得纹丝不乱，在前额处却忽然有几抹灰白，随着波形弯曲有致，竟似挑染的效果，带出几分时尚感。叶阿姨面颊和眼角的皱纹看上去密集却不很深，皮肤谈不上有光泽，有些浅浅的斑点，脸上的毛孔也是细密的，给人的感觉是老了，却并未松塌。立蕙过去从不曾如此近地看过叶阿姨，这下才肯定了自己过去的猜想：锦芯确实是更像母亲的。叶阿姨的嘴唇如今虽有些瘪下来，但还让人能看出锦芯那棱角分明的宽阔双唇的来处，它们跟叶阿姨的几乎一样，在嘴角微微向上弯翘。立蕙注意到叶阿姨抹了无色唇膏，眉毛也精心修理过，整个人看上去十分清爽。上眼睑打成两条深褶，顺着眼睛的形状延到眼角，折出长长的尾线，但眼睛却很亮。跟立蕙一袭深灰的暗调成对比的是，叶阿姨上身是一件纯白的尖领棉布衬衫，外面套了一件浅紫色薄棉的开襟针织外套。下身一条熨得很平整的沙色的布裤子，一双浅棕色的白色胶底布鞋。跟那一头浅白的发色配起来，通体干净素洁——这点跟立蕙记忆中的叶阿姨一致。

侍应生走过来，问是不是再要多点时间考虑怎么点菜。立蕙将菜单递给叶阿姨，说："我第一次到这儿来呢，叶阿姨您推荐吧。"叶阿姨接过菜单放下，说："我就要一盘他们的意大利鸡肉面吧。你可以试试他们的串烤三文鱼，分量不大，烤得很嫩，口感特别好。""太好了，就听你的。"立蕙说着，也合上了菜单。立蕙看到叶阿姨搁在墨绿色菜单上瘦削苍白的手，上面有好些深淡不一的斑点。

叶阿姨微微前倾了身子，说："哦，我先得说明一下，今天我请客。"立蕙马上摇头："我——"叶阿姨摆着手，说："打住！我是长辈，这第一餐该是我来请的，其实最好是请你到家里来，我亲手给你做顿饭，但现在暂时做不了——""叶阿姨——"立蕙打断她，又说，"我是晚辈，孝敬您是应该的。"叶阿姨的手按到菜单上，压了声说："听话，立蕙！就当我是代何叔叔请你的，可以吗？"

立蕙看到叶阿姨的眼神有些冷，立刻安静下来。叶阿姨很淡一笑，说："这就像个乖孩子了。"一个停顿，她又说："你不是问到何叔叔吗？"立蕙点头，抬眼看到一只蜂鸟飞近头顶的那蓬白色的指甲花，她清楚地听到自己心跳速度跟上了那鸟儿翅膀快速扑打的频率。

"何叔叔已经在前年春天离世了……"叶阿姨的声音是飘过来

的，风一样。立蕙轻轻跌靠到椅背上，看到那只蜂鸟"啪"地一击，尖小的长嘴定在铁网间的草叶里，摇落下的指甲花瓣星散而下，让人想到雪花。她的后背抽紧了，不响。叶阿姨凑近台边，看着她叫："立蕙？"立蕙回过神来，轻声回说："啊，怎么会是这样？何叔叔年纪并没有很大呢……"她侧过脸去，看到自己走出暨大学生食堂的大门前，去寻何叔叔白色的身影。她十九岁了，那时。十九岁的她，竟没有留何叔叔吃顿学生食堂的午餐，现在看回去，那是他们的第一面，也是最后一面。何叔叔的身板挺直地藏在白色的确良短袖衬衣里，慢慢走远。

　　立蕙拿起台上的纸巾，轻轻擦着眼角的薄泪。叶阿姨在对面平静地看着她。这平静让立蕙感到压力，她努力忍下，不让已涌到鼻腔里那些微咸的清液流出来。"人都有这一天的，好在何叔叔走得很快，没吃什么苦。"叶阿姨缓慢地说着。立蕙捏着纸巾盯着叶阿姨，等她下面的话。

　　"他那时在东部马里兰锦芯的哥哥锦茗那儿。天刚暖了，他们白天去海边玩。何叔叔下船时还高兴地从很高的舷梯上跳下来。问题可能就出在这里。人老了，血管就像老旧的水管管道，壁上很多锈斑。你不动它，它可能还行，一激烈冲击，锈斑就可能脱落，堵塞血管。他刚落到地面时，脸色一阵发白。他没有及时告诉其他人有什么不舒服。事后想来，他当时是忍下了不适。但到了半夜就再也顶不住了，紧急送医，是大面积心梗，什么话都没有留下来，就走了。"

　　立蕙低下头，将餐巾纸打开，蒙住眼睛，轻轻移下，抹净面颊上的泪，抬起头来，喝了口冰茶，说："这几年越来越频繁地听到长辈们这类消息，每次听到都会让人很难过。"叶阿姨点点头，说："你是个很善良的孩子，真可惜，我们没早点儿联系上。"立蕙想着叶阿姨最后一句话,不知如何作答。叶阿姨安静地坐着,头侧过去,望向海湾远处。这时已是正午,阳光垂泻而下。微风吹过,叶阿姨前额的头发动起来,在脸上打出移动的阴影,让人看不清她的眼神。过了一会,叶阿姨才调过头来,问:"你的父母都还好吗?算起来,怕有三十多年没见过他们了。"

菜上来了。立蕙帮叶阿姨往意大利面上撒着胡椒,点头说:"他们都挺好的,可惜我爸前两年得了老年痴呆症。他们来美国住过一阵,都拿了绿卡了,最后还是不愿在这里住下去,说还是回国更习惯。我觉得我妈是怕拖累我。唉,他们这样,我倒更不放心。所以这几年只要有假期,我都是往广州跑。"叶阿姨本来在搅拌着面条,听到这儿停住了,脸上的表情黯下来,盯着立蕙,想了想,说:"照顾一个老年痴呆的病人是很辛苦的,而且你妈妈也是个老人了。""是啊!"立蕙叹口长气,说不出话来。

叶阿姨安静地嚼了一口面,放下叉子,问:"我记得,你比锦芯小两岁,是1966年出生的,对吧?"立蕙点头。叶阿姨侧过脸,目光看往海湾的方向,微眯着眼睛,好像是要抵抗阳光的刺激。过了一会儿,忽然说:"你妈妈如今还写毛笔字吗?她那一手字,可真是写得好啊,非常好。"

香松酥脆的烤三文鱼在立蕙的嘴里正融出油香,她喝了口水,说:"我没见过我妈写毛笔字啊?"叶阿姨的嘴角掠过一丝苦笑,说:"哦,是吗?那该是你出生前的事了。你妈妈和锦芯爸爸他们一起到融水苗族自治县的大山里搞'四清',你妈妈在那里跟何叔叔一起练的毛笔字。""跟何叔叔学练毛笔字?"立蕙将叉子定在盘里,问。叶阿姨没答话,自顾着往下说:"何叔叔的曾祖中过举,早年是桂北兴安城里的耕读世家。你将来有机会去兴安,到灵渠走走,那里还有何家的牌匾。何叔叔的毛笔字一向写得非常好。讲起来，抗战胜利后，1946年初吧，我们全家从昆明出来，要回老家兴安。一路到了桂林，我就是被何叔叔的字留下来的。"说到这儿，叶阿姨轻笑了一下，"我家里逃到桂林时，临时租在何叔叔家的大宅子边上，就在中山路十字街拐角上，是当年桂林最热闹的街市，一排排的桂树，飞扬的尘土。我那时在读初中，差不多天天去锦芯爸爸家里看她爷爷写字。"立蕙屏住呼吸，见叶阿姨低下头来，慢慢地用叉子搅着盘里的面，想了想，说："我小时候听说过你和何叔叔的故事，你都回北方了，读了大学后又专门到广西来跟何叔叔成家的。"叶阿姨点点头，说："是的。唉，人的一生，有时就决定在'一念'。很多现实的困难，比如生活习惯、风土人情、性格差异，都是年轻时不会想的，直到碰到很多困难。"说到这儿，叶阿姨突然停下来，说："你看我扯远了。我是讲，你妈妈和我们家何叔叔，那时都在融水乡下的工作组里。你妈妈业余时间就跟何叔叔一起练字。我1965年冬天到柳城去支教——哦，这些广西地理……"叶阿姨看看立蕙。

立蕙点头，说："我有概念的。那是柳州地区一个县吧？"叶阿姨点头，说："是的。我在柳城的事情完成了，想那里去融水很近，正好柳城县教育局有车过去，我就跟了过去，看看春节后就没再回过南宁的何叔叔。我就是在那里看到你妈妈的字的。"说到这儿，叶阿姨停顿了一下，很深地看了立蕙一眼，想了想，又说："那些字堆在苗寨生产队破烂的办公室里。办公室在简陋的竹楼上，楼下养着猪，很臭，但是风景非常好。真是层峦叠嶂啊，深浅不一的黛蓝，拥到窗前的是那么墨绿的凤尾竹，再远处是苦楝，那是画都画不出来的美。所以听人讲'桂林山水甲天下'，我就说，那样的山水，广西到处都是，更美的都有啊，只是绝大多数人无缘亲近它们。我看着竹窗外的景致想，在这里练字的感觉一定非常奇妙，简直是给山水画卷题墨。你妈妈很有灵气。我看了她很多字。将那些写在报纸上的字铺开了看,真是进步神速。我就想,可惜她没有碰到锦芯的爷爷,若跟了他老人家学,凭她的资质,会出息成个大书法家的。""你在那里碰到我妈妈了?"立蕙很轻地问。叶阿姨苦笑了一下,嘴角不经意地一撇,表情就冷了,说:"我只在那儿过了一夜,第二天一早就走了。没有见到你母亲,只见到了她很多的字。很多……"叶阿姨又强调了一句,"你说你没见过你母亲写毛笔字,嗯,后来回城了,很快'文革'就开始了,你又出生了,她可能就再也没空,大概也没有心情再写大字了。"

立蕙看到一个巨大的问号,被叶阿姨看似漫不经心地抡成了一个完整大圆。立蕙瞪着眼睛,清楚地看到自己家庭树上的所有枝丫,如何从那个圆形的树结上生长出来。她如果像珑珑那样也来给自己画一棵的话,那树底下坐着的,会是她、锦芯和锦茗——她的两个同父异母的兄妹。她比珑珑幸运些——这个想法跳出来,立蕙马上摇摇头。如果按美国式的严格要求,锦芯锦茗会是延出一条长长的折线,连到另一棵家庭树去的。立蕙苦笑了一下,切了块三文鱼,送到口里。

叶阿姨一边切着鸡肉,一边说:"如今我倒天天会写一阵毛笔字。这跟人家练太极练瑜伽是一样的,它能让心静下来。特别是心情不好的时候,一直写一直写,那些烦恼好像真的能随黑黑的墨迹流走。"说到这儿,叶阿姨停了一下,说:"你妈妈现在年纪大了,时间比较多,让她写写大字,会很有益的。"立蕙想到母亲如今为了照顾父亲,连单位里组织的各种旅行团也不去了,每天陪丈夫散散步,买个菜,偶尔串串门,傍晚跟老同事们聚在一起,水泥地上跳跳舞,看不出有什么烦恼。就是说到丈夫的病,她也总是说:"你爸能吃能喝的,体检指标比六十左右的人都好,我怕还活不过他呢。痴呆点怕什么？我不痴呆就行了，可以服侍他。只要他活着，跟我就个伴啊，所以不要想象照顾他是苦，等你老了就懂了。"这样说来，如果练字是寄托，大概母亲如今是真的不需要了。

叶阿姨搁下刀叉，说："我已经吃好了，你慢慢用。"立蕙抬眼看到叶阿姨碟里还剩下三分之一的面，几块鸡块。叶阿姨接到了她的目光，敏感地回应说："剩下的我打包带回去。"立蕙这时也将盘里的食物吃完了。侍应生过来收走盘盏，又问："要点些餐后甜点吗？"立蕙和叶阿姨都点了咖啡。

咖啡很快送来了。叶阿姨一边往咖啡里加着奶和糖块，一边问："你看上去只有三十多岁的样子，生活一定过得很顺利。你做事吗？"立蕙呷了口咖啡，笑笑，说："谢谢。叶阿姨你真会说话啊，我如今是连镜子都越来越不敢照了。"叶阿姨赶紧摆摆手，嗔怪道："瞎讲！这么年轻，这想法要不得。"立蕙说："真是太忙乱，总觉得累，憔悴得很。"叶阿姨"哦"了一声，说："要多运动。"立蕙应着。叶阿姨又问："你如今在做什么工作呢？"立蕙答："我在 AMD 做芯片生产成品率优化方面的研究。"她的口气有点迟疑，不知叶阿姨是否听得明白。叶阿姨抬眼看她，说："女孩子做研究工作很好的。好多年前，我听到他们谈起过，说你也来美国了，在念博士。"立蕙一愣，想问"他们"里有何叔叔吗？他知道她来了美国，在读博士吗？转念却说："是啊，那时候年轻，也没多想，就一路读下来了。"她看向远处的圣马刁大桥，那沉沉一线通向彼岸——是何叔叔跟她说的，将来到美国去，长见识，她就来了。当然，何叔叔不说她应该也会来的。那时的广州，年轻学子们的目标都是要到国外深造。但何叔叔那年如果没有告诉她锦芯已在美国念研究生了，她未必真会明确决定要到美国。锦芯一直高高地在前头，特别是那个夏天，在高高的台阶上，她认出了锦芯的身份之后，锦芯就不再是抽象的偶像，而成了亲切的榜样。

叶阿姨点点头，轻叹了声说："噢，你们这些孩子都很能干。在美国读个博士很辛苦，我看锦芯他们就知道了。你爸爸妈妈一定很高兴的。"立蕙没说话。她想自己的父亲这一生最开心的时刻之一，怕真是看到她穿着博士袍戴着博士帽，从圣地亚哥加大理学院院长手里接过博士证书的那个瞬间了——智健后来告诉她，听到麦克风里读到你的名字的时候，爸爸流泪了。"严博士！我们立蕙是严博士了！"爸爸揩着泪水说。立蕙走下台后，紧紧拥住父亲。在十二岁离开南宁的那个早晨，她抱住父亲的腰哭出了声——为了他含泪说出的对她的爱。立蕙在圣地亚哥明艳的5月天里透出了一口长气，她终于对父亲的爱做出了些许报答。

立蕙刚想问锦芯的近况，叶阿姨在那边又说："你成家了吧？孩子呢？"立蕙一边点头，一边掏出钱包，取出一家三口的照片递过去给叶阿姨看。叶阿姨侧身从包里掏出老花镜戴上，双手接过立蕙的照片看着，大概是嫌光线被头顶的花篮挡着有点暗，她往后移了移身子，将照片拿近了再看，神情几乎是端详。好一会儿才将照片还给立蕙，取下眼镜，说："真好看的一家人啊，孩子长得太可爱了，眼睛圆圆长长的，好像你。你先生也生得俊，是同学吗？"立蕙说："是在美国读书时的同学，家里也是广州的。"叶阿姨微笑着说："多好啊！人老了，看到孩子们过得好，最欢喜了。我们如果早几年联系上就好了。"立蕙轻轻点头，说："就是啊！"叶阿姨轻叹了口气，又问："你孩子叫什么名字？多大了？""他属龙，马上就要十二岁了，我们叫他珑珑，玲珑的那个珑。"叶阿姨笑笑，说："我喜欢这个名字，也很配他的样子呢，很讨喜。他的中文怎么样？""唉，这就是我最头痛的事情了，听、说都还不错，但读写就不怎么样了。"立蕙苦笑着摇摇头。叶阿姨笑了，说："再难也不要放弃，要坚持送去中文学校。小时候打下拼音的基础，笔画顺序也弄通了，将来大了再学就容易得多。我的孙辈们如今上了大学的，都在选修中文。他们都说小时候打的基础帮助太大了。"立蕙笑着说："我已经送珑珑上了五年中文学校了，从骆宾王的'鹅，鹅，鹅，曲项向天歌'学起，弄得我都重新翻了一阵唐诗呢，可也就这样了。"

"关键是坚持。"叶阿姨说着，喝了口咖啡，放下杯子，又说，"我一直在看你手上的这个玉镯，特别好看。"立蕙的心跳快起来，放下手里的杯子，将手伸到台子中间。从花篮四周直泻而下的正午阳光，将立蕙腕上那圈烟白色的玉照出剔透通明的效果，立蕙这才发现，里面有些小小的丝绒般云纹，在横着雕出的微型弥勒佛像间若隐若现。何叔叔将这个手镯交到她手里，她一直将它套在一只墨绿色的平绒小袋子中，锁在广州家里自己房间的小柜抽屉里。出国时带出来，一路万水千山，时刻在身边，却很少取出来。这是第一次将它这样戴上。她从来不曾注意到这上面竟有小小的云纹，便好奇地要去脱下来看。叶阿姨伸手过来按下了，说："你戴着很好看，不用取下来。"立蕙松了手，说："哦，我是第一次看到这些云纹。这是家里传下来的。"她小心地说，看看叶阿姨。叶阿姨点头，说："我们家锦芯也有一只相似的，是她奶奶留下来的，那上面雕着观音，也是这样细致。你回去用放大镜看，会发现上面的佛珠都一颗颗雕得很细致很生动，旧时的东西就是好啊！那时的人，一辈子就专心做一件事。锦芯那只也是这样，侧沿上也有一圈玉皮。听她奶奶说，那是从一块和田玉上直接剖制的，故意留着玉石皮。你看它有皮这边的表面不怎么平。内里挖出的那块，做了两个玉珮，锦芯哥哥锦茗拿着。有传家宝的人家是幸运的，一代代血流下去，有这些东西，是个念想。你将来要把它传给珑珑。"

"叶阿姨你说得真好。"立蕙轻声应着,将腕上的玉镯转了一圈。叶阿姨淡淡一笑,说:"今天见到你很高兴,看到你过得这么好,作为长辈,我很开心。很久没这么开心过了。我过两天就要到东部锦茗那里去,跟他们一块儿去参加他女儿,也就是我大孙女妮子在马里兰大学的毕业典礼。锦茗在弗吉尼亚大学教书。那小丫头秋天就要到 UCLA(加州大学洛杉矶分校)医学院去了,拿到了全额奖学金去读医。""啊,恭喜你了!真厉害啊!"立蕙由衷地说。叶阿姨笑起来,说:"这丫头从小特别省心,很自觉。锦茗的老二是个男孩,还在读高中。"

"锦芯也跟你一起去吗?"立蕙问。叶阿姨一个停顿,表情黯淡下来。立蕙屏住气。叶阿姨静坐着,好一会儿都没有反应。"叶阿姨!"立蕙微微前倾身子,又轻轻唤了一声。她看到叶阿姨的眼睛有些微红,小心地问:"锦芯她怎么啦?"叶阿姨好像这才回过神来,说:"说来话长。人的命运,真是很难说啊!锦芯应该说一直都很顺,从来不用人操心的。北大一毕业,就嫁了同校无线电系的男生,湖南人。两人一起在伯克利加大读博士,锦芯念化学,我那女婿念计算机科学。锦芯那个好强,一边读博,一边生孩子,二十七岁那年生了老大,两年一个,连生了三个孩子,博士论文答辩都是挺个大肚子去的。"

"啊?!"立蕙忍不住轻叫一声,"太厉害了!"她又加了一句。叶阿姨摇摇头,神情悲切地说:"我那时身体不好,回国养病了。很多中国同学都是生了孩子就丢给老人带回国去养,等自己的情况安定了,再接孩子出来团聚。我们劝她将孩子给我们带回去,她死活不肯,说孩子得在自己身边长大,让我们不要管。何叔叔心疼她,让锦茗给办了绿卡,坚守在伯克利帮她带孩子。那些年,大家其实都很辛苦。等她博士毕业找到工作,安定下来,才顺利了。我那女婿在硅谷做事。前些年网络业最好的时候,他加入的一家公司很快就上市了。当时那股票在纳斯达热得不行,上市第一天就涨个百分之二三十,按俗话说的,是发了。做了几年把股票的钱都拿到手,就闹着海归,要自己回国创业。去了,在中关村跟朋友合开个高科技公司,说起来做得挺不错的,怎么去年初就生病了,查来查去查不出个病因。人就眼见着瘦,拉肚子,到后来整个人脱了形。你不能想象生命有多脆弱,一个活生生的汉子,说没就没了!"立蕙一惊,问:"你是说锦芯的先生?走了?"叶阿姨点头,说:"是啊!"

立蕙回不过神来,脱口说:"他们有三个孩子呢!天啊!"叶阿姨摇头,说:"孩子们倒也大了。老大如今在康奈尔念大二,很懂事,又漂亮,何叔叔生前最疼她的。老二非常聪明,高中跳了一级,现在哥伦比亚大学读大一。老三还在波士顿念寄宿高中。经济上是没问题的。只可怜我那女婿,那么出色的一个孩子,在很恶劣的环境里长大,完全是自己一路走出来的,又那么孝顺——更可怕的是我们中国人说的,祸不单行。锦芯原来那么顺的一个女孩子,学习、工作一向很出色,中年竟来了个这么大的打击,哪里受得了?人一下就崩溃了,有一阵患上忧郁症。到去年夏天,竟引发肾衰竭,如今要透析。这样一来,一个人的生活品质,你可以想象。"

立蕙感到全身都僵住了,眼睛不能聚焦,前方的人影一个个散开来,成为五颜六色的光斑。锦芯的身子被那些光斑缠绕着,高高地在前方的台阶上站着,突然转身,沿着小径跑远,锦芯哭了,肯定。立蕙打了个寒战。

"她现在的情况怎么样?"立蕙下意识地问。

"还算稳定,但也没完全控制住。倒是已经上班了。身体当然是虚的,但看上去比过去好像更拼了,让人担心啊!唉!本来透析是一周一次，最近说数据不太好，很可能要加到一周两次。"说到这儿，叶阿姨的情绪平静下来了，说得很慢。"可以换肾的，对吧？我有个同事今年初就做了手术，很成功，现在恢复得挺好。我记得，里根政府那时就通过的政策，换肾是可以完全由政府负担的。"立蕙说着说着，语气急促起来。

叶阿姨看立蕙一眼，点点头，说："透析很辛苦的，连出门旅行都受限制，去一处，住过一周以上，都要先找好透析的地方。虽说换肾在美国排队迟早能排上，但什么时候能排到匹配的，也很难讲。我和她哥哥都去测试了，可惜都和她配不上。若我们有个配得上的，她就不用等了。"

立蕙的心"咯噔"一下，只见叶阿姨转过身去，朝远处的侍应生招手，表示要买单了。立蕙马上说："叶阿姨，我来吧！"叶阿姨立刻回道："不许争！我说过了，这单一定是我的。能见到你，有个孩子陪我说说话，我要谢你呢！"侍应生这时拿着个账夹过来。立蕙和叶阿姨同时伸出手去抢，叶阿姨叫起来："No！立蕙，听话！"立蕙看到叶阿姨表情非常严肃地盯过来，就缩回手，轻叹了一声，说："这多不好意思啊！"叶阿姨按下账单，说："这餐饭就算是我代何叔叔，也代锦芯他们请你的，好吗？"立蕙嗫嚅着，鼻子有些发酸，轻声说："那就真要谢谢了，希望很快可以回请大家。那么叶阿姨，等你从东部回来了，请你们到家里来聚聚。"

正在签单的叶阿姨停下来，看看她，说："好的呀。我很高兴我今天来了，我喜欢你这个孩子。我那天给了你手机号码，对吧？我们随时联系。你有机会，可以跟锦芯联系一下，她到她侄女毕业典礼那周末才会过去。她也应该会找你的，她知道你打了电话来，很高兴。你们在这儿这么近，做个伴儿，多好。"立蕙点头，没有说话。

起身离开的时候，立蕙走过去挽住叶阿姨，两人慢慢地在指甲花篮的花影下穿行。立蕙将叶阿姨送到停车场里叶阿姨的车位上，注意到那是一辆七八成新的沙金色凌志车。叶阿姨看着车子，说："这是志达，也就是我女婿留下的车。"说着，那声音就有些变了。立蕙安静地帮叶阿姨拉开车门，等叶阿姨坐进车里，忽然心思一动，手扶在车门上，微侧了身子，上前低声问："我想问，何叔叔安葬在哪儿？"叶阿姨看上去似乎有点意外，微抬起脸，看向立蕙，想了想才说："葬在华盛顿近郊，一个很开阔很漂亮的墓地。那里有片专门开辟给中国人的区域，墓碑是竖立的。我也给自己在边上买了一个位。""叶阿姨，你会长命百岁的。"立蕙打断叶阿姨的话。叶阿姨忽然一笑，表情非常天真，伸出手来，轻轻却是很快地摸了摸立蕙的脸颊，说："谢谢你。我们家里除了我，都是学科学的，你也是啊。最关键是活着的时候要活得开心，长短并不那么重要。但还是要谢谢你的吉言。"

　　立蕙退出几步，看叶阿姨将车倒出来，又摇下车窗，向自己招招手，再一眨眼，那抹沙金色，就转上了通往公园门外的道上。整个过程十分流畅。再没有人能记得叶阿姨当年座下闪着银光的两只钢轮间横插着的那把深黑琵琶了，立蕙一愣。真是比弹指还快。她站在停车场里，抬起头，一架阿拉斯加航空公司的飞机掠过海湾上空，越降越低。机尾那个爱斯基摩人的脸越来越清晰，他看上去真是饱经沧桑了。他在笑，很灿烂的，饱经风霜的笑容。他死了——立蕙捂住了双眼，再松开，锦芯那张生气勃勃的脸浮上来。立蕙迎上她看向自己的幽深眼神，慢慢地褪下手腕上的玉镯，小心地放回手袋里，朝停车场深处自己的车子走去。

3

　　锦芯的电话是在叶阿姨飞去东部的当天夜里，9点刚过的时候直接打到立蕙手机上的。

立蕙正在往洗碗机里放着从晚餐桌上收拾下来的盘盏，珑珑举着她搁在起居间茶几上的手机跑来递上。立蕙抬了抬下巴，本想示意珑珑将手机搁在台上，等她稍会儿再看，却一眼瞟到珑珑举到眼前的手机屏面上跳出的是前几天刚存下的锦芯家的号码，赶紧扯下塑胶手套，按下对话键，随手又摸了摸珑珑毛茸茸的脑袋，谢了他。

"请问是立蕙吗？"——沉着的声线，非常干脆，却很陌生。在立蕙的记忆里，锦芯的声音总是高昂犀利的。记得小时候坐在农科院子弟小学的礼堂里听锦芯发言，总让她想到冬天的午间靠在宿舍楼边桉树下啃甘蔗的时光。咔嚓咔嚓，那些青皮的糖蔗、黑皮的果蔗是那么清脆而多汁，令人口舌生津。立蕙没想到，锦芯的声音也会生长，像那些节节升高的甘蔗，在根底变出坚韧。

"是呀，我是立蕙。"立蕙一个激灵，声音轻下去，很快地将洗洁剂倒上，摁下按钮，转身拐出厨房，身后是洗碗机的进水声，"哗，哗哗，哗"，声声递进，追击而来。"我是何锦芯。"锦芯在那边追上一句。立蕙应着："噢，锦芯啊，你好你好！多少年没见了啊，你还好吗？"她一路上楼，转进主卧室，随手关上了门，坐到地毯上，也没顾得开灯。从窗纱里看出去，已暗下去的天色呈出墨蓝，被远处邻人的屋顶和行道树的枝丫剪出黢黑的边角，黑蓝的嶙峋间有些白亮的光。立蕙有些欢喜起来。

"谢谢，我还可以。听我妈妈说，你们见过面了，她回来好兴奋，跟我说了你好多的事。"叶阿姨安详的面容跳出来，立蕙想象不出她兴奋时的样子，有点儿走神。"我前些天有点儿忙，没能一起去。她说你看上去状态特别好，好年轻，家庭也很完美，真好。"锦芯一路说下来，立蕙听出那声线在变柔。有些亮片闪过，被不明的光源映出点点荧光。

"噢，哪里哪里，都过了四十岁了。"——立蕙说到这儿，心下一酸。记忆里锦芯最深的形象，是穿着一件粉红细格带荷叶边的的确良短袖衫，挺拔地站在台阶上，通体舒展得没有一丝皱褶。锦芯呵斥那些个小毛孩四窜而去后，眼里的冷光掠过来，并没有多做停留。那时她们都是十几岁的少女，在南中国桉树浓重的阴影里同时被一支冷箭穿透，却不曾相互安慰。

"叶阿姨看上去才是好，还自己开车，真了不起！"立蕙掩饰着说。锦芯在那头迟疑了一下："是啊，这日子过得多快，我们大概有三十年没见面了吧？"立蕙未及接话，又听得锦芯在那边说："我想请你方便的时候到我家里来坐坐，喝喝茶聊聊天。"那语气慢下来。

"我也很想去看看你。我跟叶阿姨说了，等她从东部回来，我要请你们到家里来。"立蕙应着。锦芯赶紧说："噢，等我们从东部回来，孩子们也回来后，再请你们全家一起过来聚聚。"立蕙心下明白锦芯是想尽快单独见她，就说："我周末可以的，看你什么时候方便。"锦芯的口气轻快起来，说："那好。我三个孩子都在东部，我现在一周有两天在家里上班，三天去公司。只是我下周末要飞马里兰参加侄女的大学毕业典礼。如果你方便的话，这周六能不能来我家里小坐一下呢？"立蕙还未开口，锦芯在那边赶紧说："我知道，上班族周末的时间很宝贵的，我这样临时约你，但愿对你来说不会太仓促了。"

立蕙当即应下。两人互道了珍重。立蕙刚收了线，就接到锦芯传到手机上的短信息。一看，是锦芯家的地址，想起那天跟叶阿姨都没聊到这些细节。她注意到那是在希斯堡市。那座小城在跟叶阿姨碰面的湾景公园对面的山间，紧靠着生物生化公司云集的南旧金山，是旧金山湾区有名的老派富人聚居地。当年林青霞刚出嫁时，在那儿安过家，湾区华文媒体很热闹地报道了一阵。立蕙不时会在高速上看到这个城市的出口，也因要去与它相邻的地方，偶尔穿过它城中心商业区的几条主干道，却从未有机会深入它闹中取静、深藏在山坡上茂密树林子里的住宅区，更没看过那些传说中的豪宅。锦芯竟住在那里，这让立蕙生出好奇。

周六早晨，智健和珑珑父子一早就去了运动俱乐部，这是他们的"父子时段"。待智健健完身，珑珑的游泳训练也该完了，两人泡个三温暖，洗好出来，去吃顿平时立蕙严格限制他们进食的汉堡，再去书店五金店等处逛逛，回到家也该午后了。往时立蕙多半是睡个懒觉，起来收拾一下家居，洗洗衣裳，就跟女友约了出去吃顿午餐，逛逛店，喝咖啡聊天，放松放松。立蕙不记得家里这种松散独立的活动方式是什么时候形成的，但她明白自己和智健都因此感到自如和轻松。智健如今除了偶尔到排球俱乐部打打球之外，更热衷的是到旧金山当义务城市导游。他业余花不少时间自费修课，参加培训，了解旧金山的历史和街道、建筑和文化，成了旧金山城维多利亚建筑方面的专家。周末不时到城里，以旧金山城市志愿者的身份，领着来自世界各地的游客看那些漂亮的维多利亚建筑群。待智健轮到去旧金山城里当义务城市导游的时候，立蕙就会去陪珑珑。

立蕙将家里的琐事打理完毕，近 11 点时出了门。她挑了件深玫红的 Ralph Lauren 新款短袖 POLO 衫，左胸前印着马球手和骏马的白色大标识，细细的腰身掐得恰到好处，下身是一条白色纯棉质的七分裤和白色纹麻编底凉鞋，配着精心修剪打理过的短短的头发。长长的脖子，一对玫红间白纹案的细长耳环，粉银色的提袋，亮色的唇膏，看上去生气勃勃。配着敏捷的步态，像是从运动场上跑了几圈下来，透过了气，刚收拾停当的样子。

她转到超市里买了一把含苞待放的百合。这些年来，立蕙偶尔想到锦芯的时候，总觉得她是最适合用百合来表达的那种女子——硕大花朵开放时的姿态如此恣意，浅白的巨大花瓣包裹着色泽浓重的纹理，繁复的芯蕊，馥郁的香气，冷艳决绝。立蕙拎着那把百合走出店里时，为自己终于有机会亲自对锦芯做如此嘉许，心下有些雀跃。她又转到一家日裔店主经营的糕点店里，买了一盒绿茶和红豆做馅的茶点，才转上高速。一路从硅谷南端腹地沿280高速公路往北开，按GPS的引领，不过半小时的车程，便从希斯堡的第一个出口下来，很快就开始在浓荫蔽日的柏油面山道上回旋。

立蕙摁下开启车窗的按钮，伴着车窗清晰的滑落声，车里立刻灌满红杉混着桉木的清香。微风飘过，隐约还能闻到海湾的淡腥，气温也比山下至少低了三五度。窄小的山道边是间隔稀疏的豪宅，依坡而建。这种老派的高尚社区里多为占地宽阔、样式古典的老房子，前庭后院花木扶疏，相比起立蕙习惯的硅谷中产社区平实规整的千篇一律很是迷人。立蕙的车速慢下来，给驶过人家的前院设计打着分，心里的紧张疏淡下来。

锦芯的家在一条相当隐秘的弯道尽处。小路左侧有低矮的水泥路基，是为了防滑坡而建的。路基内侧是疏密有致的灌木丛，各色小花相间其间，想来是早春时节人工播下的花籽，在这初夏开得蓬勃盎然。再高上去，该是坡上人家的后院，有高大的乔木间隔着，非常静谧。沿坡的高树下，石间有小溪流过。立蕙转过一个弯，路面一下又宽阔了。立蕙按GPS的指说，拐进一块几乎是被参天红木蔽掉天空的圆形空地，看到正前方一扇大开的深灰色铁栏杆门。她看到门前侧那个手擎白鸽的少女铜雕信箱座下的号码，知道锦芯的家到了。

按锦芯在电话里的指点，立蕙将车子直接开进铁门里。一眼看到前方至少 270 度的宽阔风景线。这是一个在坡地上辟出的宽大平台。立蕙将车子在前院的喷泉边上停稳，捧着百合，拎了茶点和手袋，下得车来，站在前院打量这个藏在山谷里的深宅大院。

平台边缘靠近房子一侧有棵巨大的橡树，近午的阳光穿过，在平台上打出一大圈斑驳的光影。身边喷泉池子的中央，坐着一条线条柔美细致的铜雕美人鱼。水柱从她双手托着的水瓶里喷流而出。池边是一些铜铸的莲叶、青蛙和龟，一圈小小的水柱，轻缓地喷吐着水花，那水声清亮舒缓，有点流水淙淙的意思，让人心生欢喜。橡树那侧有大块石片铺出弯曲的小径，绕着绿茸茸的草坪转到后院。沿着平台边缘是高矮不一的花坛、花带，开满了各色的花，绣球、天堂鸟、玫瑰、热带兰花，夹着热带的阔叶蕨根类植物。见到这跟自己那小小后院的花草同为亚热带风格，立蕙会心一笑。

喷泉后面，是一栋地中海式的两层楼房。看上去楼层空间高阔，加上有各个错落的尖顶，整栋房子看上去很有气势。外观是姜黄色墙面，那色刷得很细腻，让房子线条自然干净地突显出来。深栗色原木的门窗，同色调的细巧铁件外饰，顶上是质感厚重的红瓦，在大气上平添出低调的雅致。左侧外姜黄的墙上，一蓬茂盛的三角梅由木架牵引着，一路沿墙往高爬去，在湾区夏日午后赤白的阳光下，在姜黄的底色上开出一片烂漫艳红的花朵，配着墨绿的枝叶、枝干和窗饰的深栗。这该是自己梦想中居所的样子了，立蕙心里想着，退出一步，再看了一眼这栋房子的外观。相对于这一路进来看到的路边老屋的基调，她猜想这大概是推倒了原来的老宅重新建的。

立蕙忍不住又回头望向身后的平台前方，能看到海湾近机场那段水域，旧金山国际机场的跑道清晰可辨。山下密密麻麻的房屋像是浸在灰蓝的水里，101 高速公路上南来北往的车辆若隐若现，静中有动。立蕙想象着这儿的夜景,一时有些走神,忽然听到身后传来有些犹豫的女声:"是立蕙吧?"立蕙赶紧掉过头来,看到锦芯正跨出大门,十指交叉着握在胸前,站在台阶上微笑着望过来。

　　立蕙取下太阳镜,微眯起眼睛望向锦芯。像农科院小卖部门口那样,台阶不高,可锦芯站得很高,很远,立蕙甚至觉得看到了锦芯在台阶上那条长长的投影。她张大眼睛再看,锦芯门前那灰栗色的泥石台阶上一片清亮。有三十年了吗?立蕙摇摇头,只见锦芯的身影开始移动。她跑开了,沿着小路,一直拐过池塘,她肯定哭了的。

　　立蕙应道:"锦芯!你好啊!"锦芯开始下台阶,还轻轻提了淡橄榄色麻质长裙的裙摆。立蕙走上台阶,停在宽大的阶面上,锦芯伸出双臂,两人一起上前一步,轻轻相拥了一下,松开时,把臂轻摇,互相打量起来。

　　立蕙很想说你一点都没变,却张不开口。锦芯上身是一件亚麻色的麻棉质长袖衫,衣身宽短,只及腰上,下身麻质直筒长裙曳然而落,在两侧开出长长的开缝,让她看上去修长挺拔,一动起来,又带着飘逸。只是那长袖在这夏日里很是惹眼,让立蕙心下一酸。她记得同事吉姆长期做透析的那些年月,一年四季从不曾穿过短袖衣衫。他告诉过立蕙,但愿你们永远不用面对那样的创口——那驳接了埋在臂上血管间的透析专用器件和它周围的伤口,孩子们看到都会吓得哭起来。

　　锦芯看上去虽然有些消瘦,腰板还是挺得很直,让她这中年的出场,仍能令人想起少女时代那凌厉的气场。她的眉眼仍然十分清明,小时就给人印象深刻的那双厚实性感的嘴唇上艳色暗淡了,却因为有些亮,似乎仍显出倔强的挑衅。立蕙想那该是抹了原色的唇膏。锦芯的脸比小时候长了,鼻子看上去好像高了些,没有了少女时代的圆润。跟同龄人相比,她的脸上非常洁净,没有明显的斑点。只是过去血气旺盛的脸上如今泛出淡青,眼睑下两个青灰的半弧相当明显。锦芯令人意外地还留着长发。她用一只虎斑纹的大发夹将那些失去光泽的长发翻扎到脑后,看上去随意而慵懒。脚下是一双棕色的人字花面的皮拖鞋,全身上下没有一件首饰,通体给人的印象很是放松。离近时,能闻到她身上隐约的香水味儿,淡淡的茉莉型冷香。立蕙想起最近在店里店员见她要看香榭丽舍系列香水时劝说的:现在流行的是冷香型。意识到锦芯还是关注时尚的,立蕙心下有些轻松起来。

"见到你太高兴了。哎呀,如果在别处撞到,怕真是认不出来了,你那时还是个孩子。"锦芯退出一步,上下打量着立蕙,那口气竟像长辈似的,"你那时很瘦,看上去特别弱,两把小辫总是扎得高高的,羊角似的翘起来,特别可爱。"锦芯一句接一句。那时?哪时呢?立蕙想。他们全家每一个再见到她的人,都说到她的"长大",想来她在他们心目中的形象,就是一个小小的女孩子。跟锦芯在农科院那次面对面之后,在立蕙的印象里,她们没有再碰到过了,至少是再没有近距离遇见。锦芯在市里中学读书,而她自己很快就随父母去了广州。

"你真好看啊,这么显年轻,还像在校的女研究生呢。我妈回来一直在夸你,说你如今都是女博士了,看上去还是小时候那样本分善良的样子,果然呢。"立蕙一愣,对自己在叶阿姨母女心里的形象有点意外。锦芯又说:"真是谢谢你想到我们,我和我妈真的都很感动。我们如果能早点联系上就好了。这都是我的错。我还是先来美国的,我该早点想到找你的。"说到这里,锦芯的声音就有些变了。立蕙忙说:"快别这样说。如今联系上就好了,我们全家也特别高兴。在美国的亲戚很少,像我们这样从小一个大院里长大的，真是姐妹般的了。"——话一出口，立蕙就意识到自己说走了嘴，赶紧打住。锦芯轻轻挽上她的手臂，说："你这衣裳的色多正啊，让这四周都亮了几分呢！"没等立蕙答话，她又在立蕙的手臂上轻轻地摩挲了一下，说："还好找吗？很好找的，见到你太高兴了。"立蕙听到自己的尾音有些飘起来，就停下来，将手里的百合和茶点递给锦芯。锦芯微笑着嗔怪："来串个门，怎么这样客气呀！"说着将百合凑到鼻前，吸了一口气，说："这是我爸爸最喜欢的花儿了，开起来那个香啊！"立蕙一愣，未及反应，锦芯就将左手臂轻轻地揽到了她背后，领着她走上台阶，朝大门里走去。

"你这里真是很美！"立蕙在高阔的大门前站下，回头去看身后湾区的远景。锦芯随着她站下，一起转头去看，立蕙注意到她的表情有些黯淡。"有点超现实，是吧？这里离我在南旧金山市里上班的地方，不过十五分钟车程，所以挑了这儿。其实每天绕着山路上上下下，挺累的。"说着，很轻地叹一声。立蕙点点头，本想开句玩笑，说人家都讲，美国人贫富的层次，就是按他们居住的地形区分出来的，沿山而上嘛。转念想到锦芯眼下的状况，就忍住了。

进门是个圆形的挑顶门厅，一个弧形的楼梯前，垂挂着一盏巨大的水晶吊灯。这盏华丽的吊灯跟房子内外低调而精良的风格明显不一致，让立蕙有些意外。锦芯显然觉察到了，仰起头来，看着水晶灯很轻地说："这是志达挑的，我们为这吵过多少次了。你看，如今它倒真是留下来了。"立蕙听出了话里的幽怨。锦芯很快地补上一句："志达是我已过世的先生，我妈妈跟你说到了，是吧？"锦芯的声音很轻，却在门厅里跌击出幽深的回响，让立蕙微微打了个寒战。她点点头，掩饰着低头寻看有没有换鞋子的地方，这几乎是中国家庭最典型的入门礼。锦芯的反应很快，说："我家不用换鞋子。你看你这身这么好看的衣裳，跟鞋子配得这么好，换啥都是糟蹋，千万别换。"说着，锦芯拎了百合和茶点快步走进厨房里，拿出个水晶大花瓶加了水，麻利地将百合的枝叶修剪了一下，摆到起居室的大茶几上。

　　立蕙朝房子深处望去，整个一楼的层面非常宽阔，客厅、起居室、正式餐厅和厨房是连通的，一眼望去，整个楼面宽阔得让人感到有点迷乱。家具不多，每一件看上去都很厚重，大多是北欧风格，深深的酒红色，线条简约，构架大气，有效地装饰着这阔大的空间，却毫不张扬。最抢眼的是室内大大小小的盆栽植物，看上去生机勃勃，让人一时有闯入植物馆的错觉。特别是起居间深处那几盆阔大的蒲葵、龟背竹和小叶榕，枝叶参差地覆盖到四周的家具上，让人想起在南中国酷暑里疯长的植被。墙上错落有致地装饰着尺寸不一，配着精美画框的风景油画和各种装饰画，也有几幅国画，目力所及处，没见一款书法，立蕙心下有些意外，也很失望。

　　立蕙往内里走去，看到客厅的左侧有间宽大的书房，立蕙一眼看到书柜上错落有致的家庭照片，停了下来。她的目光停在书柜第一层那张大幅的全家福上。锦芯走过来，体贴地领她走进书房。立蕙拐过大书桌，凑近了去看锦芯全家和何叔叔、叶阿姨的合影。那是一张约莫有十八英寸的彩色照片，镶在一个深紫红色的上好木质相框里，静静地立在那里。照片里的何叔叔竟穿着挺括的深色西装，头发几乎全白了，却梳得纹丝不乱。跟当年站在暨南大学的小道上等她时，那一身过时的尼龙短袖衫和的确良裤子的何叔叔判若两人。相片上，他的衬衣是纯净的淡蓝，红蓝相间的领带扎得中规中矩，面容安详地坐着。倚在他身边的应该是锦芯的二女儿。小姑娘约莫十来岁的样子，一袭深红丝绒裙装，头发随意地披在肩上，双手规矩地搭在外公的肩上，笑得很甜美。那圆圆的下巴，有点锦芯少女时的味道。与何叔叔并排而坐的叶阿姨穿的是一件黑色间深玫红小格的薄呢外套，深色的裤子，微笑着搂着胸前那位穿着白衬衣，套着黑呢小马甲，扎了个深红领结的圆头圆脑的小男孩。叶阿姨脸上的笑，是立蕙从没见过的，完全放松的笑，嘴角看上去竟是上翘的。叶阿姨身边立着的那个穿着深紫黑条裙装，扎着高高马尾的少女五官精巧，身材高挑，想来该是锦芯的大女儿了。锦芯穿着棕色间杂枣红抽象图案的毛质连身裙，和身着藏青西服，打着金黄花色调领带的志达站在后排。志达给立蕙的第一印象是跟身高不到一米七的锦芯似乎等高，身体非常健硕，剪着板寸发式，高高的额头，架着无框眼镜的圆脸上一副聪明相，看上去很有活力。这个正值盛年的男人竟也是去了另一个世界的人了，立蕙心下一个哆嗦。再移开目光去看何叔叔，一下看到何叔叔交叉着放在大腿上的双手，那手上有几块明显的老人斑。立蕙愣在那里。就是这双手，曾在广州初夏白热的阳光下一把握住了她的手，将那只玉镯放到了她手心。她果然带着那玉镯走过了万水千山，他却已经去了另一个世界。

　　立蕙直起身来，侧过脸去，和锦芯的目光相遇。她本想说，多好看的一家人啊，脱口而出的却是："何叔叔穿这身西装真好看。"锦芯凑近来，青白修长的手指抚摸了一下何叔叔镜面上的手，说："这是他来美国前在广州买的西装，他特别喜欢。来美国穿的机会不多，也就我和志达的毕业典礼之类，按他说的，就是他人生最重要的时刻了。最后，我们是让他穿着走的。"立蕙感到鼻子有点发酸，脸上的表情染上了哀伤，随即就感到锦芯在她背后轻轻地拍了两下。接着，锦芯指着相框里的大女儿说："这是青青。"又顺着看向二女儿的目光，抬了抬下巴，说："那是蓝蓝。"立蕙会心一笑，说："那儿子是叫冰冰吧？"锦芯一下开心了，说："他叫渊渊，那句不是'积水成渊，蛟龙生焉'吗？哎，这都是中文名字，家里人叫叫好玩吧。"立蕙也笑了说："噢！我儿子倒是龙年生的，所以叫珑珑。"锦芯说："我也属龙噢，这可真巧啊！"立蕙说："是'玲珑'的珑。"锦芯一愣，很深地看了立蕙一眼，说："噢，那就是玉了。"立蕙不响，随锦芯走出书房。

走到起居室里，锦芯转去厨房端来茶壶和一个日式漆花茶盘兼茶具，对立蕙说："我们到院子里坐吧，空气比较好。"立蕙帮着拉开起居室通向后院的门，又去取了自己带来的茶点，和锦芯一起来到后院。在一棵修剪整齐的香樟树下的铁质挑花桌子上摆好，锦芯又进屋里拿出一小盆拌好的沙拉和搁着些熏三文鱼迷你三明治的盘子。那沙拉里撒着松子，香气诱人。立蕙接过沙拉，帮着摆到台上，看到里面有很多新鲜的芝麻叶，高兴地说："我很喜欢芝麻叶那种淡淡的苦涩味儿。"锦芯笑着看她一眼，说："这些芝麻叶是我学我爸在自家院子里种的，有机的呢。"说完转身又进屋里端出两碗热腾腾的莲藕排骨汤，汤上撒着切得非常细致的葱花。那莲藕一看就是很新鲜的样子，排骨看上去也炖得很入味。立蕙起身接过锦芯手里的汤碗，闻到汤里有淡淡的墨鱼干的香气，忍不住吞了吞口水。锦芯笑起来，说："饿了吧？这汤是刚从焖烧锅里舀出来的，炖了大半天，还放了点广西产的罗汉果。配三明治和沙拉有点怪的，不管了，来！哦，你要不要来点红酒？家里有好多藏酒，如今都没人喝了。"立蕙摆摆手，喝着汤，四下打量起这个宽阔的后院。

树下红砖台外是一片窄长的草坪，台阶下是个不大的泳池，上面盖着墨绿的帆布，想来已经有一阵没人游过了。边上有个小小的木亭，遮盖着三温暖，在那儿游泳或泡热泉时，可以看到侧面的山谷地带和海湾一角。这时节里，各种层次的清凉色由嫩绿墨青到黛蓝，渐次远去，偶有几声鸟鸣，衬出山间的寂静，让人生出隐隐的心悸。泳池的侧边，是一栋小小木屋式的低矮平房，锦芯指着那屋子说:"我爸爸生前,他们就住在那边。"立蕙顺着锦芯的手势望去,想,何叔叔的遗物大概都锁在那里面了。

"这里真是迷人。"立蕙由衷地说。锦芯苦笑了一下,说:"我打算将它卖掉了。""噢?"立蕙一愣。锦芯望向泳池,说:"你没有见过它的过去。我们是2001年搬进来的。青青那时都还没初中,爸妈在家里帮忙带着孩子们。爸爸从早到黑在院里干活,他那时在下边还开有一大片菜地,四季新鲜的瓜菜没断过,我的同事和朋友帮着都吃不完。可惜现在全荒掉了。这前后院的花果植物,也是我爸爸种下的,你如果走近看,花木下还插着他写了拉丁、英文和中文名称的植物名牌,给孩子们学着认植物用的。现在花木要靠请花工来维护了。那时每天一下班,车子一转过门口前面那个弯,就能听到院子里孩子们的笑声,到处都是暖烘烘的,那真是人生最美好的一段时光。当年买下这个地方,就是想,我们在美国是第一代,将来这儿就是孩子们的老家了。带了孙辈们回来,四世同堂的,多好啊!"锦芯说着,摇摇头,目光和立蕙相遇,凄凉地笑笑。

没等立蕙开口,锦芯又说:"我现在每天回来,车子一进大门,时常都会害怕下车。"立蕙放下手里的三明治,难过地看着锦芯。"这山里太静了,临着海湾,背靠太平洋,雾说来就来,特别是傍晚时分,那个静,很像那种黑白老片子里弃荒了的大园子,我的眼里有时真就是满眼黑白的两色。"锦芯转过头,抬眼望着身后的房子,眼神染上了忧伤,隐隐的,似乎还带点恐惧,"这空阔会放大曲终人散的凄凉。我妈妈总是等我的车一进院子,就迎出来,问长问短。其实她应该是个寡言的人,小时候在家里,她和我爸经常可以一天不讲一句话。按美国人讲的,你可以怀疑那是有一种冷暴力倾向呢。到了晚年,你也看到了,好多了。但是,她那样天天迎等我,不是她的天性,看到心里就很难过。"立蕙轻轻地握了一下锦芯的手腕，小心地说："孩子们如果回到身边，或许就好些？"锦芯摇头，说："孩子们早点离家是好的，他们都很成熟懂事，特别独立。我就是明天离开这个世界，对他们都是放心的。唉，连生命都是曾经拥有，不用执着了。"

立蕙嚼着三明治，想着锦芯的话，有点走神。"你喝茶。"锦芯给立蕙倒了茶，递过来，然后靠回椅背上，竟有些轻喘。立蕙忙说："我自己来，你别太累了。"锦芯说："没事，我这是高兴的。"立蕙喝了一口茶，说："你看上去比我想象的好，让人放心多了。"锦芯凄凉地笑笑，说："我妈都跟你说了，是吧？"立蕙小心地点头。锦芯摇摇头，轻声说："我昨天刚拿到最新的指标，不是特别好。如今是一周透析一次，上班还顶得住。但在半年内很可能就要一周两次了，那会辛苦的，活到这份上……"锦芯摇头，耸了耸肩。

"锦芯——"立蕙刚要说话，锦芯马上摆手，示意她打住，说："我知道你要说什么。"立蕙没理会她，接下去说："我亲眼看到我的同事从透析到肾移植，做得很成功。现在看上去跟大家没有两样，工作，旅行，运动……"锦芯微笑着摇摇头，打断她："你说的这些我都明白。哎，别老说我，说说你自己。听我妈妈说，你先生和孩子都特别好。有照片吗？给我看看。"立蕙说："你等等。"说着起身进客厅，从钱包里抽出全家合影，回到院里，递给锦芯。

锦芯接过照片，专心地看着，过程长得让立蕙有点意外。锦芯将照片递回给立蕙时，说："真是好看。你先生看上去很面善，肯定特别会体贴人。"立蕙笑笑，没接她的话。锦芯又说："珑珑这孩子长得那么精神，一看就特别聪明乖巧，听我妈说他还学唐诗呢。你真该多生几个的。"听立蕙摇着头笑出声来，锦芯神情认真地说："我是说真的，我都后悔没多生两个。"立蕙听了一愣，接着笑了，说:"我可没有你那么能干。我念书特别辛苦,到了考虑生孩子的时候,年纪就蛮大了。"她没有告诉锦芯,最要紧的是,她曾经是那么不能肯定,生养孩子是不是自己真实的心愿。

"我不是能干,是有决心。如果老大是儿子,也许我就只生一个,最多两个了。我就是想要生个儿子。"锦芯说着,手按到茶杯上,转了转。见立蕙表情惊异地张开口,锦芯有点得意地抬抬眉,说:"这跟重男轻女无关。从小,我母亲就总盯牢我说女孩子要特别努力,要自立,自强,要有自己立身的本领,凡事要靠自己。我从来没听她跟我哥说这样的话,就问她为什么。我妈说因为你是女孩子,你要记得,如果你将来要过得好,就不能有靠男人的念头。这种话那时候听了特别难懂。我们那时父母离婚是绝少的,男人女人都工作,学校里教的,社会里宣传的,不都是'半边天'吗?身边的阿姨都工作,谁会靠男人?所以我对我妈的强调根本听不懂,还有点反感。后来结婚要生孩子了,我就想,我一定要有个儿子,我要看看一个男人的前半生是怎样的,跟我又过得有什么不同。一口气生了三个。当然很辛苦啊,生老大时,我还在伯克利读博,是挺着大肚子去答辩的。唉,你没看过我哭的时候。多亏了有爸妈一路在帮着。等年纪慢慢大了,比如今天,再想到自己那些年的执着,其实是没有意义的。可你不走过,就不能走出来。"

她又提到"执着",立蕙走神想,一眼看到锦芯双手抱臂,缩了缩肩膀,赶忙问:"是不是感觉凉,要不要帮你去拿件衣服?"锦芯松开了手,说:"谢谢,不用。""我给你去添点热水。"立蕙触了一下茶壶,水还是热的,说:"水还很热,你也喝点茶?"说着将茶点盒打开了,说:"这日本店的茶点味道很淡,送茶很好的。"锦芯说:"我如今只喝清水,让内脏的负担轻一些。"说着,给立蕙倒了杯茶递过来。立蕙呷了一口,说:"这是上好的普洱呢。"锦芯开心地笑笑，说："好喝吧？是志达留下来的。他还特别爱喝工夫茶。可惜我没那耐心，也不会弄，只能给你泡茶喝，让你见笑了。他还有套很特别的台湾桧木茶台，夏天里不时招了朋友在这里一边烧烤一边喝工夫茶。后来我将那茶台送人了。"

"我听叶阿姨说了志达的事，太意外了。英年早逝，特别让人难过。"立蕙小心地说着。锦芯微微耸了耸肩，幅度很小，那姿态却有掩不住的轻慢。立蕙不愿意想到"轻慢"，却不知道该如何形容锦芯的肢体语言。锦芯随即说："你原来一直以为你乘的是一艘航空母舰，哪里晓得它会将你载到暴风眼中抛离。我妈妈这一辈子，比她的同龄人经历过更多的风浪，但是她也没有见过我这样的风浪。夜深人静时想起来，我真的很为我的两个女儿担忧。"

立蕙一愣。"你，好像在说志达？"立蕙犹豫地说。锦芯直起身收拾台上的盘盏，点点头。"他是那么出色的人。"立蕙小心地加一句。锦芯将盘子叠起来，又往立蕙的茶杯里加了水，笑着说："可惜人生是一个长跑啊！也就是说，他可以是，或者说，他就算真的是一艘航空母舰，也并不见得只有一个前行方向啊！"见立蕙端着茶杯不动，锦芯抬眉说："你喝了，要不水凉了。这个故事太长了，要慢慢讲。"

"我认识志达，噢，他姓袁，是1982年春节放寒假，在北京开往南宁的5次特快上。我那时在北大刚刚读完第一个学期，对北方的干燥寒冷、食物等都很不适应，想家想得厉害。期考一完，当天晚上就上了火车。我们二中一起到京的同学，只有在北航的两个同学早早买到了硬座票，就带了我们一起五个同学用站台票混上车。火车开动前，过道里已水泄不通。我们本想大家轮流换着坐坐，可一上了车，要挪身都很难，我们给挤在车厢连接的地方。以前老听人讲'文革'大串联时火车上的惨状，我们那时，除了行李架上没躺人之外,肯定跟大串联也差不多。座位下都有人铺开报纸在睡。多亏那时年轻,一路站到郑州。那站下车的人很多,我们才可以走动起来。""嗯,你这时就碰到志达了?"立蕙试图让气氛活跃点,插了一句。锦芯摊摊手,说:"嗯,没有悬念。"立蕙笑笑,说:"我在广州读书,家也在那里,寒暑假高峰期不用挤火车,但外地同学很多,火车上挤出感情的,还真不少。"

　　锦芯看了她一眼,接着说:"志达是个做事特别有计划的人,他早就去排队买了票。他和几位老乡都有座位票。站到郑州时,我们到站台上透气,志达从另一边车门下去到流动货车买吃的,这样就撞上了。他裹着一件半旧的军棉大衣,挤过来跟我打招呼,说在北大见过我。我进北大那阵,艺术体操在北京大专院校里是新鲜的时髦玩意儿,我凭小时练跳舞和体操的功夫,顺利进入校队。几次表演、比赛下来,让人有印象不奇怪。我当然对他没印象。他自报家门说他是无线电电子学系计算机专业的,又问我要去哪里。我说终点站,他一愣,说,南宁啊?那比我还远很多,跟我上车吧,大家挤挤,好歹能坐坐,看你脸都青了。我那时确实太累了,就跟去了,又叫来同学。这样一张本来坐三个人的长椅,不时挤到六七个。那时大学校园里是不许谈恋爱的,到了这时候,男女生歪头搭脑地挤在一起,感觉很奇怪。说起来真可怜,我们这代人的男女身体接触,很多竟是在这种情形下开始的。有时挤得太累了,大家就轮着起来站一会儿。但到了下半夜实在熬不住时,男生就轮着睡到座椅下,我竟也去躺了一次。志达劝不住我,就脱了他的军大衣给我垫上,我真的就睡着了,睡得特别香,这辈子都没几次。那一觉睡过后,我发现志达不在,知道他站到车厢连接处去了,心里挺感动,就挤过去陪他站了。

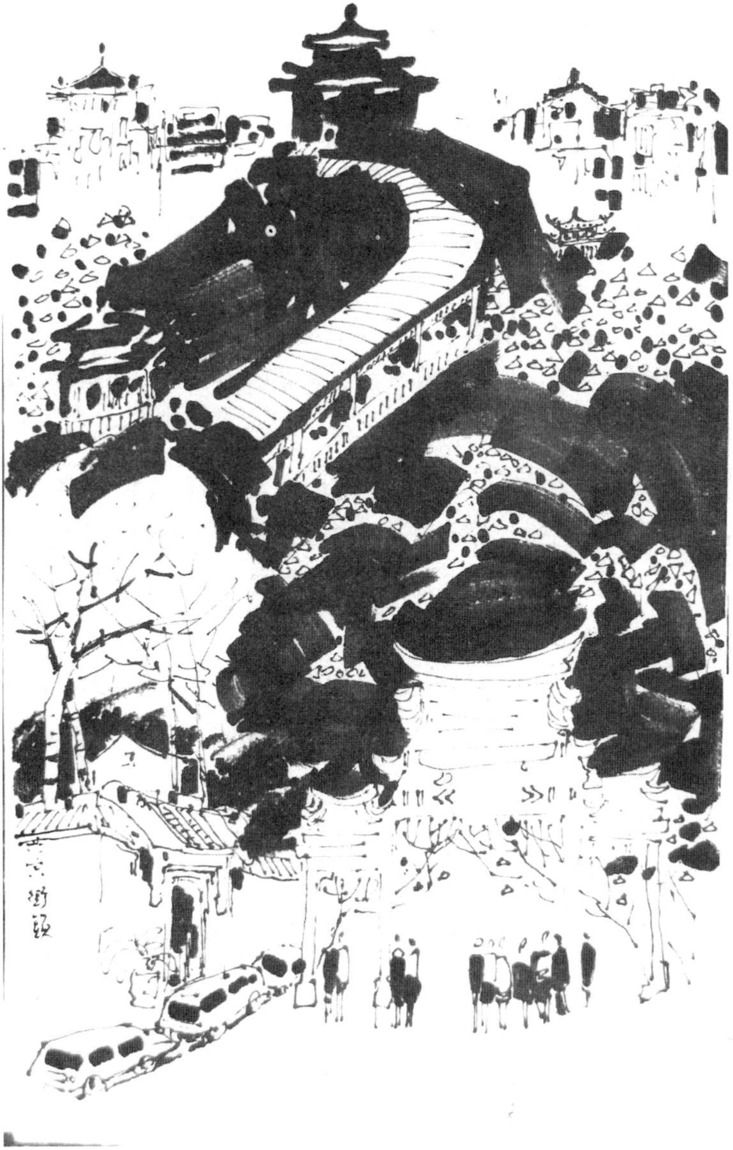

"志达告诉我，他到衡阳下车后，还得坐五六个小时的长途汽车，才能到家。他父母是地质队的，他从小就随父母各地跑，就近上学。中小学基础教育是在乡村学校和父母的辅导下完成的。我念书早，十七岁不到上大学。志达和我同年。乡村学校是混班教学的，早毕业晚毕业根本无所谓。他十五岁多点儿就上了大学，比我高一届。北大没有少年班，十五岁的志达在班上就有点神童的意思了。他的谈吐比同龄人成熟很多，让我觉得很有意思。他的脑袋很好使，反应特别快，知识面很广，说到他没去过的广西的风景，都头头是道，比我还门儿清。其实他都是书上读来的知识，但消化出来，用自己的语言一讲，好像他就是在那些地方长大的一样。随便扯什么，他都能头头是道说两句。他小时跟在地质队的父母多半在荒野地带生活，比我们更没有娱乐生活，却养成了酷爱读书的习惯。有什么就读什么，好奇心又特别重，总处在一种阅读上的饥饿状态。我爸就是个知识渊博的人，所以志达给我的印象不错，聊得很开心，让人都忘了自己站了那么久。"

"这也算是一见钟情了啊。"立蕙笑起来。锦芯摇着脑袋，站起身来，拿起茶壶进屋里去添热水，很快转出来，将茶壶放下来，说："再泡一会儿。"她随即坐下，说："不是你想象的那样。我那时那么年轻，从小一直都在宣传队里唱歌跳舞，喜欢那种吹拉弹唱样样来得点的文艺型男生。志达跟这完全不搭界。""他长得很精神的，一看就很聪明。"立蕙忍不住打断锦芯。锦芯斜过来一眼，苦笑着说："我说的是气质。而且志达的个儿跟我差不多高，我自己个子高，所以从小就喜欢个子高的男孩子。他的智商当然没问题，能力更没问题，少年老成，给人感觉很靠得住。但年轻的时候，这些不是最重要的。所以到了他在衡阳下车时，我心里虽然也有点舍不得，但根本没有想过以后还会有更深的交往。"

故事总是这样接下去的，立蕙想着，就听锦芯又说："没想到一开学，第一天回到学校，一进宿舍，就看到桌子上堆着一堆东西，她们说是个壮实的湖南口音的男生送来的，也不肯报名字。我一听就想到了志达。他送来的有糯米糍粑、湖南金橘等。我拎了两只我们南宁的大肉粽子，找到了电子系男生宿舍，送给志达，顺便再次谢谢他在车上对我们的照顾。人就是这么奇怪，从那以后，我就经常在校园里撞到他了。有时在图书馆，有时在路上。他开始约我散步，一起自习，还不时到体育馆来看我们训练，帮大家拎鞋背包倒水的，跟艺术体操队的女生很快就混熟了。周末又一起到城里玩，或郊游爬山。我也想不出拒绝的理由，因为和他聊天总有很多新的资讯，在智力上很有刺激。你就是讲化学，他也能来几句。我们从那时起养成了一种很独特的交流方式，那就是辩论式的。那种感觉在年轻时代是很过瘾的，但我还是没有想过男朋友那样的关系。那时我在北京大专院校艺术体操赛拿了个人全能的亚军，来找我的人很多，社会活动也多起来，就不大顾得上志达了。

　　"直到早春一个星期五夜里，都9点多了，他来找我去散步。那天非常冷，天光很亮，感觉是要下雪了，我跟他绕着未名湖走了几圈，说实在太冷了，还是回去吧。送我到宿舍楼下，分手时，他忽然说他打算一毕业就去美国留学。——那时举国上下的出国热，你知道的。所以他这么说，我一点也不吃惊。我当时只是大一，也在想将来要去留学的。我听了就说：'好啊。'他忽然上前抱住我，说：'我要你跟我一起去。'他那天穿着寒假坐火车穿的那件半旧军大衣，我一下好像闻到了火车车厢里那种憋人的瘴气，有点儿想吐。我说：'放开我，人家看到不好。'他说：'我不管。'没等我说话，他搂得更紧了，又说：'你要做我的老婆，跟我一起去浪迹天涯。'——这话的后半句听起来挺浪漫的，前半句却那么土，我不响，想挣开。'你答应我才放开。'他说。我说：'我的理想跟当老婆无关。'他说：'但你应该当我的老婆。你是我找的那个人。'我见他没有松手的意思，就说让我想想。他才放开我，说：'好，我明天等你的回话。'

"我一夜没睡安稳，想到'老婆'这种字眼，心里生出鄙夷。想，明天就跟他说清楚，不要再来往了。可想到和他在一起那种快乐的交流，淋漓尽致的，有一种深度的兴奋，又有点舍不得。这样翻来覆去的，到了下半夜，外边飘起了大雪，我才睡过去。一睡睡到近午，突然被我同宿舍的女生叫起来，说：'你快去看看，那个电子系的湖南伢子，在楼下的老槐树下站了一个早晨了！早晨飘雪的时候就来了，现在还没走，跟他打招呼，他说是在等你。'我一听就跳起来，披了羽绒服冲下去。志达果然站在楼旁正对着楼梯入口的一棵老槐树下。那时雪已经小下来，四周一片洁白，风还很大，呼呼的。他的羽绒服都湿了，脸冻得通红，流着鼻涕，一动不动地站在雪地里。我说：'你这是怎么回事啊？'他说：'我昨晚不是跟你说了吗？我一早就来等你的回话。'他嗡嗡地说，也顾不上揩鼻涕。我一下就急了，说：'你怎么这么傻？你这是干什么？'他说：'精诚所至。'我说：'如果我不答应呢？'他抹了把脸上的雪水，说：'那我就站在这里，直到金石为开。'"立蕙听到这里，身子哆嗦了一下。"我再也说不出话来。"锦芯完全沉浸在自己的回忆里。"就这样，我们成了男女朋友。那时都想好将来要去美国了，对不许谈恋爱的校规不再在意。而且北大校风也就那样，那时双双对对的也多了去了。同学里议论起来，都觉得找了个神童，挺神的。同宿舍的女生跟他就开始混起来了，他知识面的广阔，跟她们熟悉的理科男生非常不一样，她们都很喜欢他来。到他毕业的那个夏天，他已拿到伯克利加大的录取通知，也签好了学生签证。我跟他回了一趟湖南家里见了他父母。在去衡山游玩的路上，有了第一次。"

立蕙一愣，心想：都不到二十吧？就看到锦芯摇摇头，表情里有些厌恶的样子，说："那时我们都不到二十。那种感觉特别不好，是在一个很破很脏的乡村客店里，非常懵懂仓促。门外有野狗在狂吠，我还看到了黑乎乎的蚊帐顶爬着一只大得不可思议的蜘蛛。我哭得很伤心，也很恐惧，有一种很不祥的预感。在我们那个时代，这就意味着没有回头的路了。这种经历，今天跟我们的孩子们怎么讲得清？这样，他大学一毕业就来伯克利加大，我大学一毕业也来了，结婚的时候，刚满二十一岁。这种初恋导致的婚姻，因为抽芽早，养分不足，更容易滑入平淡。当然，如果无风无浪，以志达这样的智商和能力，我们交流上又没有问题，像美国婚姻专家讲的那样，一起有意识地将婚姻当成一个工程项目来'Work（做）'，是可以过下去的，不会比大多数家庭的婚姻质量差。"

"家里是你说了算，对吧？"立蕙问。锦芯皱起眉，想了想，说："表面上看，是的。但你从我前面讲的，应该看到了，他是那种有很坚韧内核的人，很执着。那时家里样样都是我安排，志达只用上学、上班。我们连生了三个孩子，夜里不曾让他起过一次夜。那时我们住在伯克利小小的学生家庭公寓里，他先毕业，到硅谷上班，爸妈带着孩子，我们挤一间，厅里也搭了床。为了他能睡好，好有精神上班，就让他自己住一间。""志达的父母没来过？"立蕙问。锦芯说："我们上学时来过一次，但探亲签证到期就走了。他们总说不习惯，等我们安定下来，志达再想请他们来，他们怎么也不肯来了。地质队退休后，就住在衡阳了。孩子们回去看过他们，今年夏天还打算送他们去。"

我毕业工作后，我们在离我公司比较近的红木城买了房子，日子安定下来，又生了老二老三。像美国中产阶级那样，早出晚归，背个三十年的房贷，每年全家出门度假看世界，等着将孩子供出大学，然后体面退休。其实全世界移民的美国梦，内容不就大致如此吗？跟志达再聊起，都觉有种失落，却理不出个头绪。后来就到了1998年，硅谷最繁荣的时刻突然来了，互联网的概念热得沸腾。我极力鼓动他离开了原来所在的惠普研究中心，加入做网络路由器的'湾景网络'。""啊，他在'湾景'工作过？"立蕙忍不住叹出了声。在互联网荣景时期，"湾景网络"是硅谷最红的公司之一，对当时硅谷"一天产生六十八个百万富翁"的神话做出的贡献功不可没。

"是啊。"锦芯冷笑了一声，又说："'湾景'当时只剩不到半年就要上市了，公司在上市前趁机扩招。当时市场太好了，上市后股票的吸引力就大幅下降，找人就难了。华尔街不仅要看你的业绩——其实那时业绩根本不重要了，所谓泡沫化了。还要看势头，基本是炒概念，所以人头数是个重要指标，标示着发展的可能。志达就算那么晚才加入'湾景'，他们股票期权给得也很慷慨。以志达那样的资历，四年六万股的期权股票。这你很明白的，对吧？六万股分四年兑现，员工的前途跟公司命运绑在一起。我当时跟志达说，人家都是去搏当百万富翁，你要搏的就是几十万，让我们把房贷付清了，你就去做你喜欢做的事情。他那时在惠普研究中心有很深的瓶颈，做的项目除了写成论文发表，报个专利，被公司实际采用的很少，跟他心里的期待有很大落差，常常有浪费生命的感觉。'湾景'的故事你是知道的了，那是我们绝没想到的。它一上市，最高冲到了两百多美元一股，还分了两次股。"立蕙在心里很快一算，就算因互联网泡沫破灭，没有全部拿到最高点的价位，志达在"湾景"的税后股票收益也至少拿到了差不多四千万美元左右。立蕙心下惊叹，忍不住回头又看了看身后的房子。

锦芯喝了口水，说："这个地产是我们当时花了四百多万买下来的，将原来一层的老房子推倒了重建的。我后来才知道，如果你不具备把握金钱的能力和智慧，你真的就不该拥有它。按我妈常念的《圣经》里的话，那就是：'你有的，还要给你更多；没有的，连你有的也要夺去。'"

锦芯看着立蕙，自我肯定地点点头，说："我是看着志达变的。他其实不明白，我们获得这么大一笔财富，完全是靠的运气，而不是我们真的做了什么——除了选择。在那种特殊的情形下，其实不管你选什么，胜算的可能性都挺大的。所以我说是运气。"立蕙笑了，说："话也不能这么说，这还是要眼光的。"锦芯摇头，说："这跟一步一个脚印，凭自己的努力和实力挣来的，还是很不一样的。这样，志达在湾景待了几年，拿完期权股票——当然，最后那一年多，互联网其实已经泡沫化了，股价下了很多，但他还是等着拿完了股票，就辞了职，想自己创业。手里有钱了，志达就在家里弄了个机站，自己做研发，一边等机会。可那时硅谷已是哀鸿遍野，创业环境特别差，你看，到今天元气都没恢复过来。志达就这样耗了一阵，突然时兴海归了，很多朋友纷纷回国创业。志达也认定，拿了自己的创意和资金，可以随海归大潮回国闯一番新天地。志达确实是个很主动的人。他开始是两边飞，主要还是回国讲学，一边跟人在深圳、珠海先后合作弄了两个小公司，都无疾而终。他总结原因，说是因为自己没有坐镇指挥，导致公司运作无序。到了2007年秋天，他说时机成熟了，将一家老小甩手一丢，说走就走了。"

"你没想过跟着回去？"立蕙问。锦芯的目光看向山间，停了一会儿才说："我那时在公司里领着一个研制团队，做一种前景非常看好的抗乳癌新药，做到了申报FDA（联邦食品药物管理局）第二期临床实验的阶段，非常紧张，恨不得二十四小时连轴转。我非常喜欢我的工作，甚至可以说是热爱它的，当时是不可能离开的。我们的孩子就是那时候开始一个接一个送到东部昂贵的寄宿学校去了——有钱了嘛！"锦芯凄凉地笑笑。

"海归要创业成功其实很不容易的，等于一切重新开始，志达很有勇气。"立蕙说。锦芯想了想，说："志达那种人，最不缺的大概就是勇气。那种乡野里长大的孩子，思维方式跟我们是完全不一样的，因为Nothing to lose（无所损失），我在那之前竟然没看出这来。过去是苦于没钱，又有养家的担子，这下手头一下有了那么多钱，真的感觉the world is my oyster（世界是我的一盘菜）了。他自己先掏了四十万美金，很快在中关村弄出了个十多人的团队，亲自出任CEO，不像过去在跟人合作的两个小公司里那样只做技术副总了。一当真投进去，很快就搭起了个图像处理芯片设计公司的架子。他的算法比同行的简捷，生产成本就降下来了，而且在国内相关产业口的关系也跑得挺顺，签了几个重要合约，顺利找到风险投资，公司的估值直线跃升，估计两年内就可以上市。"

立蕙看锦芯的气有些急起来，忙说："你看上去有点累了。要不要进屋去，到沙发上靠靠？"锦芯走着神，没有回应。立蕙又问了一句："要不要进去休息一会儿？"锦芯才回过神来，点点头。

4

立蕙帮锦芯收拾了茶具和盘碗，跟在锦芯身后往屋里走去，感觉锦芯的步子有些飘。回到起居室，落座到沙发上，立蕙给锦芯倒了杯热水，递过去。锦芯说："这花真香啊！"立蕙循香气看向茶几上的百合，发现原先合着的花苞微开了，馥郁的香气阵阵飘来。锦芯坐在对面的单人沙发上，低下头喝水，神情有些悲戚。立蕙轻声道："说这些往事让你伤心的。""别。"锦芯打断她，说，"我没有机会跟人说这些的，我很愿意跟你说说，如果你不介意的话。"

"我当然不介意啊。"立蕙忙说，"只是，我想问的，你今天回头看，是不是后悔让他回去了？"锦芯放下杯子，眯了眯眼睛，有些犹豫地说："这很难。让或不让，在这里其实是伪问题。"

"听叶阿姨说，他后来就生病了，创业是非常辛苦的，真让人心痛。"立蕙小心地说。锦芯靠到沙发上，目光直视前方墙上的那幅画，哼了一声，说："他的辛苦还不在那种地方。嗯——"锦芯一个停顿，侧过脸来看着立蕙，想了想，又说，"立蕙，他——"立蕙注意到锦芯的嘴唇有些白了。她屏住气，就听得锦芯说："我从来没有告诉过任何人，包括我妈。志达死前，其实我们已经在闹离婚。"

立蕙一下坐直了身子。锦芯盯着她，说："当然是他提出来的。这种事不新鲜，是吧？我恨的就是这种不新鲜。"锦芯紧接着冷笑了一声。立蕙点点头，又摇摇头，说："海归圈里的这种故事确实不算少了，可你说的是志达，这——"锦芯打断她，说："永远不要相信自己会是那个例外。Why not him（为什么不是他）？世世代代，这恶俗的世界，恶俗的人生。"立蕙心下一个"咯噔"，不敢看锦芯的眼睛。

"过去他们总是说海归如何全军覆没，回去一个倒一个，我完全听不进去的。不是身边没有这样的人和事，而是太多了。那些家伙离开中国十几二十年，在美国这种上班夸夸女同事衣着漂亮，只要语境语气稍有偏差，就可能被告发是性骚扰的国度待傻掉了，回去面对一个没有底线的花花世界，你能期待什么？但我以为我认识的志达不是'他们'。那个雪地里精诚所至的书呆子，三个孩子的父亲——按美国人讲的，这真是 blood and flesh（自己的血和肉）了，他怎么可能会那样？而且他之前跑来跑去，几年下来平安无事，也证实了我的想法。但它还是发生了。你猜他怎么跟我说的？他说：'这并不矛盾，在我说"精诚所至"的时刻，我是真诚的，你不能亵渎我的真诚。但是，我现在改变了，并且向你承认，也是真诚的。你知道吗？靠经营维持的一切，是反自然的。'立蕙，你听清楚了吗？"立蕙屏着气，紧张地点点头，又听到锦芯说："老实说，作为一个科学家，理智告诉我，他是有道理的。你也是科学家，我想你也会同意他的话的，是吧？""可婚姻是社会的，而不是自然的。"立蕙很轻地说。锦芯点点头："好像研究说女人更社会化些？"

"是公司里的年轻女孩子吗？"立蕙小心地问。

锦芯的手在沙发扶手上拍了拍，说："办公司的跟公司里的小女孩；回大学教书的跟自己的女学生——这种戏太平常了。他喜欢的是个小歌女。一个在广州混世界的广西侗族小歌女。"立蕙倒抽了一口气，瞪了眼睛等她的话。"小歌女是我叫的，按国内的讲法，是歌手。签了个小经纪公司的无名歌手。两人在北京飞广州的飞机上邻座，那是2008年底的事了。他说，小歌女一上来就给他似曾相识的感觉，一问，原来是广西人。两人一路聊得很投机很开心，让他想起了年轻时代。"——立蕙心下一酸，想象着当年在郑州站台上搭话的年轻的志达和锦芯，忍不住去看锦芯。她们的目光短暂交集，又快速躲闪开来。

"他们下飞机前交换了电话号码，第二天他开完会，给她电话请她出来吃饭唱歌，夜里就领着小歌女回了酒店，这些都是他后来告诉我的。"锦芯的声线非常平，情绪似乎平静下来了。"那时已近圣诞，他从广州开完会，按计划就要回来过节。可一泡上那小歌女，就在广州挪不动身了。飞到旧金山时，已经是平安夜里，老人孩子们都在等着他吃团圆饭。满屋红绿金黄的装饰和灯光，壁炉也燃上了，孩子们闹到都闹不动了，趴在沙发上叹气。志达进门的时候，我发现他的脸色是青灰的，脚步发飘。全家人非常震惊，都说这 CEO 干得太苦了。他勉强撑到吃完饭，坐在沙发上跟孩子们说着话就睡过去了。第二天一早，孩子们早早起来等着开礼物。我爸妈心疼志达太累了，硬压着孩子们不让叫醒他。他一觉睡到黄昏才醒过来，孩子们很乖，就真的那么等着。就这么着，圣诞一过，他就告诉我，公司的事很多，项目要赶在工信部新年假期后的一个会议前出来，他不能在家里过新年了，马上要赶回北京。孩子们非常失望，但我没有阻拦，取消了全家坐游轮去墨西哥的旅程。直觉告诉我，某种重大的事件发生了。要判断是被工作累坏还是被床累坏，并不需要很高的智商。"

"送他上飞机回来，就是在这里——"锦芯的目光很快地在起居室里扫过一圈，"青青等着我。我爸妈带蓝蓝和渊渊出去看电影了，青青找了借口留下来。那时她刚上高三，比我和她爸都高了。"

"嗯，青青很漂亮，很像你小时候。"立蕙由衷地说。

锦芯笑了笑，目光柔和起来，说："很懂事的。她那天一见我进来，就问：'你和爹地是不是离婚了？'这话让我特别吃惊，问：'你怎么这么说话？'青青说：'你们这样两地分居跟离婚有什么不同？'我说：'爸妈都很爱你们，为了你们，我们绝不会离婚的。'青青叫起来：'听明白了，我也很爱你和爸爸，当然不希望看到你们离婚。但最重要的是你们要幸福，而不是为我们活。我们都要长大离家的，最要紧的还是你们要开心地过你们的生活，而不是仅仅为了我们。离婚家庭里长大成千上万的孩子，离婚不是世界末日。'我说：'你怎么会这么想？'青青说：'我在跟你对话，妈咪！我不是孩子了。你看到爹地在家的这几天吗？我觉得他的心已经离开这里了。你也很不开心的样子。我当然希望你们能像外公外婆那样平静而完美地过到老年，一起跟我的孩子玩。但如果不能，我也很理解。蓝蓝和渊渊也会理解的，我们是美国孩子，你不要忘记了。我们对你们的爱绝不会改变.'青青说到最后，我们抱在了一起，都哭了。她说：'你和爹地都挺可怜，只谈了一次恋爱就结婚了.'我知道，我跟青青她们无法解释自己，包括她外公外婆的一生。她们情窦初开时，受到社会影响最明显的一点，就是认为爱、性、婚姻是可以分开的。她在十六岁时就已经结束了初恋。这样年轻的孩子，当然还不可能明白每一代人都有自己的负担和道路的。她哪里知道外公外婆这一生是怎样过来的？"立蕙安静地点点头，鼻子有些发酸，想了想，说："我相信，等有了足够的人生经验，比如到我们今天这样的年纪，她们也能理解的。"锦芯很深地看了一眼立蕙，又说："我们在中国长大，从来不可能有机会，也不可能跟自己的父母讨论这种问题。所以青青能那样跟我谈话，我还是很感动，也觉得很安慰。"

"也许青青的话让我有了某种不祥的预感，我那天竟鬼使神差地翻看起家庭基金账户的报表。家里的事虽然多是我打理，但投资和报税这类财务上的事情，却是志达打理的。我那天跟青青说完话，就上网翻查了几个账户。一下就看到家庭基金账号有五万美元在圣诞节前划了出去。我当即给账号经理打电话。那经理接到我的电话非常吃惊，说是接到志达电传过去的有我们夫妻双双签字的转账授权书后，按我们的要求将钱划去中国银行。过去志达转钱去中国投到公司里，都是通知我签字的。这回他是冒充了我的签名传去的授权书。我没有告诉账号经理志达假冒我签名，这在美国是犯罪行为。我只请他将授权书复印一份传给我，我说我最近财务上的事挺多的,可能忘了。"

"那钱?"立蕙忍不住问。锦芯冷笑一声,说:"是志达跟那小歌女混过第一夜之后开出去的。""一夜五万美元?"立蕙轻叫起来。锦芯说:"Well,你要这么说也行。志达是这么说的,那女孩子有天赋的歌喉,又冰雪聪明,却身世可怜。年纪小小母亲就死了,爸爸到贵州矿上打工,又娶了当地人做老婆,常年不回老家。小歌女给丢在三江侗族自治县的乡里跟奶奶相依为命。她们的寨子离那著名的三江风雨桥很近,小歌女就常随奶奶到桥边景点卖点甘蔗、烤红薯之类。她会唱歌,很能吸引游客,有时人家围上来,点啥她唱啥,所以生意挺好,在那一带大家都晓得她。快初中毕业时,给原来柳州地区歌舞团的一个老师看到了,说她嗓音特别好,鼓励她去考艺校,说将来说不定能成宋祖英第二呢。那老师给她寄资料,帮她推荐、联系。她还真考上了。那老师又为她申请到少数民族学生的助学金,她真的就到南宁去读艺校了。念艺校时,在南宁国际民歌节上,真被经纪人签了,带到广州发展。碰到志达的时候,还没有起色。没红起来的艺人,都是吃了上顿没下顿的。在广州那样的花花世界,有姿色的小女孩不想辛苦工作又要吃好穿好,那要干点什么,可以想象。志达跟小歌女第一夜之后,就提出了要她随了他去北京——他当然不会说是包养她,他说要供她上音乐学院,去当真正的歌唱家。小歌女一听,就说,她有契约在身,提前解约要赔款的。小歌女报的是二十万人民币的解约费。那五万美金,就是志达开给那小歌女的赎身费。你说,这不是青楼吗?赎身费都出来了!"

"志达就是为这女孩提出离婚的吗?"立蕙犹豫地问。锦芯苦笑,说:"他开始的计划应该不是要离婚。他最理想的图景是,我带着孩子住在美国,他在中国跟小歌女一块儿过。但是这种事瞒得住吗？新年过后，安排好公司里的项目，我飞了趟中国。整个熟人圈子里都知道了志达跟中央音乐学院小女生交往的事——他已公开带着那小歌女出入社交场合。听起来，他们对小歌女的印象还很不错呢，说漏嘴时竟会对着我讲，你们广西的女孩都很漂亮懂事。他们还跟我讲，这里出来交际带的女人，基本不会是太太。这点跟美国不同。与其带不三不四的小姐，有个固定出场面的女伴，算是好的。我到的时候，志达已经帮小歌女花钱跑通了关系，上中央音乐学院进修声乐的事弄妥了，说过了春节就要上学去了。大家觉得，这还是个蛮正经的孩子啊。

"出乎我意料的是，几乎可以说是没有什么阻力，他就将事情全都说了，非常镇定，显然是有思想准备的。老实说，看到他有问必答，对哪怕是很尖锐，甚至是让人难堪的非常个人的事情，都没有回避的时候，我还有点感动，觉得大概真像他说的，我是他最可信任的。

"那次谈话是在我们北京棕榈泉家里的客厅。志达平时在西边中关村那边，不住在家里。一切都是我上一次回去的样子，连浴室里的毛巾都还扎成我上回离开时的式样。说明他还懂事，并没有把小歌女带入我的领地。当时已近黄昏，窗外暮色四合，远处是朝阳公园飘起白雾的湖面。让人想起很久以前在未名湖散步的那些黄昏。有一个瞬间，我感觉意识非常模糊，不知自己是在哪里。我好久都反应不过来，当年那两个在乌烟瘴气臭气熏天的5次特快上相识的校友，怎么会面对面坐在这个装饰风格夸张豪华的大厅里？"——而且是两个留美博士，立蕙心下想着，苦笑着挪了挪身子。"你是不是觉得我像是在谈别人的事情？"锦芯问。立蕙有些犹豫地点点头，说："有一点儿。"锦芯转过头去，自语般地说："我当时当然不是这样的。我说了很多我过去从来没说过的语言，做了很多我从来无法想象的事情，我变得都不认识自己了。我那时每一天都在想，能不能有一种休克疗法，让志达一觉醒来，就彻底忘掉那个小歌女，或者失去某种功能。"立蕙听得难过，忙轻声说："你好像都想到要动刀子了。"锦芯轻轻一笑，说："化学家哪里需要动刀子呢？哎呀，你看我扯到哪儿去了。"立蕙摇头，说："你是够坚强了。"

锦芯苦笑了一下，接着又说："志达一改过去的朴素，穿着鲜艳花哨的毛衣，笔挺的裤子，锃亮的皮鞋，虽然还是平头，但头发抹了很多发胶，看上去就像个不入流的小品演员。他是最恨逛商场试衣裳的，一身上下无非那小歌女的品位。好在那副眼镜还在，眼镜后面那双眼睛也还是有点内容的。我只能盯着他的脸，对话才能进行下去。

"我最后问了 Why（为什么）？他说他没有答案，就像他当年大雪天里想要到我们宿舍楼下等我的回答一样。我没想到，我一下就从沙发上跳了起来，我说：'你怎么可以这样类比？'他说：'我在说实话。'然后他说：'我真是觉得那女孩天赋异禀，身世堪怜，真的很愿意帮助她走出一条路来。'这一听就是胡扯出来的借口。我打断他。他说：'还有一点，就是跟她在一起特别轻松。'你知道吗？我们过去总是小看那些将生活内容当成生活意义的人，其实他们可能是更对的。我说：'你少废话，这不是谈哲学的时候，你就老实告诉我，是不是因为身体的吸引？'——我没有说'性'。他先点了点头，说：'这是非常重要的一点。'他想了想，又说：'坦白地说，我从来不知道性可以这么美好，可以这么享受。人一生如果不曾有过这样美好的经历，真是悲哀的事情。'——他说到这时，咬住了嘴唇，脸看上去都扭曲了，好像在忍着不让自己哭出来。我完全失去控制，叫了起来：'你在为我感到悲哀吗？'他点了点头，说:'为我们。'——我啪地一个耳光就抽了上去,他一躲,歪倒在沙发上。我转身拿起茶几上一只从威尼斯扛回来的五彩玻璃大花瓶,朝毛毯外的木地板上摔去,一下满地五颜六色的碎片。我在它们中间看到了湖南乡间肮脏客店里黑乎乎蚊帐顶上的那只黑蜘蛛,听到了夹杂在狂吠的犬声里我那压抑而悲切的哭声。我是悲哀的,从一开始就是。可是我以为,我们一起拥有着更重要的东西:青年时代的同舟共济,中年的儿女身家,事业前程,这些归到哪里了?我转身奔向墙边一座木雕,却被志达从身后紧紧抱住,把我生生拖到沙发上。

"我不知自己哭了多久,哭到像要气竭了,停下来的时候,窗外的天完全黑了。志达给我拧了温热的毛巾过来,说:'我们之间,总是说事实的,没想到事实伤害了你。我真的对不起。'——你看,他是为事实伤害了我而道歉的。最后他说,我是他的亲人,家人,从一开始就是这样的,也从来不会改变。他希望家不破。'以我们的智慧和智力,一定可以走出一条路。'他又说。"

锦芯沉默了片刻,又说:"谢谢你肯听我说这些。我也常常会反复自问,到底是在哪一步出了错,最后走到了这里呢?"立蕙想了想,说:"我总觉得,你跟他一起回去,跟在他身边……"锦芯耸耸肩,说:"太多的也许。我是不可能回去的,我在这里有自己非常喜爱的事业,有孩子们,有爸妈。现在想,最合适的选择,应该是我们和平分手。"

"也许我问的是个不该问的问题,你怎么看你们之前的关系?"立蕙小心地问。锦芯苦笑了一下,说:"不会比百分之八十的夫妇差吧。但我有时想,我们关系中最特别的,就是我们不知不觉养成了一种竞争的关系。凡事都是客观,要讲道理,彼此争议,不依不饶。如今想来,真是很累人。可哪一种关系会没有问题?你温柔,可以说你没主见;你上进,可以说你没女人味;你会做饭,可以嫌你没上进心……没有答案的。除非像我们父母那一辈子,借着外界强大的压抑气场,一路滑行到老,倒也就好了。"立蕙听了摇摇头,说:"就算是那个时代,最后要走出来,也还需要智慧的。"

锦芯一愣,面色有些哀戚,说:"你是对的。嗯,整个2009年,我不停地找机会出差,调假,一有机会就飞北京,唯一的目的就是要让志达答应不跟小歌女再来往,这当然没有成功。我后来再不愿见在北京的同学了。"锦芯说着,吐了口长气。立蕙想了想,问:"你找过那个小歌手吗?"锦芯摇摇头,声音高起来:"当然没有。Never(永不)。我是一个有自尊的人,家里出了这样的麻烦,是我自己跟先生之间的关系,我们自己要解决。但志达变得顽固,远远超出了我的想象。直到我跟他说,如果他不能尽快跟小歌女了断,他冒充我签名转账的事就会被告发。这意味着他在美国有了犯罪记录,将来会有不尽的麻烦。我这么一说,他就表示,那只能提出离婚了,了不起就是不再回美国了。"

"他没有入籍,只持了绿卡,也就是放弃在美国的永久居留权而已。我说:'连孩子们也不要了吗?'他说:'孩子们可以来中国看我,等他们长大了,他们会明白的,就像你如今更能理解自己的父母那样。'到了这时,我问他有没有回旋的余地呢?他说:'到了这一步,就这样了。'我退了一步,说我可以再不提冒充签名的事情。他又说:'也不能再反对我继续资助小娜。'——这是那个小歌女的名字。这'资助'的含义当然非常复杂。这事就僵起来。"

"接着,他就开始生病了,特别奇怪的病,也查不出原因,就是拉肚子,反复感冒,整个人不断消瘦。开始他紧张得怀疑得了艾滋。人一生病,小歌女慢慢就人影都不见了。这是对他的另一份打击。最后只得回到美国来治疗,可惜美国也没有能救到他——已经太晚了,器官衰竭了。"说到这里,锦芯转过脸去,从茶几上的纸巾盒里抽出纸巾,低了头轻轻地擦着眼角。慢慢地,她的双肩开始抽动,发出压抑的啜泣声。立蕙的眼睛也湿了。她起身去倒了杯水,走过来递到锦芯手里,轻轻地拍着锦芯的肩,直到她安静下来。

"那么,志达到底得的是什么病呢?"立蕙看着锦芯,忍不住问。锦芯苦笑了一下,说:"该做的检查都做了,医生说可能是病毒性感冒,加上工作太累,免疫功能下降。"立蕙摇着脑袋,没有再说话。

"谢谢你听我这些事。总要有个人知道才好,也许我哪天不在了,你帮我记住它,有机会,当然,我希望你永远不必,我是说有机会,等我两个女儿大了,适当的时候可以告诉她们。当然这由你决定。"锦芯又说。立蕙心下一惊,赶紧打断她,说:"看你说到哪儿去了。你要活得好好的,会好的,最糟的已经过去了。听叶阿姨说,你在UCSF(旧金山加大医学院)移植中心排队。我有个同事就是在那儿做的,非常成功,如今生龙活虎的。"锦芯凄凉一笑,说:"谢谢你的安慰。"停了片刻,又加了一句,"多亏有你。"

趁锦芯起身去洗手间的空档,立蕙去厨房烧了一壶热水,待锦芯回来,两人坐定,安静地喝了一会儿茶水,立蕙注意到锦芯看上去有些累了,便说:"你该休息了,我也该告辞了。"锦芯摆摆手,笑说:"我不累。跟我不要这么客气。""我晓得你家里周末杂事肯定很多,我不能占你这么久。""哦,你还没到楼上看看呢,我带你转转吧。"

立蕙起身跟在锦芯身边,缓步走看起来。她这才发现一层还有自成一体的两居室带卫生间的客房。主人家的所有卧室都在二层。立蕙随锦芯走上楼梯,在二层里穿行,看到一扇扇的门被推开,孩子们的房间都很宽大,每间房都有一套自用的卫生间;各人墙上不同的招贴画，桌上柜上的摆设，标示着各自的性格；相同的是每一张床上都罩上了厚重的布罩，感觉真是一个个空巢，立蕙心下觉到凄凉。"叶阿姨现在也住在这里吗？"立蕙轻声问。锦芯随手推开一扇门，说："我爸走后，她就搬进来和我住了，这就是她的房间。"

门一打开，立蕙第一眼看到的就是靠窗宽大书桌上那些各号毛笔、砚台和墨水。靠墙叠放整齐的那些写满毛笔字的纸张。"叶阿姨在练字？"立蕙想起叶阿姨说，当年在桂林，叶阿姨就是去跟锦芯爷爷学字的，忍不住趋前去看叶阿姨的字。

锦芯走到桌前，翻开一沓纸，说："不能说是练字吧，就是没事就抄《圣经》。她说这比只默读更容易专心。走过她的门口，最常见到的就是她伏在台前写字的背影，很安静。你看，都是小楷。"立蕙看到叶阿姨抄写在报纸上的小楷，笔画极是细腻流畅，一丝不苟，一看就不是一日之功。"写得真好！"立蕙叹道。又蹲下身去，翻看堆在地面的那些叶阿姨的墨迹。断断续续能读出《马太福音》《哥林多前书》等中的字句。她想起那天叶阿姨跟她说的："它能让心静下来，特别是心情不好的时候，一直写一直写，那些烦恼好像真的能随那些黑黑的墨迹流走。"

锦芯也蹲下来，跟着立蕙随意翻看着，又说："你看，多节省，买了好纸都不舍得用，都写在这些报纸上。我妈不像我爸，我爸是植物栽培专家，喜欢种花养草，栽果树弄蔬菜，一天到晚在院里忙个不停。我妈很静，过去主要就是弄孩子。按说她英文好，比一般中国老人的天地广，可以去老人活动中心跟中国老人打麻将，旅游；也可跟说英文的老人家打打桥牌，跳跳交际舞，可她都不感兴趣，有限的社交就是周末到教会去。她一辈子都是不大合群的。过去在农科院，连邻里都不怎么来往，老了就更难改了。"

立蕙和锦芯一道站起身来，这才注意到房间里除了桌凳外，就

繁枝

只有一张床，一个小矮柜，一张单人沙发。靠在沙发边的小茶几上，整齐地码着些书报。四面墙上一片米白，唯一有色彩的，是床前铺着的一块长方形布质垫子，上面是褪了色的粉红嫩绿浅橙淡蓝各色图案。布垫顶头的图案是个装饰着橄榄枝的方框，上面写着"HOME（家）"，下面顺次列着"1"到"9"字样的各色方块，每个数字方块里是相应数目的猫、狗、糖果、草莓、冰激凌、香蕉等。立蕙知道，这是孩子们小时候用来学认数目的，如今铺在叶阿姨的床前。

"叶阿姨是基督徒吗？"立蕙轻声问。锦芯的表情有点迟疑，说："她是的吧，这是她晚年的依托。我是这样想的。这对她很好。"立蕙点头，说："那真好。哦，听说你爸爸的毛笔字也写得非常好。"锦芯显然很吃惊，说："是吗？我从来没见我爸写过大字，但他确实写得一手非常好的钢笔字，草、行、楷都很漂亮，所以他写毛笔字应该也会不错的。我妈若是在他活着的时候开始练写字的话，他倒真可能也会跟着练起来。"

立蕙不响。她现在明白那是不可能的了。就像她自己母亲的那一手好字——叶阿姨口中的一手好字，是再也不会出现了。那个断裂的一刀，由她的出生划开。锦芯说："说起书法，我爷爷那才是写得好。有几幅留下来，我哥刚拿回国重新裱了，还放在他那里，下次来给你看看。"说着，锦芯拉上了叶阿姨的房门，示意她走向走廊另一头的主卧室。

主卧室在房子二层的东头，不规则的室内结构，比立蕙想象的空阔，以至让面对着外面宽阔阳台摆放着的那张阔大高架床都显出了小。也许是自幼生活条件导致的心理习惯，立蕙总是觉得紧凑的卧室空间能给她更温暖更安全的感觉。好在这卧室的墙面刷成淡姜色，带着暖意。立蕙注意到，跟其他铺着地毯的卧室不同，主卧室跟一层大厅一样，铺的是深色木地板。锦芯弯腰正了正床前的那块小毛毯，说："志达对地毯过敏，所以这卧室必须铺木板。其实我更喜欢地毯，特别是卧室，会感觉很温馨。"立蕙听到锦芯这样自然地提起志达，那口气和语句的时态，都不像是在讲一个故世了的人，更不像在说离世前已跟自己闹离婚的亡夫，心里就有点难过。她想，若锦芯不提，外人单从这房里的摆设看，还真是不容易看出那个曾经的男主人的存在痕迹，真是阴阳两隔，却交割两清了。

"唉，我如今对粉尘和花粉也过敏得厉害，有时都担心会哮喘。"锦芯轻叹出一句。立蕙注意到墙角立着的湿气喷雾器，小心地说："这跟抵抗力下降有关系，要尽量多锻炼。"锦芯点头，没有回话。

主卧室里的家具也不多，两三个高低不同的大小柜子和那张漆成深色的竹木结构的床架一样，清一色的东南亚风格，带出异国风情。大床对面墙面有一个壁炉，壁炉上方挂着一幅大唐卡，唐卡上的棕红金黄，令人眼睛一亮。壁炉边的小空间里有一张低矮的小型工字格红木罗汉床，床面的一侧堆了很多中英文书本和报刊，几只绣花的靠垫，茶几搁着两台手提电脑。它的对面有一个镶在墙面的电视屏幕。

立蕙看到靠墙矮柜上放着一些小镜框，凑近了一看，都是锦芯和志达年轻时代的旧照。两人相拥在邕江桥头、未名湖畔、颐和园、伯克利钟楼前的草坪上、金门大桥下。照片里两个年轻人，一般高的个儿，瘦削挺拔。样式简单、色彩乱搭的廉价衣装在身，亲昵地相依着，一脸的单纯，笑得无所拘束。立蕙看得都有点眼眶发热。她跟智健是在美国的校园里相识的，他们认识的时候，已经没有锦芯他们这般天真了。她和智健的第一张合影是在圣地亚哥的海滩上拍下的，他们在那个夏天的笑容是温和的，明显地已经有了成熟的味道。柜子的边上是锦芯抱着襁褓中的孩子和志达的合影。照片中年轻得带点稚气的锦芯剪着短发，大概是烫过了，一个浓黑的大波浪遮住了她的前额，她微笑着低头盯着怀里一袭粉色婴儿装的娃娃，侧看的眉眼里流出来的全是柔蜜。那一点朱唇上，有着闪光灯打出的一点高光。戴着眼镜、留着小胡子的志达紧挨着她，目光的焦点完全锁定在娃娃脸上，笑得有些憨。立蕙看着照片，忍不住说："这张照片真好看！抱的是青青吧？"锦芯站近了，拿起相框看着，很轻地叹了声，说："是青青。"立蕙听到那声音有些变了。锦芯将相框放下，朝她淡淡一笑，眼睛红了。

　　立蕙随锦芯很快地看过宽大明亮的浴室、衣帽间。浴室外面挑高的顶层和透明天窗下，长形大镜子下的化妆台上收拾得很简洁。立蕙在心里想，这样的清素简单，真不像通常住豪宅的女主人的风格呢，就笑了笑，一眼瞥见化妆台边上有个迷你小冰箱，上面放着大小不一的好些药瓶，那笑立刻就收住了。

　　向门外走去的时候，立蕙注意到大床边是一扇通向阳台的玻璃门，隔着内层的纱门，玻璃门敞开着，厚重的沙色暗花门帘半开，有干爽的风吹进来。从里面看出去，阳台上靠门处有棵高大的盆栽玉兰花。

　　"你种了玉兰？"立蕙轻叫了一声，兴奋起来，走过去朝门外看。"是啊，这花儿在我们南宁多好长啊！你记得吗？农科院差不多每栋宿舍楼前都有一两棵，能长几层楼高，夏天花季里一开，那个香啊！"锦芯说着跟了过来，又说，"可加州太冷，在外面是种不活的。我爸在时，就将它屋里屋外搬进搬出地娇养着，现在就放我这里了，天凉了就搬进来。你看它长得多好，真会开花呢！"立蕙和锦芯两人隔着纱门，安静地看着那棵站在阳光下的硕壮的玉兰。绿油油的枝叶在微风下不时摇动起来，露出一些青白细长的花苞，两人一时无话。

立蕙离开的时候，和锦芯一块儿出来，心里生出了一种很深的不舍。两人并肩走近大门时，锦芯突然说："哦，我妈妈提到你有个很漂亮的玉镯，你今天没戴啊。你等等，我给你看看我的那一只。"锦芯说着转身进屋里，出来时，手里托着一个洁白厚重的玉镯，果然有一侧带着金黄的玉皮。立蕙将玉镯拿到手中，拿近端详着，看到微刻是观音。她知道，这跟何叔叔在她十九岁那年交到她手中的那只，真是一对。

出到院子的时候，两人在台阶上相拥着。太阳有些偏了，天色仍很明亮。立蕙看向前院边侧那些茂密的花木，说："我能不能去看看你爸爸做的那些植物名牌？"没等锦芯答话，她又说，"我很爱好园艺。"锦芯会心一笑，说："农科院出来的孩子嘛。去看看啊。"

立蕙在那些花木下，果然看到了一块块写在白色小木条上的植物名称。应该是用油漆写的。这是她第一次看到何叔叔的字。小楷。中英文，拉丁文。她不知道该怎么形容，只觉得就是"好看"两个字，比叶阿姨的字体明显地遒劲利落。她在一丛黄红相杂、花朵硕大的茂盛热带兰花前，看到了"大花蕙兰"四个黑字。她的目光停在"蕙"字上，忍不住伸出手去擦那些浇水时弹上木条的泥印。锦芯安静地转过她身后，走上前去，将那小木牌从土里拔出来，递到她手上，说："你喜欢的话，拿回去做个纪念吧。"立蕙接过来，轻声谢了锦芯。

立蕙和锦芯在车边拥别的时候，鼻子一阵发酸。锦芯拉着她的手，说："非常高兴见到你。等我妈和孩子都回来了，你再带孩子和先生来玩。趁着房子换手前，我们好好聚聚，我给你做南宁老友粉吃。我做得特别地道的，连志达那种原来对酸笋完全不能接受的人，都会喜欢。"立蕙点着头，转身看了看身后的房子，问："你打算搬到哪里去呢?"锦芯想了想,说:"也许会搬到加州中部,或内华达、亚利桑那的沙漠里去。""哦?怎么会想到住到沙漠里去?"立蕙感到有些意外。"那些地方干燥,花粉少,不会让人过敏,天气也暖和。美国很多人退休了都选择到那些地方去的,所以医疗条件也好。我妈妈可以跟我一起去。当然,这只是突然的想法,我还没跟我妈和孩子们说起过。"

　　立蕙的车子转出锦芯家前面的山道时,很长地吐出了一口气。将车窗摇下来,桉树的清香涌入,一如当年在农科院小卖部前闻到的气息。锦芯哭着,沿池塘边的小道疾跑,一转弯,掉到了漂满浮萍的塘水里。立蕙一惊,踩了一下刹车,发现自己握着方向盘的两只手都湿了。

5

　　旧金山加大器官移植中心接待厅的左侧,是一个接一个的落地长窗。湾区初夏早晨的阳光倾泻而入,亮得映出空气中飘浮不定的浮尘。窗子那些不规则的平行四边形投影,在灰蓝色地毯上等距地排列着,延伸到长廊尽处,被一扇米色的门切断。从窗子看出去,远处金门大桥那两座拉索塔的侧影几乎交叠起来,在金门公园大片的黛绿中架出一道浓艳的铁锈红。更远处是太平洋茫茫无涯的水面,有两三艘万吨巨轮在天际线上飘浮着,若隐若现。

　　立蕙在接待台边的电脑前输入个人信息,用食指指尖在屏幕上闪出的签字栏里快速地划过。扫了一眼页面右下角的时间:星期五早晨8点15分。她提前请了半天假,早晨6点一过就从南湾家里出发,在清晨拥挤的车河里走走停停,花了近两小时才来到城里,比平时慢了一倍。她起身离开,坐回到接待厅的座椅,轻轻嘘出一口长气。

从锦芯家里回来的当夜，立蕙跟智健说了她想去见锦芯的医生。这个想法是瞬间里跳出来的，让她自己也吃了一惊。话一出口，立蕙的双手分别抓牢了后院白色塑胶椅子的左右扶把，腰背挺直。她的身子定牢了，不敢妄动，就像小时候夜里在郊外野地里突然撞见了磷火，那携着冷艳蓝焰的白色光团，只要你一动，它就可能尾随而来。

磷火被智健挡上来的长臂截住。立蕙靠到这位前男排校队主攻手倾上来的肩膀上。眼前的玻璃台上散乱地摊着吃剩的水果和凉面，一些奶酪，两只不断被倾空的酒杯。它们的空隙慢慢地被锦芯这一天端出的苦汁填满。立蕙从黄昏开始就在那些苦汁中漂流，最终和那些食物一起被锦芯的苦汁和夜色淹没。

不大的院子里只亮着花带边一串低矮的节能小灯。主要的光源来自屋内起居室从窗口投来的灯光。电视开着，五彩的光影投在南湾夏夜干爽清凉的空气中，变幻频繁，无声无息。珑珑被送到小朋友家过夜去了——十二岁的小小少年，已经开始加入这类美国青少年间流行的交际活动。立蕙知道，她的家里，很快也会在周末不时聚上一群带着睡袋上门的小孩子了。这个想法让立蕙想起锦芯庄园般空阔的山间领地，这个夜里大概会加倍地冷寂。好在锦芯看上去也习惯了。

"这是个重要的决定，要多做点功课，尽量了解清楚医学方面的细节才好。"——智健的声音里带着罕见的犹豫，语速都比平时慢了好多。"我也只是想跟医生聊一下，了解一些技术细节。"立蕙小心地回智健的话。想了想又说，"在美国，自愿做器官捐献的人很多，这种手术算是常规的。我同事吉姆也只排了两年多点儿时间就做成了，效果非常好。而且越年轻在排队时越有优先权，从这点讲，锦芯是有希望的。我只是觉得……"立蕙说到这里停了下来。

智健的手在她的后背轻轻拍了拍。她轻声叹了口气说："我真的觉得锦芯很可怜。"智健安静地点点头。"你没有见她小时候，她那时不仅蓬勃好看，还聪敏过人，一身的才艺，让人觉得她会一直轻松走上喜马拉雅顶峰的。真没想到，人到中年，会栽这么个大跟头。真应了中国老话说的'红颜薄命'。唉，如果锦芯不推志达去'湾景'……""你是个科学家。"智健轻声打断她。立蕙一愣，陷在暗里，等他的话。

"你现在听的只是锦芯一面之词，我只是想说，不要那么简单地说成是现代的陈世美和秦香莲。现在志达不在了，我们听不到他的答辩了，就信一面之词的结论，不是很公平。两个人的关系，影响稳定的参数太多了。如果环境简单，比如美国中产阶级今天这样，老婆孩子热炕头，突变的风险就小得多。你想想，当年我们中国留学生来美国读书，自费留学的签证那么难拿，怕你不回去，配偶签证更是难上加难，那种人为的阻力，让多少婚姻破裂？就像当年人们逃去台湾，农民出身的军人战后进城一样，多少家庭解体？所以讲，锦芯和志达的婚姻，一下掉进那么动荡的场域，什么都可能发生。要想获得稳定，取决于结构本身的抗震系数。老实讲，这是外人帮不上忙的。还有……"智健说着停下来，看上去有点犹豫。立蕙推了推他，他似乎才回过神来，又说："从你转述的话里，听上去志达其实是个挺老实的人。""嗯。"立蕙很响地应了一声，等他的话。"信不信由你。但凡闯出这么大的祸的家伙，大部分都是老实人，是真的啥都敢往肩上扛，却不知道哪些是自己根本负不起的责任。""智健，你有点用力过度了。"立蕙打断他，皱起了眉头。智健笑笑，说："我想你要听真话的啊！"立蕙不响。智健又说："这种事，我们身边出得不少了吧，那些没心没肺的老手，会这样吗？不要说放弃几千万净身出户了，就为了不因离婚而平分家产，怎么撕裂自己都肯的。志达这种典型的工科生，又是你我这样在中国被叫作"60"后的人，发育在中国性压抑最严重的20世纪70年代，老实听话点儿的，在男女关系上真可以说是几乎没有情商的。糊糊涂涂谈一次恋爱就结婚生子过下来，突然撞到这个时代，你期待他们能有什么样的表现？"见立蕙不响，智健拿起她的手，抚挲着，说："你不要误会我的这些话，我也很同情锦芯的。"

立蕙摇摇头，嘴唇动了动，又停下来。起居室的电视有瞬间的黑屏，是广告间切换的一个停滞。立蕙借着这稍纵即逝的黯然，摇了摇智健的手，说："我今天回来的路上一直在想，真是有命运这样的东西，越想越有点害怕。"智健握着她的手使了点力。立蕙又说："其实你可以说，锦芯在面对同样的困境时，没有叶阿姨坚强。因为这层关系，我就更难过了。"智健将手抽回来，倾上前来，轻拥了一下立蕙，说："你不要想得太多了，啊！"立蕙靠到椅背上，苦笑着说："我想的不是自己。我在想锦芯跟我说的那些话，关于叶阿姨从小教她做一个女人的那些话。比如自立、自强，不要靠男人才可以处于不败之地。但事情显然没有那么简单。你看锦芯，经济独立吧？事业够强了吧？还是解决不了最根本的问题。"智健刚要回话，立蕙摆摆手，说："不要告诉我，还要精神和心灵独立，都不够的。从叶阿姨那里，我看到一种出路，那就是要有智慧，噢，智慧可能都不够，可能要有一种更超越的东西，比如宗教信仰？我想，可能要到宗教的层面，人才可能超越，寻到最大的自由吧？这是我今天想到的。"

智健想了想，说："Maybe（或许吧）。"立蕙点点头："我也觉得自己很幸运。我从小就生活在一种很不安定的情绪里，特别害怕生活里有巨大的变化。有了珑珑以后，有时也会感到家庭生活的琐碎沉闷。你猜我今天听到一句挺让我震动的话是什么？"智健盯着她的眼睛。立蕙笑了，说："那是志达跟锦芯提到的——生活的内容就是生活的意义。也许我们能接受这点，就可以过得很平静。"智健忙不迭摇头，说："这太消极了，我不同意。我从小家庭很温暖，爸妈关系特别好，我就特别希望自己有安宁的家庭生活。这么些年过来，才知道，安宁的家庭生活不是天上掉下来的。这点美国人说得好，婚姻是靠耐性经营的。有心理学家建议将'追求幸福'改为'追求满足感'。追求幸福往往被理解为追求一种宏大的状态，一揽子解决所有的问题。追求满足感是具体地面对一个个小问题，欣赏生活提供的小快乐。"立蕙笑着点头，说："噢，难怪你这些年发展出那么多奇奇怪怪的兴趣爱好，我跟朋友同事讲你到旧金山当城市义务导游，人家都觉得蛮好笑的。看来不完全是随兴而为，而是在追求常过常新的满足感啊！"智健听了笑笑，拍了拍她的脑袋。"当然，最好是不要被考验。"智健说着笑了笑，那笑里竟有闪烁的羞涩。立蕙拍了他一下，说："所以你别给我闹什么海归。"智健的表情严肃下来，说："这跟海归不海归没关系。如果要回去，我们一起回去，甚至珑珑也不能落下。"立蕙安静下来，没答他的话。智健就说："还是说找锦芯医生的事吧。你如果愿意去谈谈的话，就去吧。"立蕙点头，说："就是去了解一下。"像是给自己安慰似的，立蕙又重复了一遍。智健起身，搂着她的肩膀，说："我可以陪你一起去的。"

　　立蕙在星期天早晨天没亮就醒了，这让她有些意外。昨夜躺下前，她还专门吞了一颗带安眠成分的抗过敏药——她一年四季都有粉尘过敏的问题，但只在担心睡眠质量时，才会吃下这种有催眠效果的药，没想到这么早就醒了。智健还在沉睡中。这个号称从不追求幸福感的人，在立蕙的眼中却总是幸福的，光是他每晚都能获得保质保量的睡眠，就足以令人嫉妒。

主卧室不大,这是立蕙喜欢的。紧凑的空间让她觉得安全。立蕙坐在床边,脑袋里都是影像。她肯定做了个长梦,白色,蓝色,山影,江河丛林,却记不住一个细节,看不清一张面容。她看晨光在窗帘的边缘渐渐明亮起来,便蹑手蹑脚地下床来。长长的淋浴之后,整个人就彻底醒了,决定给在东部的叶阿姨打个电话。她下楼来到书房里,轻掩上门,看了一眼手机上的时间,这时应是东部时间早晨9点半了,想到叶阿姨或许在教堂里,她犹豫了一下,想了想,还是拨通了电话。

"是立蕙啊,你好!"叶阿姨的声音很近,听得出那里面淡淡的欣喜。"是我,叶阿姨,你好吗?"立蕙答得竟有些紧张。"我挺好的,锦芯已经告诉我,你昨天去看她了。她好久都没有那么高兴了,真要谢谢你了。我们都觉得好遗憾,没有能早点联系上。"叶阿姨的语气听着就有点变了。立蕙心下一酸,忙说:"叶阿姨你太客气了!我也好高兴,锦芯看上去都没有变,还是那么好看,而且如今更有一种成熟的气质了。""立蕙,你真是个善良的孩子。"叶阿姨在那头打断她。没等她接话,叶阿姨又说,"我跟锦芯说好了,等我们从东部回去,一定要请你们全家过来好好聚聚,让孩子们也互相认识。你愿意的话,可让珑珑跟他们一起出去旅行,过暑假,让他们建立感情,将来可以互相帮助,这也是很重要的。"立蕙应着,叶阿姨听起来就有些放松了,又说起孩子们都到了,下周六就是孙女的毕业典礼了,之后大家去往佛罗里达,从迈阿密上船,坐游轮去加勒比海转一圈。"锦芯也去吗?"立蕙小心地问。"她就不去了。她下周五到,住一个星期就回去。"叶阿姨说。"她要按时透析,在船上不方便。"叶阿姨又加了一句。

"嗯,叶阿姨,你上回说,锦芯是在 UCSF 排队等做移植,是吗?"立蕙问。"是啊,UCSF 是美国顶尖的医学院了。"叶阿姨说。

"我能不能问一下，锦芯的医生是谁？"立蕙的声音轻下来，她听到了自己的心跳声。"他们都是一个团队的，她目前的主管医师是约翰·施密特，到时应该是由他来做移植手术，嗯……"叶阿姨有点犹豫起来，没等立蕙回应，她又说，"立蕙，有些事情，就是亲姐妹，也不一定要做的。而且锦芯因年龄和身体状况对打分有利，在排序中有优先权的。最重要的是，我每一天都在为她向神祷告，神一定会看顾她的。作为长辈，这是我的真心话，我希望你们每个孩子都能健康开心……"叶阿姨的声音开始变了。"叶阿姨，看你说到哪儿去了，我只是想去见见她的医生，看能不能为她做点儿什么。我说过的，我有个同事肾移植手术很成功，我也可以请他提供第一手经验。"立蕙说着，对自己的镇定都有些意外。叶阿姨最后将施密特医生的电话告诉了立蕙。

立蕙在等着开周一例会的空档中，拨通了UCSF施密特医生团队的电话。电话那端是个年轻的女声："我是爱丽丝，我能帮你什么忙？"爱丽丝的话里带着训练有素的公事公办的热情。听完立蕙的陈述，她说："如果你不一定要见施密特医生的话，就比较灵活，团队的护士就可以回答你第一次咨询的问题。""我想见施密特医生。"立蕙坚持着。爱丽丝连一个停顿都没有，就报出了施密特医生最早的空档是星期五早上8点30分，这是刚被人临时取消的预约空档，要不然就要等三星期之后了。"就它了，星期五早上8点30分。"——立蕙当即敲定下来，她不愿意给自己有犹豫的机会。

十九岁那年，她错过了留何叔叔在暨大学生食堂吃饭的机会。她不愿在生活中再发生想起来就会遗憾的"错过"。这个决定确实太急，以致智健都无法配合。他在周五上午有个跟公司东部设计中心同事的视频会议。立蕙听了反而有点儿轻松，她这才意识到，自己更愿意独自面对施密特医生。

"立蕙——"接待台后右侧的一扇门打开了。一个穿着黑底白色小碎花短款连衣裙,外套中长白褂的白人中年女护士走出来,音量适中地唤着,目光有些空茫地往散坐在等待区里的人们投来。

立蕙抬起左手,朝护士摇了摇,一边站起身来。女护士回了个浅淡的笑,身子傍着门,等立蕙走过去。

立蕙接近门边时,护士伸出手来,和立蕙握了握手,又拿起胸前长绳上挂着的透明塑胶卡片扬了扬,说:"我是吕蓓卡,施密特医生的助理,欢迎你来。"立蕙注意到吕蓓卡名字后面有"PRN(主管医护)"的字样。这是最高级别的护士,在医生准许和指导下,有一定范围的处方权,通常要有硕士学位。难怪衣着都跟穿着紫色夹蓝白小碎花布套头短袖衫、翠蓝宽松布裤的出出入入的普通护士不一样。

立蕙随在吕蓓卡身边,听到厚重的门页在身后沉闷而清晰的关闭声。她一眼看到里面走廊两侧是大小不一的房间。跟普通诊所和大型医疗机构不同的是,这些房间更宽大。医生办公室或小型会议室都安排在有阔大窗口的一侧,可以看到窗外的景致,显得特别明亮。这些明亮,让立蕙本来有些紧张的心情放松了些。

立蕙由吕蓓卡领进一间靠转角处的办公室。吕蓓卡麻利地拉开一张椅子,请她落座,一边问她要不要喝点水。立蕙摆摆手,谢过她。吕蓓卡就回身将办公室的门掩上,随后转到宽大的办公桌边,点开电脑,调出立蕙之前在接待台从电脑终端填入的个人资料表格看起来,一边说:"哦,你忘了填一张隐私保护协议。"说着,吕蓓卡抽出一张夹在板上的表格递上。立蕙接过表格,一眼扫下来,有"器官捐献"的字样,有些犹豫,说:"我今天的目的只是做个初步的咨询。"吕蓓卡点点头,说:"我明白。但这是规定,每一个进来的人,都要了解她的权利和义务。你今天和医生的谈话,双方都有尊重隐私的协议。所以你需要看看，你可以选择对隐私程度保密的级别。我给你时间，我待会儿再进来，好吗？"立蕙点头，接过了表格，吕蓓卡出去了，拉上了门。

这是一张几乎所有医疗机构都会要求人们填写的常规隐私协议。立蕙跟大部分人一样，只大致读过一次具体内容，总觉得是程式化的字句，随手就签的。但过去只是例行的常规看诊，这回却是在器官移植中心。立蕙有些好奇，去看那些需要勾画的行列。看到隐私级别的选择项，立蕙犹豫了一下，拿起笔来，勾下了最高级别。这样，包括智健都不可能从这里打听到她的动向，哪怕她真的到这里捐出一只肾，智健都可能不知道。

立蕙刚在表格下端签上自己的名字，就听到身后轻轻的敲门声。"Yes。"她应着，门就给推开了。立蕙抬头一看，见到一个四十多岁年纪的白人男士，脸上带着矜持的微笑，一边走进来，一边朝她点头。立蕙在网上查过施密特医生的信息，第一眼看到他，竟觉得有些熟悉。她还未及起身，施密特医生已伸过手来，一个短暂而有力的握手，说："我是施密特医生。欢迎你来，傅博士。"他旋即转过台子，坐到靠窗边的转椅上。

立蕙听到他叫自己"傅博士"，有些意外。想他大概是看到了自己填写的资料里，在教育程度栏目下，"博士"前那个小小一勾，不禁对他的细心生出好感。

施密特医生身上中长的白大褂敞开着，里面是一件湖蓝色的精面衬衣，熨得非常妥帖，还戴了条灰蓝斜纹的领带，下身是铁灰色裤子。头发很密，鬓角有些白了，双眼下几条很深的纹道很有雕刻感，让他看上去带着坚毅，像典型的外科医生。

"嗯——"施密特医生敲着键盘，想了想，问，"你在考虑帮助何锦芯博士？"立蕙点点头，说："我想了解一下她肾移植的……"

施密特医生停下来,他快捷清脆的击键声突然中断,留出一段空洞的寂静。立蕙直了直腰身,等他的话。"看你的资料,你是有捐献的意愿,对吧?"立蕙很轻地点头:"在考虑中。""那我能不能问一下,你和何博士的关系?"施密特医生直视着立蕙的眼睛,问。"Half sister(半血亲姐妹)。"——立蕙清晰地吐出这两个英文单词,心下一阵轻松。她喜欢英文在这个问题上清晰又模糊的表达——施密特医生从这极简单的信息里,已经清楚地明白她和锦芯间是有血缘关系的姐妹,却不知道她们是同父还是同母,这对他而言已经足够了。果然,他侧过身在电脑上打了几下,看上去非常随意,然后转过身来。"对活体捐献者来说,这是个重大决定。"施密特医生开口了。立蕙点头。"这虽然是很成熟的手术,但还是有一定风险的,所以要慎重考虑。如果捐献者在认真考虑后做了决定,首先要做一系列检查。先是常规体检,要查的项目会多些。然后要做匹配试验。这是最难的,就算亲人,也未必能配得上。何博士在这个问题上就有点不太幸运,她的母亲和兄弟都没通过匹配测试。这是为什么通常病员要排队等待。"

"锦芯等到的机会挺大的,对吧?"立蕙问。施密特医生看看她,说:"何博士才四十多岁,她等到的机会还是不错的。在美国,透析二十多年还活着的人很多,如果年纪大些的,肾移植甚至不是优先选择。如今自愿器官捐献者越来越多,所以机会是有的。当然,肾衰竭的病人,生活质量受影响,越早做越好。""嗯,我就是想听听你的意见。"立蕙点头。施密特医生一愣,说:"对活体捐献者来说,手术后只需要一段时间的休养,绝大部分人的恢复还是很理想的。你看上去还很不肯定,我建议你好好想想。比较肯定之后,我们可以再安排下一个咨询时段,谈一些比较具体的技术方面的事情,你觉得怎样?不能有半点的勉强,那样对各方面都不好。"

"谢谢你。我确实需要再考虑一下。哦，我还想问个问题，肾衰竭发病的原因是什么呢？"立蕙说到这儿，停下来，刚想再解释一下，就看到施密特医生盯了她一眼，双手抱到胸前："我相信你来这里之前，已经在网上做过很多的资料搜索和研究，知道病因各异。有受损、受病毒攻击及其他基础病因导致的衰竭，等等。但何博士的情况比较特殊，她是因吞服药物自杀而导致的肾衰竭。"施密特医生摇了摇头。

"自杀？"立蕙轻叫一声。施密特医生被她的反应弄得一愣，点点头，说："是的。抢救过来，有些器官的损害就成了不可逆转的了。哦，对不起，我也只能讲到这里了，我已经讲得过多了。我们应该记得我们双方签过的协议，是吧？"说着，他一边站起了身，温和地笑着，向立蕙伸出了右手。立蕙站起身来，和施密特医生握了握手，忍不住问："锦芯是因为忧郁症而自杀的吗？"施密特医生犹豫了一下，说："我不很肯定那是不是该叫忧郁症。我个人认为，说是丧亲综合焦虑症更确切。从病理上讲，它跟忧郁症是有交叠区域的。何博士在她丈夫去世后有过相当长时间的抑郁和焦虑。从病史上看，深度焦虑的成分更大，最后导致了这么不幸的结果。"立蕙竖着耳朵，大气也不敢出，生怕听漏了施密特医生的一个字。施密特医生突然就停住了，说："你们两姐妹似乎平时联系不多啊！"立蕙一愣，凄凉地笑笑。施密特医生温和一笑，倾身向前为立蕙拉开了门，将她送到通往外边接待台的门口，跟她握了握手，说："谢谢你来。不要急于决定，考虑好再跟我们联系。"

立蕙在停车场启动汽车时，看到仪表盘上的时间是早晨9点05分。她将车子倒出来，三下两下就转到了大街上，朝最近的通往南湾的101高速公路南端入口驶去。很快，车子顺利地并入101高速上的车流。上班高峰应该已经过去，如果没有意外，还能赶回公司里按时上班。

窗外路边是旧金山南边沿低缓坡面而建的密密麻麻的房子。一个接一个的巨幅广告牌在早晨还未散尽的烟蓝薄雾里变出抽象的形块，往日里那些鲜艳的色彩都给洗成了青白，黑白电影里大爆炸后的废墟一般，令人心惊。立蕙抹了抹眼睛，一时有些恍惚，不能肯定自己已经去过了 UCSF，见过了施密特医生。她将空调控制开关点击到最强档，冷风顿时呼呼地响起，车子里一片清冽。意识回来了。是的，她见过施密特医生了，非常短暂，却极为重要。她庆幸自己来过了。

智健的电话在这时进来了，立蕙按下接听键。智健低沉的声音在封闭的车厢响起："我这才开完会。你怎么样？见过医生了吗？"智健的语速有点急，车载电话系统让他的声音带上了"嗡嗡"的轻微回音，给人感觉是贴得很近。"刚出来呢，见过了，挺好的。有些……"立蕙停了一下。智健那边追上来："怎么啦？"立蕙走着神。智健在那边又问："你没事吧？"立蕙才说："有些奇怪的事情。我晚上回去再跟你细讲。"智健那边就应了说："好的。你小心开车啊，不要分神。"随即收了线。

海湾接近旧金山国际机场那段宽阔的水面在前方出现了。立蕙的余光里是一道黛蓝的山带。她迫使自己不要分神，却分明觉得，她看到了一个接一个的蘑菇云从那个方向升起来。立蕙没有想到，自己的泪水出来了。一滴，两滴——她甚至听到了它们溅落在裤腿上的声响。立蕙没有感觉到悲伤，却无法止住自己的泪水。她有一种被吸入黑洞的感觉，用力地睁大眼睛，看到的却是前方绵延而去的灰白路面、飞驰来去的车辆。这是人世间，立蕙想，心里慢慢安静下来。

立蕙一到公司里，就看到一串加急标红的电邮。新加坡芯片加工厂最新一批芯片的成品率明显下降，预计跟最近的设计规范调整有关。相关大小会议的通知排成了一串。作为总部芯片成品率优化专家，立蕙抓起笔记本电脑就闯进了总部、部门、团队的大小会议，直等到下午4点后，又开始了跟亚洲厂家的视频会议。回到家时，已近夜里10点。

　　车库的门一响，智健就迎了出来。他一边接过立蕙的手袋、电脑包，一边说："珑珑今天傍晚去游泳，马克对他们的进度不满，罚了两千码的量，还没到家就睁不开眼了。吃了个汉堡，回来赶他做完作业，趴在桌子上就睡着了。"马克是游泳俱乐部的教练，是个刀子嘴豆腐心的白人胖老头。立蕙有时在池边听他朝孩子们的那个吼，都不禁要哆嗦，若要被他罚，那肯定是很难吃得消的，不禁有些心疼。她进得屋去，便转上楼去看珑珑。珑珑已经换上了那套他最喜爱的深蓝底"蜘蛛侠"图案的睡衣，摆开大字，陷入了深睡。立蕙听到他轻微的鼾声，轻笑起来，坐到床边，轻轻摸了摸他的头发，竟有些湿。她随手扯过珑珑搭在椅上的T恤，轻轻给他擦着，就听到了推门声，智健在她身后轻声叫："面做好了，吃饭去吧。"

　　立蕙起身随智健下到厨房里，看到吧台上摆了一盘凉面，一盘沙拉，一副筷子和一杯豆浆。这凉面是智健最拿手的。看着简单，但那奶酪、松子酱、麻油、芥末和陈醋的比例，立蕙就总是调不到智健的水平。"你一块儿吃点？"立蕙拿起筷子，朝智健问。智健扯过一把高脚椅，坐到她对面，说："我早吃过了，你快点吃吧。"立蕙点着头，将一大把面挑起，送进嘴里，一下就看到起居室地上摊着的那张半合的纸板。她滑下高脚椅，快步走过去，坐到地毯上，将纸板打开，就听到智健在那边说："珑珑他们班级里的讲演和展览刚弄完，今天才发回来的。"立蕙不响，双眼盯在那棵色彩丰满、童趣盎然的家庭树上。

一切都是从它开始的——立蕙想，忍不住伸出手来，摸了摸那粗壮的深棕树干。智健这时走过来，也坐到地毯上，说："珑珑今天回来还说，听了别的同学的家庭故事，他觉得自己的太简单了。有同学的祖父母，是二战从波兰逃出来的犹太人，如何去了以色列，又怎样来到美国；又有同学是阿富汗来的，外祖父原来是医生，前苏联侵占时，全家逃到巴基斯坦，在难民营里，十四岁的母亲被他外祖父安排嫁给了先行逃到了美国、跟外祖父同龄的阿富汗男人。少女新娘来到美国，如何走出来，离婚，成了单身母亲带大他。还有同性恋生母通过精子库生下的孩子……"立蕙摇摇头，看向智健，说："我真的太愿意这棵家庭树就像珑珑画出来的这么简单啊！"她的手指移到了她父母的照片上，轻轻地抹过，指头竟感到沾上了些灰。很多的枝节，可以从他们照片挂贴的枝丫下延伸出来，盘根错节而去，何叔叔、叶阿姨、锦芯兄妹、那些聪明漂亮的孩子们、豪宅、志达、肾……

"你后悔去找他们了？"智健的声音很轻，却很清晰。"我不知道。"立蕙有点犹豫地答着，没等智健回话，她又说："我想不是的。见到锦芯和叶阿姨，我还是很高兴。"她想说，虽然她的本意是找何叔叔。她的目光再一次落到树上自己父母的照片上，说："我真的没有想到，这么简单的一个枝节，却可能连上那么繁杂的分枝。今天从 UCSF 出来的时候，我都觉得我迷路了，怕是走不回家了。"智健长长的手臂搭过来，在她的肩上摩挲着，轻声说："你在家里了，到家了。"

立蕙苦笑了一下，盯着智健的眼睛，说："你知道施密特医生，就是锦芯在肾移植中心团队的主管医生，你知道他今天告诉了我什么？""什么？"智健脸上的表情绷紧了，定定地盯紧她。"锦芯的肾衰竭，是因为服毒自杀未遂造成的。"智健的眼睛瞪圆了，一声不响地看着她。立蕙朝他肯定地点点头。"你看，我去见叶阿姨，就听到了何叔叔去世、锦芯肾衰竭这些非常坏的消息。我去见锦芯，又扯出了志达跟锦芯婚姻出问题的这条线。今天跟施密特医生见面不到半小时，又知道了锦芯曾服毒自杀。我都不知道这树下的河有多深的水流。"很长的寂静，智健移近了，双手搭到她的肩上，说："我们已经进去了。有句话我不知当说不当说，嗯，还是说了吧，凭我的直觉，也许水下还有更深的旋涡，我们都要有准备。"立蕙紧紧地拥住了智健，她感到自己的身子在智健的怀里轻微地抖着。她知道智健是对的，但她没有说话。

6

接下来的周末过得出奇平静。智健轮到了进城当义务导游。立蕙陪珑珑游完泳，吃过汉堡，回到家里，让珑珑上网打电玩，自己联机到公司里，回复了芯片生产部门施行应急措施后的反馈电邮，转眼大半天就过去了。关机时，立蕙的心情轻松起来。这是她习惯了的生活，却极少感到这样的愉悦。她换上了干活的衣裤，到花园里修剪浇灌。小花园深处那丛蜡黄花瓣、深紫红花蕊的大花蕙兰正开得繁盛。立蕙转身走进屋里，从书房的柜里抽出从锦芯那里带回来的那块何叔叔手书的"大花蕙兰"名字牌，她已仔细地将它洗刷干净，原先是想将它插到自己种下的蕙兰下，这时再看，忽然就没了那股冲动。她小心地将它又放回抽屉里。立蕙从书房出来的时候，忽然想，今天何叔叔全家都在遥远的东岸了，心下有些轻松起来。锦茗女儿的大学毕业典礼这时该结束了吧，她想着，为自己在素未谋面的侄女这个人生的重要节日里缺席，生出些许的伤感，赶紧摇头，心里又有些莫名的不安。

周一刚上班，新加坡方面传来新一轮调试数据。一整天的大小会议。电邮，越洋视频连线会议，立蕙忙到下班，将新的方案群发了，推门走出公司总部大楼，天色已是深深的暗蓝。她透了一口长气，忽然感到很想去游泳，再泡下三温暖，放松放松，便拨通了家里的电话，打算让智健跟珑珑先吃晚饭，不用等她了。

电话铃震了短暂的一声，就被拿了起来，让立蕙有些意外。如今各种电话推销实在太多，弄得平日电话铃一响，她和智健、珑珑总是推来推去不愿接。电话那端是珑珑清脆的声线，他还没有变声，立蕙每回听到，总要忍不住微笑。珑珑一听是她，声音就更尖了，有些兴奋地叫："妈咪妈咪，FBI 在找你！"立蕙一愣，说："你在说什么呀，珑珑！"珑珑又叫了一声："FBI 哎！"立蕙这下意识到珑珑是认真的，忙问："你说什么，什么 FBI？""你回来再说吧，没什么大事的，小心开车！"电话那边突然插入智健的声音，幽灵似的。立蕙赶紧应了，收了线，将车子开出来。几个转弯过后，发现车子竟有些跳动，立蕙才意识自己在走神，油门踩得心不在焉。她将电台转到古典频道，是巴赫的《哥德堡变奏曲》第八到十四段那节，优美轻灵的旋律让她的心神安静下来。

将车子在车库里一停稳，立蕙就看到珑珑光了脚站在台阶上朝她招手。她走出车子，轻拥着迎上前来的珑珑。"妈咪！"珑珑叫着，屋里的智健朝她点点头，揽过珑珑，说："你上楼洗澡去，晚饭好了我叫你，好孩子，啊？"立蕙拍拍珑珑，说："我们今早说好的，今晚吃蒜香蛤蛎意面，妈咪马上就做，你洗澡去，今天打球了，对吧？"

珑珑不响，微低了头，朝楼上走去。智健示意立蕙拐到书房里，轻掩上门，说："你自己听一下电话留言。"随即摁下回放键，拿起话筒递给立蕙。

"哈啰！傅立蕙博士，我是 FBI 探员戴维·贝瑞，想跟你约个时间。在你方便的时候，我想跟你聊聊，不用很长时间。请你听到电话后，给我回个电话，我的电话是……"立蕙没将电话听完，就移开听筒，搁上了，站在书桌前，好一会儿回不过神来。

"我接到珑珑，一回家，他就看到留言灯在闪。这孩子就爱管闲事，我去里面放东西，他就已经按了回放键听了。一听到 FBI，就冲出来叫我，又惊又喜的样子，真是孩子。"智健摇摇头。立蕙将手搁到额头上，拇指和中指分别摁到两端的太阳穴上，智健走过来搂了搂她的肩。她松开手，跟智健的目光对视着，彼此点了点头。她轻轻地说："怎么会是这样？怎么回事呢？"

"不要多想，明天你给他们打个电话去问了就明白了。我已经将电话记下了。"智健说着，将桌上的一个黏条扯过来递上，"如果我们没做错什么，不用怕。""我是担心。从锦芯那儿出来，心里就感觉特别不安；再去见了施密特医生之后，这种感觉就更强烈了。你是对的，我就担心有更深的旋涡。但怎么会想到，会扯上 FBI 呢，你说这是怎么回事？"智健摆摆手，说："要谈过才知道的，这样猜没意义。你明天一早就给他们电话。我们做饭去吧。"

第二天一早，立蕙出门上班前，智健已将珑珑送去上学。她来到书房里，按智健记下的号码，给戴维·贝瑞拨了电话。电话响了三下，一个清亮的男声响起来："我是戴维，请问哪位？"——很年轻，出乎立蕙意料。而且语气很家常，立蕙的精神一下就放松下来。"我是立蕙傅……"她话未说完，那边戴维就应了："噢，傅博士，谢谢你打电话回来。我是戴维，戴维·贝瑞，FBI 探员。我给你电话，是想约你见个面，谈些事情。你看什么时候方便呢？"立蕙想了想，问："我能不能问，你想找我谈些什么呢？"戴维在那头笑起来，非常清脆随意："这需要见面时才能聊得明白。你可以定时间，最好不要在周末，周末里大家都要陪家人，对吧？"立蕙说："可我得上班啊。""那我们一起吃个午饭？你总得吃午饭的，对吧？你若不方便出来，我们就到你公司附近。你公司在——？"——立蕙想，他们肯定知道自己的公司在哪儿，就没应。戴维又在那头问："能不能请你告诉我公司的地址？"立蕙有些意外，将地址报上。"我今天、明天都可以的，之后已经有约了。"立蕙又说。戴维在那头停了一下，说："那就明天中午吧，我们到你公司大厅里等你？"立蕙想了想，说："好的。为省时间，就不一起吃午饭了吧。我们就到我公司不远那家山谷里的星巴克见吧。"戴维立刻应下，给人非常配合的印象，让立蕙生出了好感。她随后问戴维要了他的电邮，答应将那家星巴克的地址传去。

　　立蕙近午时分开车出门。这里已是硅谷南端，再出去就是空旷的山地了。沿着弯曲平整的山道往山间开去，是一片高档住宅区，跟锦芯家那一带不同的是，这儿是新区，几乎没有大树，夏天的气温比近海湾的地方热上三五度。

　　立蕙准时走进星巴克，一眼望到靠墙那幅朱红夹青绿乳黄色块的大画下，沙发上坐着一对穿着深蓝黑西装的年轻男女。一见立蕙进门，他们同时起身，一前一后迎上。"傅博士，你好！我是戴维。"戴维伸出手来，跟立蕙握了握。他比立蕙想象的更年轻，浓密的络腮胡子修剪得非常整齐，身形结实高挑，笑起来，竟有些羞涩。"这位是我们的探员艾米莉·科利。"戴维将身边那位轮廓清晰、面容白皙的瘦高女子介绍过来。艾米莉看上去非常知性，一头浅棕色的直发过肩，不露痕迹的精细化妆，深湖蓝色真丝衬衣尖尖的领子翻出来，细细的银色项链，让立蕙心下有些吃惊。若在街上碰到，绝不会跟 FBI 联系到一起。

　　立蕙随他们在靠墙的圆桌边落座。艾米莉问立蕙要喝点儿什么，很柔的声线，让立蕙又微微一惊。立蕙答了冰豆奶拿铁。这时戴维的表情严肃下来，掏出一个墨绿色的证件，打开递到立蕙眼前，让她过目。这是FBI探员的身份证，上面有戴维表情严肃的照片，盖着FBI全称的钢印。立蕙将那ID拿在手中仔细看着。她过去只在电影里看过FBI探员出示身份证的镜头，他们总是掏出一晃，很快就收起。立蕙没想到ID有这么大，竟是普通护照的两倍以上。她有些发愣，戴维微笑着，肯定她已看清了自己的信息，啪的一下，将ID收了起来。艾米莉也将自己的ID递过来，立蕙扫了一眼递回给她。她几乎是应声而起，给立蕙买拿铁去了。

戴维这时拿出手提电脑，开始往上面打着。艾米莉买来拿铁递给立蕙，在边上坐下，也打开了电脑。立蕙问："你们找我……"戴维说："我们注意到，你最近跟何锦芯博士，还有她的家人，走动比较频繁？"立蕙心想，果然，嘴上却说："我只见过锦芯和她母亲各一次，不能说频繁。"戴维笑笑，没说话。立蕙又说："我能不能问一下，你们为什么对这个感兴趣？"戴维说："是我们的任务。""你们在跟踪我吗？"立蕙微蹙了眉，看着戴维，问。"我只是想了解跟锦芯有关的一些情况，而不是对你们跟踪。跟踪是很严重的词，就像监听一样，要走很复杂的法律程序才能获得批准的，我们目前没有这个特权。"立蕙看他一眼，没说话，转眼看到原来在电脑上打着字的艾米莉也停下来了。她们的目光相遇，艾米莉点点头，态度温和。这时又听到戴维说："我想问一下，你是怎么认识她们的？"

立蕙沉吟片刻，说："我们是少年时代的邻居，可以说童年时代就认识。后来走散了，最近才在美国联系上。"戴维一愣，说："那么你们有多少年……""三十多年了，三十多年没见了。"立蕙答着，耸耸肩。"三十多年？哇，那么你们还彼此记得，又互相寻找，这挺罕见的哦，有点像小说了。呵呵，对不起，我这是开句玩笑。那么你们小时感情肯定很好，真让人羡慕呢。"立蕙苦笑一下，点点头："你可以这么说。"

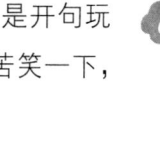

"锦芯有没有跟你聊到她家里的情况？"戴维又问，手停下来，盯着立蕙。立蕙说："谈了，这么多年了，发生了太多的事情。她父亲的去世，她先生的去世，她自己的病痛，很不幸，令人难过。"戴维点点头。艾米莉在一旁小声问："锦芯有没有谈到她丈夫是怎么去世的？"立蕙不响。艾米莉说："任何细节都会有帮助。"立蕙心下一惊，小心地说："她提到了先生回中国创业后，非常辛苦，后来就病了，拖了一阵，查不出是什么病，就回美国继续医治，没有救过来，就去世了。""她是这么说的？"戴维微蹙了眉，啪啪啪地在键盘上敲击着。"是的，她是这么说的。"立蕙肯定地点点头。

"她跟你谈了很多她先生吗？"艾米莉问，她也在记录。立蕙平淡地说："说多了会难过的，何况她身体不好。"说到这里，立蕙抬起眼来，看到玻璃门外，明亮的阳光亮得发白，她的胸口有些发紧，明白自己没有说出全部真话，但也没有说假话。她现在还不能肯定他们找她的目的，但她很清楚，就算锦芯犯下天大的事情，法律都不能强迫自己出庭作证。因为她们是亲人。"亲人"这个词在此时跳出，让立蕙的心感到了刺痛。她停了一下，接着说："我们谈得更多的是她的父母，因为我更熟悉他们。""你没有见过她丈夫吗？"戴维问。"没有，从来没见过。"立蕙摇着头。忽然就看见志达披着半旧军大衣，在三十多年前郑州火车站破旧的站台上摇着手，一脸的稚气——锦芯竟没有提到稚气。他那时还是个孩子啊，不是吗？立蕙的眼圈有些热了。"好的，谢谢你的时间和配合。你回去如果再想到什么，随时跟我们联系。"戴维停止了敲打，将电脑合上。

立蕙点头，盯着戴维的眼睛，问："我不可能想起什么都给你们打电话的，对吗？你们需要了解锦芯哪些方面的事情？能不能给我一点儿线索？"戴维跟艾米莉对视一眼。戴维说："当然可以。主要是关于她丈夫的。比如他们之间的关系，发生过什么事情。""为什么？"立蕙警醒地问。"嗯，这里面牵涉到一些化学品的去向问题。任何相关的线索，都会有帮助。"立蕙一惊，问："毒品？"戴维摇摇头，微眯起眼睛，说："不是通常意义的毒品，我的意思是，不是成瘾性的那种毒品，却是致命的化学物那类。"立蕙的身子一下就直了，轻声问："比如？""比如，铊那一类，重金属。""铊？重金属？"立蕙立刻跟了一句。戴维点点头，说："我们之间的谈话，就保持在我们之间。现在一切都没有答案。锦芯丈夫的死因，已经有医生定论的。但那个诊断和结论，在那位先生生前和死后，都被医院里一位中国大陆背景的护士提出疑义。她说以她在中国大陆的临床经验，直觉告诉她，很可能是重金属中毒。主治医生没有接受这个意见。到锦芯先生死后，那个护士都没放弃，最终警方介入。但后事都办完了。好在医院还封存着血液、尿液和头发等样本。现在，移到了我们这里。"立蕙往后偏了偏身子，说："我听明白你们的逻辑了。你们盯上锦芯，很大的原因是她的职业身份，对吧？"戴维摇摇头，说："不能这样说。但她确实从公司里领取过一定数量的严格控制的重金属。"立蕙看着戴维，说："她是化学家。"戴维笑着点点头，说："是的。她用它们作为实验催化剂的记录甚至都无懈可击。""所以？"立蕙追上一句。"记录未必可靠，那种玩意，不用太多的，一点点……"戴维将右手大拇指并到食指上，抬起来，眯上一只眼睛，说，"只要一点点。"立蕙咬住嘴唇，说："我不要听悬疑桥段，关键的是证据。"戴维说："你说得千真万确！我们在朝那里前行，所以我们需要你的帮助。""你们确定是她吗？"

立蕙问。戴维想了想，说："这不是个好问题。让我这么跟你说吧，她只是一个方向。有时很多的线索都有了，就缺一个关键的扣子将它们连上。有时候几只大扣子都在了，就是找不到线索将它们串起来，所以才需要我们。"戴维指了指自己和艾米莉，笑笑。"好了，我们今天就到这儿吧。谢谢你肯花时间来。我们保持联络。我们再一次郑重地请你不要将我们今天的谈话内容透露给任何人。"戴维的神态严肃起来，看上去换了一个人。立蕙点头，机械地站起身来，跟戴维和艾米莉握了手，一起走出店外。

一到停车场里，戴维和艾米莉，连同立蕙，几乎同时戴上太阳镜，这个动作如此整齐，令他们不禁笑起来。戴维快速地朝她做了个敬礼的手势，说："随时联络，再一次谢谢！"立蕙转身走向自己的车子。她来到车旁，再转头去看，戴维和艾米莉竟已无踪无影。立蕙心下很是不安。她知道他们此时就坐在停车场的某辆车子里，却没见他们移动。她将车倒出来，一踏油门，转到山道上，从后视镜里看去，确定没有追兵，才放下心来。

整个下午，立蕙的脑子里都是"铊"这个字眼。她意识到戴维是故意将这个词透露给她的。立蕙强迫自己不去多想，一路忙到下班时段，坐回到办公桌前，就再也忍不住立刻上网搜索这个关键字。中英文网站的说法一样。铊中毒的症状无非脱发、肠胃功能失调。也有可能引起睾丸萎缩，生殖功能丧失，严重的会导致肝肾等器官功能衰竭。立蕙的目光被锁定在这些危机四伏的字丛里，身后阵阵发凉。她啪地合上电脑，扯下搭在椅背上的那件测试室专用蓝色短褂披上，安静地坐着。

顺着戴维的指引，立蕙看清了她的手里不仅握着几只关键的环扣，而且所有线索都可以清晰地串起来了——至少逻辑上是通的。如果这一切都是真的，那么，她应该是目前知道真相最多的一个——当然，除了锦芯。立蕙站起身来，走去将办公室的门关上。她的双手停在门背上，头伏上去，压抑地抽泣起来。隔着泪眼，她看到自己的脚慢慢动起来，在跑。她扬起头来，看到了锦芯，那么小小的一点粉红色，很快就跃出了她的视线。她是决绝的，去了。确实像锦芯干的。"你们再耍贱，小心我砸烂你们的狗头！"——很早很早以前，她就这么说过。特别让立蕙不安的是，锦芯确实动过念头——让志达一觉醒来就忘掉小歌女，甚至什么都忘掉。

立蕙转过身，拿了面纸巾揩着泪，忽然想，好在她来了。如果再早两年就更好了，那一切可能就改写了。这个想法让立蕙的心情安定下来。她现在要从这里陪锦芯往前走，虽然她还看不到路，或许真的就是没有路，但是她已经跟锦芯连在一起了。

下班回到家里，珑珑早就忘了FBI的事，高高兴兴地吃完晚饭，做作业去了。立蕙和智健坐在餐桌边。"今天见了FBI的两位探员，比我想象的好对付。"立蕙先开了口。"那就好。我有朋友因为回国办公司，大概被怀疑输出敏感的高科技信息，也被约谈过的，也是说所有的问题都很常规，还请吃饭呢。"智健轻松地说着，脸上的笑容却有些不自然。立蕙知道他在担心她，便轻轻拍了拍他的手，说："是关于锦芯的。"话音未落，智健的表情一下就绷紧了。"她2009年出入境太频繁了，志达在北京又弄的是图像处理技术方面的高科技公司，被留意也是正常的。"立蕙说着，一边收拾起盘碗。"那你没告诉他们，你是最近才和他们联系上的，你并不知道那时候的事情。"智健说着，起身帮她收拾起来。立蕙一笑，说："当然是这么说的，他们就没有更多的话了，让保持联系。"智健耸耸肩，说："报上说克林·伊斯特伍德在拍他们FBI老头目胡佛的传记片呢，连肯尼迪刺杀案都一筹莫展，那传记片只能专注他们老局长的私生活了。我从来不信任那些家伙。"立蕙苦笑了说："我哪里又愿意信任他们?"智健一愣,说:"我不是那个意思。"立蕙歪了歪脑袋,从智健手里接过盘碗,说:"我明白的。让我干活去吧。"

立蕙在接下去的两天里,强迫自己不再去想任何关于锦芯的事情。她知道自己需要一个清空的时段,才能进行有效的思考。而且锦芯这个周六就要回来了,立蕙想等锦芯回来了尽快去看看她。按跟叶阿姨和锦芯见面的经验,面对面谈起来,很多思路就可以自然地走通。但锦芯没有等。她在星期五夜里,从东部马里兰给立蕙打来了电话。

立蕙正在烘最后一筐衣裳。手机响了好几下,她才听到。一看是锦芯的电话,她一下摁停了烘干机的启动键,洗衣间里突然一片沉寂。"立蕙!是我,锦芯呀!"——很柔的声线,听上去有点累。立蕙想,东部都该是凌晨1点过了,忙说:"你还没休息吗?很晚了。有什么急事吗?"

锦芯在那边很轻地说:"睡不着,有时差呢。一大家子人今天去迈阿密了,忽然这么空……"立蕙赶紧说:"哦,这一周下来,也够你累的了,好好休息才好。你明天就要回来了,对吧?你回来了,我就去看你。"一阵沉寂。"锦芯!"立蕙轻声叫着。"嗯,我在。"锦芯答,听上去有些走神。"你好像有心事?"立蕙小心地说。锦芯在那边说:"我真的很高兴有你,要不然这样的夜里,连个说话的人都没有。立蕙,我真不愿意回到那个房子里去。"立蕙刚想张口,就听到锦芯又说:"那么大一家子在一起,不知道多开心。我们还去给我爸爸扫了墓。没想到,这么多年过去,连扫墓都有了那种叫作'静好'的感觉,真的感觉爸爸就在我们中间。我给他捎了一大把百合,就是你带来的那种。"锦芯不知是有意还是无意地,说到这里,停了一下。立蕙的鼻子有些发酸。她忍着,没有接锦芯的话。

"我们给他看他大孙女的大学毕业证书。孩子们轮流用中文讲自己的近况。我是最没有什么可谈的了……"立蕙觉得自己看到了锦芯凄凉的笑,忙说:"锦芯,你不要总是对自己这样苛刻。""谢谢你,你真是很体贴。"锦芯在那头打断她,又说:"我告诉爸爸,我见到你了。"这最后一句,利器一般割开了时空,两头都陷入了无边的沉寂。立蕙捏住鼻子,使劲将鼻腔里的流液吞回去。好一会儿,锦芯又说:"那真是团聚了。只有志达不在了。"立蕙有些回过神来,轻声问:"志达安葬在哪里?等你回来了,我可以陪你去祭拜的,如果你愿意的话。"

"按他的意思,一半撒到太平洋里,一半送回湖南老家去了。"锦芯叹出一口长气,说。立蕙愣着,还没接上话,锦芯又说:"但这些都不重要了。我一直在想,如果能够重新回到从前,事情会大不一样的。我自己已经这么固执,真的不该找志达那么偏执的男生。有一件事我上次没告诉你,我在志达去世后,精神几乎崩溃,我的肾衰,就是自杀未遂落下的。"立蕙没想到锦芯会在电话里将这事这样讲出来,愣在那儿未及反应,就听锦芯说:"一切都已经太晚了。不说它了,好在孩子们比我当年懂事多了,这是我如今最大的安慰了。"

立蕙想了想,接了上去,"我有个问题,不知当问不当问。"锦芯在那边就笑了,说:"你看你,我什么都对你说了,你怎么还这么见外?"立蕙听到了自己急速的心跳,她下意识地捂住了话筒,声音低下来,说:"你有没有想过,志达可能是重金属中毒?比如,比如铊?"话一出口,她闭上了双眼。她跟戴维做了同样的一件事——在看似无意间,放出了一支百分之百击中靶心的短箭。她希望锦芯截住它。"你怎么会这么想?"锦芯在那头立刻追上来。"我听到一些故事，上网去查了查，觉得志达那个症状……"立蕙停在这里，她听到了自己的牙齿上下磕碰的声音。"你听到了什么故事？"锦芯又逼上一步。"我只是问问，你对铊了解吗？"立蕙轻声答。锦芯回得非常快："当然，它是一种催化剂，我们做实验会用到的。在美国，这是被严格控制的化学物品。我们的实验记录里，控制物品的流向都要清楚留档的。我奇怪的是，你怎么会做那样的联想？你也在怀疑我吗？"锦芯的声音有些高起来。

"我最近听到一些流言，你知道，这里的华人社区很小。我就是一问，我没有……"立蕙开始后悔自己随手放出了一匹自己无法驾驭的野马。很长的沉默，锦芯才在那头说："我可以想象。谢谢你的印证。"电话里又是一阵长时间的沉寂。立蕙小心地叫着："锦芯？""哦，我在。"锦芯答。立蕙犹豫着说："对不起，我不该那样对你说话。"锦芯立刻接上来："谢谢你跟我说真话。"一个短暂的停顿，锦芯又说："人能控制的事情真是非常有限的。比如我自杀的时候，哪里想得到最后会是今天这个状态？对志达其实也一样。你可能只是想在悬崖边树个警示牌，却一滑脚掉下了万丈深渊。唉，立蕙，不早了，你休息去吧。"没等立蕙回应，锦芯在电话那头的语气轻松起来，笑了说："好的，睡觉去吧。回去再见了，晚安！"立蕙有些不肯定地说："晚安！"锦芯在那边又叫了："等一等，我想再一次告诉你，在我最困难的时候，幸亏有你在。I love you（我爱你）。"立蕙未及回话，那头就挂了，留下空泛的忙音。

立蕙回过神来，将烘干机重新启动了，转身出来，轻轻地带上了身后洗衣房的门。她走到厨房里，给自己倒了杯凉水，坐下喝着，想，今晚的谈话是失败的。等锦芯回来，要尽快见一面。但见了面说什么呢？立蕙有些焦虑起来。如果锦芯真的做了，下面的路在哪里？立蕙摇着头，摁下了厨房顶灯的开关。"你可能只是想在悬崖边树个警示牌,却一滑脚掉下了万丈深渊",锦芯今晚说了这样的话。这是不是意味着她原来的本意只是让志达丧失某些身体功能,没想到却失足深渊?若果真如此,那么应是过失而已?——立蕙将"杀人"二字掐掉了。摇摇头。她站在黑暗的厨房里,有一点是明确的:下星期一要给施密特医生办公室打个电话,告诉他们她考虑过了,要去做匹配测试。

锦芯直到星期天下午,都没有再给立蕙打来电话。立蕙想她应该回到湾区已经两天了,也应该休息了一阵了,就在星期天傍晚,拨打了锦芯的手机。"你拨打的用户已关机",立蕙一愣,想了想,又拨了锦芯家里的电话。漫长的振铃声——立蕙想着,没等留言机的语音提示,就挂上了。她接着又分别打了几次锦芯的手机和家里的座机,手机依然关机,家里电话无人接听。立蕙有些不安起来。到了夜里9点多,立蕙的手机响了,一看,是叶阿姨的号码,急忙接起。

"立蕙,我是叶阿姨啊!"叶阿姨的语气很急。"是我,叶阿姨您还好吗?在哪里了呢?"立蕙故作轻松地问。"我们都很好,可找不到锦芯了!"叶阿姨在那头说。"哦?我今天下午也在联系她,电话都没打通。"立蕙应着。"我们昨天起就在联系她,手机一直关机。查了航空公司的航班,她按时飞回湾区了。飞机应该是星期六上午11点到的,从机场回家,最多只要半小时。但我们到现在都没有联系上,这很不像她。我们全都在加勒比海,真让人着急啊!她身体不好,就怕会出什么事呢!"叶阿姨一句接一句。"叶阿姨,你先不要着急,我马上和智健开车去她家里看看。"立蕙说着,开始收拾东西。"谢谢你们!你有地址吗?"叶阿姨问。"我的GPS上有的,您放心吧。"立蕙已经拎上了包。"但愿没事,我们上船前,她还好好的啊,不过这孩子最近情绪起伏又大了,真让人担心。哦,立蕙，家里大院铁门的密码是锦芯先生的生日：072864。你们进去后，在正对着喷泉的台阶下，正对着那只小青蛙的右腿这侧的小地灯的灯盒里，有张开大门的磁卡。在大门的锁上刷过后，要输的是锦芯的生日062264。记下了吗？我的手机开着。拜托了，开车小心！愿神保佑我们！"

立蕙大声将在楼上的智健叫下来，急速地讲了叶阿姨的电话。智健上楼领了珑珑下来，一边拨通了小区里一家华人朋友的电话，请他们帮着看顾一下珑珑。他又冲到厨房里拿了几只香蕉和苹果，抓了手电，说："不知会待到多晚，得有点准备，车厢里有水。"然后走到车库里，说："开我的车去吧。"立蕙领着珑珑坐进智健的车里，轻声说："小心开车，越是这种时候越要冷静。"智健沉默着坐到驾驶位上，将车子流畅地倒出，先将珑珑送到朋友家，再一路转上高速公路，往北开去。

车子拐上280高速的时候，天已经完全暗下来。山下的灯火在右侧车窗这面绵延而去。立蕙和智健很久都没有说话。车子转下高速，进了盘转的山道，立蕙知道他们接近锦芯的领地了。她像上次那样，摇下车窗，林木的香气混着浅淡的雾气涌进车里，前窗立刻有些模糊。她将车窗摇上，又按下前窗去雾键，呼呼的热风在窗前喷出，视线立刻清明起来。

"锦芯不会出什么事吧？"立蕙看着车灯在前方打出的光道，轻声说。智健不响。"你说她不会出什么事吧？"立蕙又加了一句。智健盯着前方，说："希望是这样。""我们星期五晚上才通过电话的，她听起来还好好的。"立蕙说着，忽然停下来。智健淡淡一笑，说："记得你上次从她这里回来，我跟你说的话吗？我说很可能有更深的旋涡，希望我是过虑了。"立蕙屏住呼吸，没有接他的话。"你不要急，也许她只是要安静一下，这样的身体，旅行是很累的。"智健微侧过脸来,立蕙看到他眼里少有的紧张。

车子转过最后一个弯时,立蕙的心一下就沉下去了。小道尽处锦芯的房子一片漆黑。她明显地感到智健误踩了一下油门,车子很快地滑过去,在铁门外停稳。大门外的感应灯这才亮了。立蕙下去,小跑着找到门边竖着的键盘,噼里啪啦地点击着,忽然皱了眉想,怎么还在用志达的生日做密码呢,就听得身后大门沉闷悠长的响声:"吱——"铁门两侧自动移开。智健将车子开了进去。院子里,房子边的感应灯一下全亮了。立蕙朝小喷泉急步走去,按叶阿姨的指示,从小地灯的灯盒里拿出磁卡。她和智健一起,三步并作两步,直走向房子的大门,快速打下锦芯的生日。

大门被推开的时候,立蕙和智健不约而同地大声叫起来:"锦芯!"——一片死寂。智健转身去按门边的开关,门厅里那盏水晶灯一下就亮了。立蕙抬起头来,说:"这是志达的灯。"话音一落,感觉自己身子一动,那灯上繁复的水晶片就变幻出五彩的光芒。她转过身去,听智健说:"我看楼下,你看楼上!"立蕙沿着楼梯往上跑去。

灯光大亮,一扇扇的门被推开。叶阿姨和孩子们的房间,都跟她上次来看到的一模一样,没有一点变化。她穿过走廊,走向主卧室,心下有些紧张起来。她冲进主卧室,按下了房里的顶灯,室内一片光明,空无人迹,连床上的铺盖看上去都纹丝不乱。她快速旋过浴室各处,一样的空寂。这时,她突然听到智健在楼下大叫:"立蕙!立蕙!快来!""怎么啦?怎么回事?"她大声应着,一个急转身,朝楼下跑去。

一层客厅,书房,起居室,厨房,灯光大亮。智健站在厨房中央墨绿大理石贴面的宽大厨台边,手里握着一张白色的纸。见她走来,他又摇了摇,叫:"锦芯留下的。"

立蕙急步上前，正要伸手去接智健手里的纸，一眼看到大理石台面上放着一个深紫红的天鹅绒小袋子，她将袋子捏起来，直觉告诉她，那是锦芯的玉镯。智健将那张白纸递上来，立蕙看到锦芯非常好看的行书：不要找我。我是一只夏末的孤蝉。合适的时候，将这玉镯交给青青她们。还有那些故事。

立蕙捏着锦芯的留言，愣在灯下。智健转过来，直视着她，说："孤蝉？不要找她？黄雀在后——到底发生了什么事？她担心我们会引来警察？"立蕙凄凉一笑，说："倒更像是说'无人信高洁，谁为表予心'呢。我们先走吧！"智健一愣，看着她，想了想，说："那我去把车开过来。"

立蕙走出锦芯家的大门，站在台阶上等智健去将车开进来。远处望去，海湾边的万盏灯火已埋在雾中，近处山林间的林木也变得模糊，天际沉沉一片漆黑。立蕙抬起头来，想，锦芯今夜在沙漠里，应该能看到更多的星光，或许，她会觉得离天更近了。

2011年7月4日，独立节，初稿
2011年12月22日，圣诞节前，二稿
2012年1月7日，三稿
2012年1月12日，四稿

刊发于《人民文学》2012年第10期
《中篇小说选刊》2012年第六期
《中华文学选刊》2013年第1期
《新华文摘》2012年第24期
《北京文学·中篇小说月报》2012年第11期转载
获2012年度"茅台杯"人民文学中篇小说奖

《中篇小说选刊》"2012—2013年度优秀中篇小说奖"

第五届《北京文学》中篇小说月报奖

进入中国小说学会2012年度小说排行榜

（注：刊物期数为大写，表示此刊物为双月刊。全书同）

我是欧文太太

丹文从那个曾追击我多年的梦魇里满血复活，踩着我的心跳一路前行而来的时刻，趁回国出差返家乡探亲的我，刚领着几位从深圳飞过来避暑度周末的老美同事在阳朔西街的肯德基店里坐定。

肯德基里凉飕飕的冷气扑面而来，让人精神一振。店里灯火通明，十足的快餐店派头，一点儿情调都谈不上。虽已是夜里 9 点多了，店里仍坐满了人，大部分的人都在喝冷饮，看来和我们一样，都是来蹭空调的。大家分头找位，买饮料。看同事们终于坐定，捧着大杯的冰镇饮料，孩子般地说笑起来，我吐出一口长气。

这时，我一眼看到一对身材高挑的母女说笑着闪进大门。"闪进"肯定是我的心理感觉，因为后来再回想，她们当时映到我眼里的影像竟是慢动作：一步一步，衣衫的边缘虚化起来；细长的手臂交错着甩开，闪成雪亮的光圈；两人都是一身的白，在阳朔西街尽头亮如白昼的肯德基店堂里，瞬时翻出漫天雪花。

一个熟悉的影像，一晃而过。我的身子腾地坐直了，目光首先落到那个高挑的女孩身上。她一头浅栗色的长发，在脑后高高地扎成个马尾,虽然个子很高,但脸上带着明显的稚气,应该只是十三四岁的年纪。女孩穿着月白色的长款针织背心,胸前有个银灰闪亮的大骷髅图案,一条带着毛边的超短款白色牛仔短裤,一双银白色厚底泡沫拖鞋,健康的浅棕肤色,长长的腿形非常好看,让我想到那些个没事就躺在海滩上晒太阳的加州少女。女孩的五官带着东方的圆润,一看就是混血儿。我的目光很快扫过她,在她身边的母亲身上停住,这一停不打紧,我忍不住轻叫起来:"噢!我的天!丹文——"我一眼就认出了她。虽然已经隔了二十年的时光,虽然那个曾追击我多年的噩梦也已被时光的雪尘埋葬经年。

冰凉的可乐漫过手心,顺着手臂急速传遍全身。我感到地下有冰碴,下意识地低头看向双脚——裸露的双足,踩在雪地星星点点的血迹上。那么冷,我回到了美国西北爱达荷腹地林海边缘的雪原上了。我下意识地往后靠了靠,定睛再看,我那些涂成石榴红色的趾甲在灰蓝的荧光下稳稳地踏在人字拖鞋里。

周边的桌椅开始悬浮。红蓝黄绿白的男女飘过,我再听不到他们的声音。只看到穿着白色无袖直身连衣短裙的丹文,侧过头来,望着我笑。她一头短短的酒红色短发,身材还是那么修长,看来二十年的光阴是从她身边溜过的。我晃了晃脑袋,发现她其实是在专注地望着她身边的女孩笑。她笑得太好看了,细长的眼睛几乎眯成两条长线,脸上的线条能让人感知那眼里闪亮的光。这是我最难以想象的画面——这些年来,在我的记忆里冒着风雪奔走的她,永远是一张悲苦决绝的面容。她倒像她的年纪了,却没有老。我在蒙大拿的风雪里遇见她的时候,她不过三十出头。前些年,每每想到她,我总会算算,然后叹一口气:如果她还活着,应该三十五了;应该四十了;四十五了……后来,我停止了想象,或许在潜意识里不愿意想见她老去。而在十五年前,当得知我当年的房东、丹文的前夫逸林在亚特兰大郊外的高速公路边离奇死亡之后,那些追击我多年的噩梦再也没有寻来。我无法解释这里面的因果,也不再想寻到解释。从爱达荷的风暴中出走,这二十年来,我已从满身青涩的年轻女博士,变成了典型的硅谷人。在一堆堆的经济泡沫里游泳,挣扎,频繁地跳槽,又尝试创业,做着功成名就的硅谷梦的同时,结婚生子,样样都不肯落下,好事都想占全,生活画板落得个杂色斑斑,层层涂写之后,不再为过去留下空隙。

真没想到,二十年前的风雪却在故乡的暑夜里突然卷土袭来。最要紧的是,丹文竟还活着,眼下竟近在咫尺。我将手中的饮料啪地搁在台面上,站起身来。年轻的老美同事们正在享受各自手中的冷饮,嬉笑着聊起当天各自撞到的趣事,没人注意我。

丹文当年留给我的最后一句话是:"记住,你从来没有见过我,所有跟我有关的事情,都是一个梦境,你最好忘了它。"这么多年都过去了,我已年过不惑,却还是一如当年,没能管住自己。

这些年来,我从没跟人提起过,我曾有过成为一个女教授的理想,也曾有过实现理想的机会。我更不曾告诉过人,命运的改写,其实是与一个叫丹文的女子在美国西北的暴风雪中陌路相逢有关。我一直对那次相遇给丹文带来的灭顶之灾,怀着深深的自责。它曾作为我生命中的重大秘密,沉重地压在心头,变成噩梦,对我围追堵截。

有很长一段时间,我常常在梦中遇见丹文。她总是穿着那件跟我在蒙大拿的"灰狗"长途大巴上相遇时披在身上的半旧军绿色棉大衣,在雪地上一脚深一脚浅地跑着。梦境是黑白的,除了她棉衣的军绿和脖子上那条围巾的一抹鲜红。她惨白瘦削的脸被狂风的手扭着,凌乱的头发急速地抽打着她的面颊,左眉间的那颗大痣,像一枚狠狠扎入皮肉的铁钉。我听不到梦里的风声,这让她看上去像无声电影时代残片中走投无路的女主角，命悬一线，却呼天不应，叫地不灵。我不愿意将这个梦境当成是对丹文命运的暗示，虽然我已经接受了她的结局凶多吉少。

遇到丹文，是在二十年前的圣诞节前夕。我刚从美国西部腹地蒙大拿的冰山镇面试教职出来，因为多年不遇的大风雪，小镇机场停飞。为了赶回我所在的爱州莫城和在爱大任助理教授的房东逸林夫妇去往著名滑雪胜地太阳谷过圣诞，我选择了坐"灰狗"长途大巴上路。正是这个机缘，让我碰到了冒着横扫美国北部的大风雪，从纽约一程程地换车，千里寻夫而来的丹文。

"是前夫——"丹文在那一路的风雪里断断续续向我诉说自己的前尘来路时，谈到她要去西北寻找的人，总是这样强调。遇到我的时候，一口京腔的丹文正好是从广州来到美国两年半。她在新泽西一所大学里念了个软件工程专业的硕士学位，半年多前，刚在纽约城里找到了工作，公司已开始给她办绿卡，在美国的生活算是安定了下来。可这朝九晚五的生活不是她来美国的目的。她的心情又变得时好时坏。她觉得必须要见到前夫胡力，只有听到他当面说出负她的真正原因，她才能从创伤里康复。提到胡力的时候，她优雅地用左手食指轻轻撩了一下右边的衣袖，将右手递到我面前。我看到她的右手腕上有一只狐狸的刺青。那狐狸的大尾巴高高翘着，栩栩如生，很是可爱。"所谓解铃还须系铃人啊。我付出了全部青春的感情，难道不值得讨回一个 Why？"丹文看向车窗外的茫茫雪原，悲戚地说。

胡力是丹文在大三的暑假里，第一次离开北京到在广州羊城大学任教的姨妈家度假时认识的。胡力比丹文大十来岁，当年在海南岛的建设兵团里割了十年的橡胶。那是部队的编制，但兵团战士的军装却没有领章帽徽。也许因为有过那段经历，胡力回城多年后，仍很喜欢穿军装。听到这里，我下意识地看了一眼丹文小心折好搁在座位下的那件军色棉大衣。

胡力"文革"后回城，因照顾重病的父亲，错过了前几届高考，后来进了羊城大学实验员班，留校成了化工原理实验室的实验员。他平日里一门接一门地旁听着本科课程。几乎是一张白纸的丹文，喜欢听胡力的青春故事，更爱听他悲凉的手风琴声。她在那个暑假里，总是泡在胡力的实验室里。第二年早春，丹文不顾家里的强烈反对，报考了华南理工学院的研究生，去了广州。为了尽快在人生里追回一程，胡力决定直接申请去美国读研究生。他们编造了一份胡力的本科成绩单。胡力考下托福和 GRE 后，由他在香港的亲戚做经济担保，申请到美国新泽西大学的录取。正在这节骨眼上，丹文发现自己怀孕了。她背着胡力去做人流，术后的大出血让事情败露。因丹文已临近毕业，学校只对她做了留校察看的处分。丹文却觉得无颜见人，连到手的学位也没拿，自动退学后漂在广州。

"那真是我人生的最低谷了。随胡力去美国，成了前程里的一丝曙光。"丹文自语般地说。胡力临行之前，领着丹文去办了结婚登记。

胡力在美国只花了一年多的时间就读下了环境工程专业的硕士，转学到西雅图的华盛顿大学攻读博士。为了省钱，也为了看看美国，在那个冬天里，胡力在风雪中一程程地坐着"灰狗"，从新泽西去往西雅图。而丹文的探亲签证却屡屡被拒，她的情绪变得十分不稳，经常给胡力打对方付费电话哭诉，要求胡力中止学业回国。"为了爱，这是值得的。"丹文哭着在昂贵的越洋电话里反复说。胡力说："我可以回去，但不是为了你说的那个爱。你的爱，就像一把刀爱它割出的伤口。"事情到了这份儿上，胡力再没有实际行动。他接着换了电话，并通过律师发来离婚协议书。丹文在离婚协议上签字的时候心情平静下来。健康地到美国去，要胡力当面给她个解释，成了丹文生活的新目标。

丹文的故事，在我们到达华盛顿州斯波坎时告一段落。我要从那儿再转一趟车回我所在的莫城，而丹文要去往城里的大学寻找胡力。我们站在候车大厅里道别时，丹文忽然问我想不想看看胡力长什么样。我没有忍住好奇，点了点头。丹文伸手去军棉大衣里掏照片，竟掏出一把很小的勃朗宁"掌心雷"手枪，很快地又塞回另一兜里。"你有枪！"我失口轻叫。她拍我一下："防身用的，嘘！"她接着拿出一张过塑的彩色照片递给我，我没有想到，那竟是我的房东逸林。照片里，逸林穿一件色泽很新却没有领章的军衣，额前的长发扬起几缕，带着英勃的孟浪，跟如今终日若有所思的逸林大不一样。

我强抑着心里的震惊，将照片还给丹文。我意识到事情的严重性。如果丹文说的属实，那么逸林牵涉其中的还不仅仅是情事。他伪造学历那档问题，很可能会毁了他在爱大的前程，甚至他将来在美国学术界发展的前程。当然，那也许不是绝路。美国是如此现实的国家，逸林凭自己在美国的一贯优良业绩，也可能会逢凶化吉。可其间会有多少的沟坎、变数，只有天晓得了。我让自己镇定下来，劝她若到城里找不到胡力，就赶紧回到自己的生活里去——"未来才是我们活下去的理由。"我学着书本上的口气说。丹文点点她右手腕上的那狐狸刺青，冷笑一声："瞧你说得多轻松。我只有亲手将它抹去，才能获得真正的平静。听说他都当上教授了。他拿到来美国的签证那天，跟我说：'我成了一个新人了。'我要让他明白，如果一个人选择了做坏人，他将什么也不是。我甚至只用花一张邮票的代价，向学校告发他伪造学历的劣迹，就能让他建立在谎言和我青春血泪上的大厦轰然倒塌。我来美国后看到一个故事，说的是一个被负的女人，直到杀掉了负她的男人，将那男人的睾丸压成一对耳环，天天戴在耳边，她才获得了解脱。这个故事让我哭了——"丹文说到这儿，见我脸色大变，马上很轻地一笑，"瞧你吓成这样，我在讲故事呢。"

按丹文的意愿，我们彼此没有交换联系方式。"如果有缘，我们就还会相见的。"她倒退着走出几步，像想起了什么，忽然站定下来冲着我叫："你也帮我留意你们学校，看那只老狐狸是不是在那儿。"说到这儿，丹文突然伸出右手，用大拇指和食指做出手枪的样子，朝我站立的方向一点，"你如果见到他就告诉他，我在找他。"她说完，没等我回话，转身径自走了。

我在那个夜里，带着深深的焦虑回到莫城。逸林和许梅的房里一片死寂。我悄悄地从侧门进到了我租住的那依坡而下的半截地下室。我非常疲倦，却怎么也无法入睡，迷迷糊糊地翻来覆去，隐约感到窗帘四周有了天光时，才迷糊过去。一觉竟睡到了第二天近午。起来匆匆梳洗之后，赶忙往楼上客厅跑，想马上见到逸林。

客厅里非常安静，我绕到餐厅，一眼看到逸林压在餐桌上的字条——阿兰：许梅母亲在加州摔断了腿，她已飞去。很抱歉，太阳谷之行只能取消了。我实验室里有些事还没弄完。你先好好休息一下，见面再聊。——逸林

我失望地收起字条，转身走回自己屋里，忽然电话铃声大作。我拿起电话，那头传来丹文冰冷的声音："真是老天有眼，怎么就让我碰上了你呢？""啊，丹文，你在哪儿？"丹文在那头冷笑一声，说："他居然还改了名字！太荒唐了！可狐狸再狡猾，也躲不过猎人的枪口。只要他还在喘气，我就能嗅着气味找到他！"我未及反应，丹文在那头又说："一看到他的照片，你就吓成那样，我怎么能错过这条线索？哼！他很快就要混上终身教授了？可他是心虚

的，你看他照片上的那双眼睛！"听丹文的口气，仿佛她就站在我身边，正在给我指看逸林的照片。我汗毛倒竖，下意识地转过头去，快快地扫了一眼我的屋子。"可事情过去这么久了，它造成的伤害，已经成了无法改变的历史，放下它吧！"我将手摁在胸前，想让急速的心跳慢下来，断续地说。

丹文不耐烦地打断我："如果你不做了结，历史不会自动断裂。我必须走了。记住，你从来没有见过我，所有跟我有关的事情，都是你的一个梦境，你最好忘了它。"说完，她在那头就将电话给掐了。我顺着床沿滑坐到了地毯上，手里的话筒传出空洞而寂寥的嗡嗡声。胃有一阵短暂的痉挛，到了这时，我觉得至少应该让逸林知道丹文已经来到莫城。

那是没有手机的年代。我一遍遍地往逸林的实验室打电话，没有人接。我冒着雨雪，焦急地在小城里转着。圣诞节即将来临的大学城里一片静谧，我不时停下来抹抹脸上的雪水，印证自己不是在梦游，直转到天色已经完全暗下来，才往回走。逸林家门前自控的圣诞彩灯已经亮起，可逸林还没有回来。

风雪开始大了，呼呼的风声，拍打着门窗。偶尔听到楼上客厅里的电话响几下，然后重新陷入长长的死寂。在风雪中跑了一天的我，很早就倒下睡着了，却一直无法睡踏实。直到下半夜听到了车库门开启的声音，知道逸林回来了，我才妥帖地入睡。

第二天一早醒来，我匆匆洗脸刷牙，换了衣服就往楼上走去。在通到二层的楼梯上，与神色凝重的逸林撞了个正着。他朝我点点头。逸林看上去好像瘦了一圈，眼睛都凹了下去，眼圈很黑，手里提着个小旅行箱。"逸林，我……"我刚开口，就被逸林立刻打断，他一字一顿地说："记住，你只是房客，什么也不知道。"我正要再说话，逸林一摆手，恶狠狠地说："别的不用再说了。"我待在那儿。逸林往前走了两步,又停下来,转过身很轻地拍拍我的肩膀:"我马上飞加州,许梅母亲病危了。这里没有你的事,好好过你的生活去吧。"他转过身去,疾步走进车库。我趴在起居室的大窗边,看着逸林的车子滑出车道。他那吉普的车身非常脏,满是雪泥飞溅留下的痕迹,像是在雪地里长途跋涉过的样子。

丹文和逸林应该是见过面了。丹文得到了她想要的回答吗?她现在在哪里?这样的念头在我的脑子里缠成一团乱麻,令人抓狂。我只得出门去找系里的中国同学打牌吃饭,直到夜里10点多钟,因不胜酒力,被同学送回家中。

我斜坐在椅子里,喝着解酒的茶。屋里静得令人害怕,我拧开电视,漫不经心地看向屏幕。这时,镜头一个切换,画面上出现了一辆陷在莫城郊外湖边峡谷雪中的车子。记者说,因为下大雪,通往这个谷地的路架了封锁栏,今天下午几个到这一带越野滑雪的年轻人,看到了车子后厢盖边飘着的红色围巾,才意外地发现了这辆车子。"红围巾"这个词,一下抓住了我。我跳起来,凑近电视机看。电视镜头摇近了,那是一辆老旧的棕色 Toyota SR5 双门小跑车。那条被车后厢盖夹住、在寒风中飘摇的红围巾,是那么的眼熟。镜头拉得更近了,我看清楚了围巾两头中国灯笼式的须结,这分明就是丹文脖子上围着的那条!

血冲到脑门,一阵眩晕。电视镜头转到车厢里。车子的方向盘、仪表盘和座椅下,有一些由血冻成的红色冰块;前车窗上,还有些血点。电视里又说,由冰血的状态看,应该是打斗后草草处理过的现场。消息来源指出,这是一辆拆下了车牌的旧车,警方呼吁知道线索的民众报案。我跌回到椅子上,大气也不敢出,双手震颤着握到电话上,很快又放开了。看来丹文出大事了。是自杀,还是他杀?丹文如果死了,她的遗体在哪里?我屏住呼吸,感觉到身体绷紧了起来，有股内力，在身体里游走，马上就要将我的身体撕裂开来。

当天夜里，我发热病倒了。躺在病床上，我最大的挣扎是该不该给警方打电话。整个事件带给我的震惊，让我失去了对各种细节真伪的判断能力。因为自己的率意而引来了丹文的这一教训，让我的神经变得十分过敏。以往听过的美国司法制度的瑕疵给当事人带来的伤害，被我在脑中无限放大，在意识到自己无法对整个事件和各当事人做出理性的思辨时，我选择了沉默。

在那个寒假结束之前，我决定飞去硅谷，投奔在那里的表姐。离开之前，我一直没能联系上逸林夫妇，只好将房租和钥匙留下。我在圣诞之后，婉拒了来自蒙大拿大学冰山分校提供的教职，留在了加州明媚的阳光里。那是长年无雪的地方，它隔断了我跟寒冷的联系。

只是丹文常常出现在我的梦中，我看到她光着双脚，在漫天大雪里奔跑，头发散开，最后仰面倒下。我总是在雪地漫出一片血红时惊醒。我再也没跟逸林、许梅联系过。早些年，从爱大来硅谷的同学那儿听说，逸林和许梅都先后顺利地拿到了爱大的终身教职。逸林发展得特别好，拿到了美国国家科学研究基金一笔数目可观的环保基金，拥有了自己的实验室，成了爱大的名教授。我忍不住想，看来当年丹文是还没来得及去告发，就遭遇了不幸。有时我又会想，当年就算爱大校方收到了丹文对逸林的揭发，逸林也未必就前程尽毁。美国之所以伟大，正是包括它永远给人机会，甚至第二次、第三次或更多次的机会。我也曾不时会查一下莫城警方的消息，却从没有获得那个红围巾血案侦破的消息。我也不曾在北美中文媒体上看到过任何相关的消息。我慢慢接受了丹文人间蒸发的事实。有时从梦中惊醒，我甚至会像自己曾看过的心理医生那样，怀疑我自己的记忆。我真的见过那个叫丹文的中国女子吗？她真的向我讲述过那一切？那会不会全是我的幻觉？

直到离开莫城五年之后的一个中午，我在硅谷一家中餐馆里等着朋友们一起吃午饭，随手翻看当天的北美读者最多的中文版《世界日报》，突然看到一道黑体标题——"亚特兰大华裔男教授陈尸旷野，警方呼吁知情者提供线索"。对这类新闻下意识的敏感，让我一口气读了下去。说的竟是时任亚特兰大一所私立名校教授的胡逸林的遗体，在亚特兰大郊外高速公路边的花生地里被发现。报道说，死者身上并无明显外伤，现场也无搏斗痕迹。那报道很短，有一处久久地抓住了我的眼睛："死者身上盖着一件老旧的军色棉大衣，但他的家人和朋友从来没见他生前穿过它。目前警方正在展开调查，希望有线索的民众与警方联系。"我之前并不知道逸林已经转到了亚特兰大，这时突然看到逸林曝尸南方旷野的消息，非常震惊。我拿起报纸，强迫自己将报道又读了一遍。逸林为什么离开了已经拿到终身教职的爱大？他到底扛不住内心自责的煎熬，终于做了自我了断，追随丹文而去？但这显然不大可能，他一路走来，经历了多少的风浪，不可能在功成名就的时候做这样的傻事。这里面的隐情，应该跟那件神秘的军大衣有关，它竟然盖在他的遗体上。这个意象，让我打着哆嗦，抬起头来，看到漫天雪花。我连忙离座去到卫生间里独自揩泪。这么多年来，虽然我从未再跟逸林夫妇联系，但我从不曾忘记，他们曾经是我最亲近的朋友，帮助我渡过了在美国留学时代最初的艰难。我为逸林的离去感到了深切的悲伤，也为自己未能阻止这样的悲剧发生感到深深的痛心。再出来时，满桌的人已经到齐。大家热闹地说笑寒暄，没人注意我。

像当年在莫城一样，我再次选择了沉默。那个关于丹文的噩梦，又开始出现。奇怪的是，那梦境慢慢地不再是雪地，而是无边无际的沙滩，旷无人影，从白变到金红，远远的，总有两个一前一后远行的身影。我的日子从此睡牢了。我就想，看来丹文和逸林都安息了。

我站到柜台边时，丹文母女已经拿到她们的奶昔和可乐，正在等店员找钱。我听到丹文用英文对女儿说快去找个座位，那声音很沙哑，好像患了重感冒一般。那乖巧的女孩拿好冷饮，转身走开了。

"丹文——"我站过去，很轻地叫了一声。我听到了自己急剧的心跳。

她的身子绷直了，像被人用枪顶住了腰。"丹文。"我再次将她的名字像石榴籽似的咬着，又一粒一粒小心地吐出来。她回头了，带着与人狭路相逢的野猫的眼神。她左眉间的那颗大痣不见了，原来那两道浓黑的长眉剃掉了，像时尚杂志上的女模特那样文出两条带拐角的细长眉线。眼角有了很多不长却很深的皱纹。肤色还是很白，却不再有当年那种细腻的光色。她左手无名指上戴着个白金婚戒，右手腕上戴着一条蒂芙尼银手链，上面串着许多小挂件，一动，就带出细弱的响声。让我惊讶的是，那刺青狐狸竟然还在！我差点儿叫出声来。只是那刺青已很淡，狐狸的大尾巴看上去有点儿像水墨画上洇出的小花。丹文显然注意到了我的目光，下意识地握了一下右手腕。

"我是阿兰。"我盯着她的眼睛，报上接头暗号。那是我当年告诉过她的名字。她很快地上下扫过我全身，眼神里带着隐隐的恐慌。作为一对少年儿女的母亲，与二十年前相比，我无论是身材还是容颜都发生了很大的变化，丹文认不出我，并不令人意外。"那年冬天，在蒙大拿——"我刚开口，就看见她的眉毛在跳动，眼睛里发出一道柔亮的光。我的鼻子一酸："我看到了那辆雪地里的车子，一眼就认出了你的红围巾……这么多年来，哦，对不起，除了祈祷——真没想到,你还——"我说到这里停住了,将"活着"两个字硬吞了下去,强忍着不让自己哭出来。丹文咬着嘴唇,一言不发,机械地接过收银员递过来的零票,手却摊着,好一会儿才想起什么似的,紧紧捏起。

站得那么近,我能清楚地看到她薄得好像透明的鼻翼轻轻地张合着,她低下头,铁青着脸,不响。这时,她的女儿走过来了,表情好奇地望望我,又望望她母亲。我赶忙抹了一下眼睛,努力朝她笑了笑:"嗨!"小姑娘又看看她那回避着我的母亲,轻声用英文问:"妈咪,怎么回事?你没事吧?"我看着那个漂亮的小姑娘,由衷地说:"孩子都这么大了,多漂亮的姑娘啊,真为你高兴……"

丹文一把扯住女儿的手,面无表情地说:"我们走吧!"

"丹文!"我追上一步,冲着她的背影叫。她停下来,想了想,对女儿轻声说了什么。那乖巧的女儿拿着两杯冷饮,带着不安的神情,退出几步,站到门边等着。丹文这时向我走来,她的情绪明显地稳定下来。大厅里仍是人来人往,却没有人注意我们这对被清冷的灯光照出一身寒气的中年女子。

"你这些年一直在找的那个女人,"丹文开口了,沙哑的声音。我们站得那么近,我感到了她呼吸里的寒气——"如果你相信她还活着,却一直没有能找到,那就是她并不想再见到你。"没等我回话,她转过身去,朝站在门边的女孩摆摆手,示意那小姑娘起步。我冲着她的背影,射出一串子弹:"你知道吗,胡力也死了。"我不知道自己怎么会说了"也"这个字。丹文这下站稳了,没有任何动作,她女儿轻蹙着眉,看向她。她转过头来,直视着我说:"跟他纠缠过那么久,是那个女人一生最大的错误,最深的不幸。""丹文!"我带上了哭腔。她向着我,走近两步,盯着我的眼睛说:"对不起,我是欧文太太。"

我站在灯火通明的店堂里，眼巴巴地望着她挽上女儿，雪花一般飘出肯德基大门。当她们转到大窗边上时，我看到丹文，哦，欧文太太——我看到欧文太太侧过脸来，望向仍呆立在店堂中央的我，突然伸出右手，用大拇指和食指做出手枪的样子，朝我站立的方向一点，然后摆了摆手，没有笑，却带着友善。我再一眨眼，她们已经在视线中消失。我揉着眼睛，努力回想着刚才看到那最后一眼，却怎么也不能肯定那挥枪的一点，是不是二十年前道别时的记忆被激活了。

　　这时，我的年轻同事围上来："你还好吗？""你的朋友走了？"他们漫不经心地问着。"是欧文太太，一个死去的朋友。"我轻声答着。"啊，你在说什么？！"见我不响，他们知趣地不再追问。

　　走出肯德基的大门，看到远处西街的霓虹开始稀落，通向霓虹的小道一片漆黑。

2015 年 2 月 5 日定稿

刊发于《广西文学》2015 年第 4 期
《小说选刊》2015 年第 5 期转载
进入中国小说学会 2015 年度小说排行榜

莲 露

1

吉米·辛普森的照片从电脑屏幕中闪出的瞬间,我立刻就明白了莲露的归宿。

"旧金山资深风险投资家吉米·辛普森出海失踪"的浅灰标题,置于《旧金山纪事报》网站首页"湾区及本州新闻"版内第三条。照片中,那个叫辛普森的老头齐刷刷的灰白短发,着深黑紧身运动衫,身板笔直神气地站在一艘帆船前端,正抬手摘取架在头顶的太阳镜。一脸由衷开心的笑容,顺着脸上那些因常年户外运动晒出的深纹四下散开,让他的脸相显得立体有力,跟我在沙沙里多水边撞见的时候几乎一模一样。这该是近照。新闻说,感恩节后的第一个周末午后,帆船运动爱好者辛普森从旧金山北湾的沙沙里多水岸出发,去往金门大桥外海域撒母亲的骨灰,一去不返。接到辛普森家人的报告后,海岸警卫队出动多艘救援艇和直升机,在金门大桥一带海域大面积搜救未果。现四十八小时已过,海岸警卫队停止急救措施，进入正常巡逻程序。

文中提到辛普森是旧金山金融界知名的风险投资人，现年六十四岁。他的投资团队主投的两家网络应用软件开发初创公司，分别被"谷歌"和"脸书"并购，很是赚了几笔大钱。辛普森和前妻育有一子二女，均已成人。他2000年离婚后一直独身。文章末尾有一句："据目击者透露，辛普森当日从沙沙里多出发时，船上有一位亚裔女子同行。记者就此向警方求证，警方表示目前事件正在调查中，具体细节无可奉告。"

那就是莲露了。上周末，在沙沙里多水岸边人声鼎沸的"渔人"餐馆里，我们在大门口撞了个正着。那是天意。我几年都不去沙沙里多一次，那天是陪伯克利帆船俱乐部的老美哥们儿托尼去那里看一艘待售的二手帆船。我们看完帆船，走到"渔人"餐馆时，已是午后1点多了，人们还在门口排着长队。我正要去领号，在大门口撞到推门而出的莲露。她一身纯黑，风衣领口处露出一抹雪白，可能是围巾。黑色的棒球帽檐压得很低，帽子后檐的孔里露出一把曲卷的长尾。口红很艳，让她本来就阔厚性感的嘴唇更加抢眼。时尚的宽大太阳镜将她细窄的脸几乎遮掉一半。她在辛普森的臂弯里——那个挺拔精干的老男人的名字，是我刚从网上看到的。他们看上去非常开心。辛普森正说着什么，莲露咧嘴大笑。

那笑声有些耳熟，我的注意力被它抓住，以致我和他们交臂时不禁停了一步。按我的职业规范，在任何公开场合遇到患者，即使他们已中止治疗多年，作为心理医师的我，都不能主动跟他们打招呼，当然更不能有私人性质的交往。我已经很长时间没见莲露了，她的状态好得出乎我的意料，这是我忍不住停步的原因。莲露显然看到了我。她侧过身来，也停了一步，笑很快收住了。一两秒间，她和我擦肩而过，随辛普森走到餐馆前阔大的停车场上。餐馆的露台上坐满了身着深色冬装的食客，他们在明亮的阳光下和海鸟混在一起，杂乱而喧腾。不远处的水岸，停满以素白、青蓝为主色调的帆船。我在进入餐厅之前，忍不住再次回头。莲露也在回头，她放开了牵着辛普森的手，朝我摆了摆，脑袋有点俏皮地一侧。我看到她那几乎要咧到耳角的红唇，非常灿烂地笑，带着用力过度的夸张。我急忙扭回头来，未作回应，心下有些不安地想，看来她又换了男友，可这短暂的忧虑很快被托尼的说笑抹去。

我拿起手机。那里面有当年将莲露推荐来的婚姻家庭关系专家杰妮在今天早些时候的留言。杰妮说，莲露从上星期天起就没了音讯，已有两天没有上班。她家人和她供职的公司都已向警方报案。莲露的家人通知了杰妮。杰妮最后语气犹豫地说："我了解你们已很长时间没有工作上的联系了。"说到这里，一个停顿——美国人总是这样，一说到专业领域的事，哪怕彼此是多年的老朋友和工作伙伴，仍然会这样小心翼翼。我摇摇头，又听到她说："这仅是你我间的私人电话。我为莲露担心，也很着急，想到或许你有点什么线索。如果给你带来不便，请……"我点停回放键。

杰妮的直觉是对的。我是看到了莲露离去身影的人。显然我不是唯一的目击者。

我将手机扔回台面，转过身去。墙上那排镶在金色漆料画框里的太平洋海岸的巨浪扑面而来。这是早年某个春夏之交的傍晚，我作为冲浪运动发烧友，在北加州无名小镇的海面上被大浪拍到海水深处之前，抓拍到的海面——西沉的太阳在巨浪的边缘刷出一片火轮，浪的深处呈出透明。画面侧边更深处的海面，已经因黄昏的到来呈出墨蓝。在数码相机流行之后，我将照片请专家用特殊的相机处理翻拍，再印到帆布上。这技术像用砂纸给原本过于光滑的海天夕阳打磨过了，使海浪带上粗粝的韧性。

"这画好奇怪。"——那是莲露作为患者,第一次坐到我位于伯克利市马丁·路德·金大道上的诊所办公室里说的第一句话。她一口完全没有卷舌和后鼻音的南方国语,听不出明显的地域口音。我相信我华裔心理医师的身份,是她选择来见我的主要原因。没等我回答,她又说了一句:"它很像我常做的一个梦,老人与海。"说到这里,她歪了歪脑袋,目光没有从照片上移开,又说,"应该还有条向着满天晚霞开去的船,一直去往金红的天际,最后一起沉落到夕阳深处的大浪里。"听她说了"一起",我一愣,回过头去看了一眼那挂在墙上的海浪。

"我们就从这里开始吧。"——作为心理医生,我说了这样的开场白。莲露撇嘴一笑:"怎么能从结局开始呢?"——隔了一年多的时光,我还能感觉到那个初秋的午后,莲露那微笑里冷冷的讥诮。

我看着她,点点头,将之前读过的她的档案,在脑子里快速铺展着。

作为生于1964年的女子,莲露看上去比她的实际年龄要年轻十岁左右。她个子不是很高,但非常挺拔,染成深棕的头发在脑后松散地扎成一把。一件明艳的姜黄色薄针织套衫,将她丰满的胸线和收缩有致的腰腹勾勒得十分突出,脖子上看似随意地搭条米白色荷叶织纹围巾,紧身黑色牛仔裤,高筒皮靴,非常年轻的打扮。她的无名指上没有戒指,清楚地表白着她眼下婚姻的状态。她皮肤光洁的脸上看不出明显的脂粉,丰厚的嘴唇非常饱满,不笑的时候嘴角看上去也微翘着,带着天真的无辜。一对鱼形长眼的眼角也让人觉得她总在微笑。当正面迎上她的目光,她那对深棕的瞳仁令人想到久浸在盐水中的梅子,就是笑的时候,也能看出被酸咸汁液经久浸泡出的褶皱。这是明显透露出她年龄的地方。她在伯克利一所著名的大型建筑设计公司做电脑系统管理员。她那伯克利加大计算机系毕业的长子，已在西雅图的"亚马逊"上班；女儿是罗德岛设计学院大三的学生。目前已正式分居的丈夫是伯克利加大工程类专业的终身教授。她因婚姻危机而导致情绪不稳定，心理评估的结果发现有自杀倾向，由婚姻专家杰妮推荐到我这里进行指定性的心理治疗。

"好的，我们从头开始。"——我接过她的冷笑，试图让气氛轻松下来。莲露的眼神一黯，静场。"Lilian?"——我唤着她的英文名，提示她。"你会中文，请叫我莲露吧——莲花的莲，露水的露。"大概见到我有些犹豫，她又说："我母亲说，她在生我的前夜，梦到了一朵白莲花。莲花不特别，特别的是那上面的露水，大滴大滴地沿着花瓣滚动，钻石般闪烁。母亲觉得特别神奇，给我起名'莲露'。"莲露说到这里，停了一下，又说："我后来想，母亲梦里见的哪是什么钻石，那全是眼泪。"

这是一个思路清晰的患者，一下就直接回溯到自己的出生时刻。如果像她填写的表格上所示，她之前从未做过心理治疗，那她或许自学过心理学理论。

"很好的开始，请继续。"——我的声音轻下来，怕打断她的思路。她摇摇头，抬起下巴，说："一切是从'处女'开始的。"我一愣。作为在中国完成医学本科教育的留美心理学博士，我已接受将"处女"解读为前现代的一个文化符号的教育。在日常的职业实践中，这个符号偶被提及，通常是女性在陈述第一次性经验时一句带过。此时，它被莲露一脸郑重地端上桌面。我意识到自己这回是以美国从业心理医生的身份，遇上了中国的旧事。我也曾有过几位受情感问题困扰的华裔女患者，但她们面对的都是异族婚姻中的困难，莲露的情况显然跟她们不同。

从前年初秋的那个午后起，到同年圣诞前夕，三个多月的时光里，莲露每周都会来诊所一次。她通常是在周五下班之前到，从诊所出来，就直接坐旧金山湾区城际捷运系统的动车回旧金山城里去。分居后的她，当时在旧金山租了房子单住。说到这个话题时，她加了一句："伯克利太小，容易碰到熟人。"

莲露的看诊档案，完整地存在我的电脑里。没有外人知道，莲露是被我从半道上推开的。她的旅途竟真的终结在"老人与海"，这我确实没有想到。这些年来，我一直站在狂风大作的海岸边鼓励冲浪者从巨浪里穿行而出，在划板上挣扎站稳，再迎着下一波大浪冲行而去。哪怕是看到他们颤颤巍巍的身子在水中反复坠落，我已经能做到，只要一脱下身上的潜水服，就能将自己与汹涌的波涛剥离，忘掉他们的哭喊。我真的越来越像一位合格的心理医生，却不知该喜或悲。

我的手从键盘上移开，将电脑关上。那块她曾经在上面打转的草地，如今长草蔓蔓，植被疯长。此时，我往这草地边一站，立刻能望见莲露领我看过的她脚下来路上的一派颓败凄凉。

按莲露的叙述，她母亲离开上海去往桂林的时候，她刚满四岁。莲露的生父是广西红色老区百色山地人，转业前是崇明岛驻军里的营指导员。莲露谈到生父的口气很淡漠。算起来，打莲露记事以来，他们大约只见过两三面。

莲露的母亲在 20 世纪 60 年代初从上海戏曲学校毕业后，很快就成了普陀区青山越剧团实力小花旦。按莲露说的是，小花旦人强命不强，小荷才露尖尖角，就遇上三年饥荒期。上海各级越剧团纷纷解散，很多演职人员被迁往西北各地落户。青山越剧团作为市里的名剧团，动荡中的前途也很不明朗。背着前上海浦青毛线厂资本家的小姐这么个出身包袱，莲露母亲第一批就被下放到郊县锻炼。在崇明岛一带巡演时，美艳的越剧小花旦认识了当时在崇明岛军中、后来成了莲露生父的年轻军官。

莲露从来没有见过自己的外公。莲露的外婆，是她外公在五十出头的时候从欢场上赎出的苏州穷人家女儿，自小长在风月场所，吹拉弹唱舞样样来得。外婆嫁给外公后，又跟了白俄教师学芭蕾，练钢琴，还请来美国家教教英文。为了讨外公交际圈的欢喜，她还拜师学京剧，凭着机灵气儿，学啥像啥，样样都拿得出手，气质就出来了。外公出门将莲露外婆时时带在左右，外婆在大家庭里的地位一路急升。可安稳阔绰的日子没过上几天，到了解放军进城，新婚姻法一出来，外公只能择一房作为合法婚姻对象时，他选了孩子最多的二房。带着一双少儿少女的莲露外婆，连同大房的一家，开始还是离婚不离家，仍一起住在静安寺附近的独院大宅里。一大家子气还没喘过来，接着"三反""五反"、公私合营，连连的洗刷，家道败落不说，将毛线厂资本家风雨飘摇中的大宅也冲得七零八落，已离婚的大房三房被扫地出门，住到亭子间里，里弄平民人家迁入。莲露外婆还被分派到普陀区毛纺厂学做挡车工。

莲露母亲在崇明遇到后来成了莲露生父的年轻军官时，已预感到自己即将被遣散到西北。小花旦很快和军官结了婚。生父很英俊的，莲露特地强调过。眼睛深而大，简直带着异国情调，她还加了一句。因为这个婚姻，小花旦保住了在上海的户口。可就像戏文里唱的，好景不长，莲露才一岁多时，"文革"就开始了。莲露的生父面临转业，被安排到桂林轻工局。莲露母亲心里是不愿跟去广西的，但到了那时，上海已经大乱，越剧团也瘫痪了。莲露外公被反复揪斗，遭惨打致死，莲露母亲想去送葬都没敢。外婆从静安的亭子间又给一路赶到普陀的棚户区。莲露母亲那时不过二十多岁，她跟着行将转业的军官跑了一趟广西，回来便决定要随夫去桂林。

像那个时代很多被下放到外地的上海人家一样，莲露的母亲将女儿留在上海的外婆家里。莲露父母在桂林安顿下来，只一年多后,就离了婚。莲露的生父在离婚后迅速调回自己的家乡百色。

说到这里,莲露停下来,有些不好意思地看着我说:"谢谢你这么耐心地听我说这些细碎旧事。"我说:"别客气,这是我的职业。"莲露摇摇头,说:"我知道这是你的职业,但能练到有你这样的耐心,还是很不容易的。"

刚满三岁的莲露,被留在上海普陀杂乱肮脏的棚户区里,和外婆、舅舅一起生活。舅舅在这时出场了。莲露提到他时,她那两颗仿佛久浸在酸坛里的梅子般的瞳仁突然明亮起来,褶皱被撑开。这稍纵即逝的瞬间被我抓住,在记录里,"舅舅"两字被我打成了玫红色。莲露在"舅舅"这里停住了,盐渍中的梅子迅速萎缩,滚入深潭。相当长的静场,在我的等待中,她忽然哭起来。非常凄切,我起身拿来纸巾递给她。

一切其实是从舅舅开始的。我在记录里加了一抹深蓝的旁白。

2

草稿纸上,留着我随手勾下的一个没有五官的文弱瘦削男子的速写。按莲露的描述,舅舅非常斯文好看,五官生得很气派,像照片上的外公。不同的是那眉眼跟莲露母亲的明艳大不相同,总是带着很深的幽怨。虽然我无法从这类描述中给这舅舅画出具象的面貌,但这用在心理诊所里足够了。

"那时,他其实就是阿爸。"——轻声说出这话时,莲露表情空茫,随即皱眉,像在否定自己。这种感觉,最初来自她由外婆抱着,坐在舅舅的黄鱼车上,一路穿过大半个上海城区,从上只角的静安区搬往下只角普陀棚户区的那个黄昏。那是早春,天还很冷,外婆的身子不停地哆嗦,将莲露越抱越紧,莲露感到被捏疼,哭起来。外婆一边哄她，一边向前张望。外婆那时未到五十，雕刻般的五官清晰立体，面相仍精致耐看，天然的卷发已灰白，在脑后盘成髻。莲露强调说，外婆的长发从和外公办妥离婚手续时开始留起，一直到离世都没有再剪过。莲露顺着外婆的目光也往前看，小小的身子缩在外婆怀里。舅舅吃力地蹬着黄鱼车，身子不停躬曲扭动，骇人地怪异，引得莲露又哭。"好了，好了，就要到了，要到了。"外婆反复轻叹，像是自语。她们脚边塞满零碎家什，稍有颠簸，外婆就要腾出手去扶一把，莲露感觉就像坐在摇晃的船上。街市暗下来，偶尔看到路边有小女孩牵着父母的手走过，莲露将外婆抱得更紧，再转头去望舅舅蹬车的身影。她也是有爹娘的人，年幼的莲露想，安静下来。

"你当时很小，怎么会有那么清晰的记忆？"我小心地切断她的话。莲露一愣，说："很多细节是外婆告诉我的。"我点头。莲露又说："它们跟我的记忆混在一起，成了我自己的故事。"

莲露童年的记忆在棚户区里开始成形。那条具象模糊的普陀弄堂里的生活场景，透过她孔隙稀疏的记忆网筛滤出来，在苍白的布面上映出一片烟色的零碎影像。布面上不停移动着她和舅舅一小一大的剪影，偶有外婆穿插其间。

莲露随外婆和舅舅住进棚户区的老旧工房。他们一家三口住在二层的一间小房里——"一家三口"是莲露谈到那段生活时最常用的词。他们分到的房间不算小，可外婆的老式大床一塞进去，再加上几件从静安老宅里带出来的家具，空间立刻显得逼仄。莲露和舅舅分别睡在架床的上下铺。厨房在楼下的公用灶膛间。外婆非常不放心也不习惯要穿过杂乱肮脏的弄堂去上公用厕所，在家里为莲露备下木马桶。每天一早，洗涮家里木马桶的事情，就由舅舅担下。跟弄堂里的人家相比，年幼的莲露并不觉得自己家庭的特别。

幼小的莲露在小花旦母亲精致的美人胚上长出了揉入生父异国风情的容貌，又顺延了外婆天生的卷发，看上去就是一只细瓷烧出的洋里洋气的娃娃。她只要在弄堂里出现，总会惹得人们拦下逗玩。若是外婆撞上，就会不快地牵了她走开，还跟人们甩个话头，说我们家里的规矩是不作兴当面夸小女孩子好看的。一次两次说过，邻里的女人们给直愣愣撞得下不了台，就撇了嘴，七嘴八舌起来：咦，她又是哪家子呢？再看到莲露，各人脸上的笑就怪异起来。外婆的脸更冷了。弄堂里的小鬼们见逗不着莲露了，就变了法子戏弄起她来。在莲露被他们揪了几次头发，遭了几次他们的弹弓袭击，哭着回家后，外婆就干脆不许她单独出门下楼去找同龄的孩子玩耍了。

外婆很快被编入厂里的三班倒，在家里的时候一下少多了。舅舅从名校育才中学高中一毕业就撞上"文革"，升学梦碎。大部分同学被动员下乡，他以频发美尼尔氏综合征为由，申请留城治病。在家中待业一段时间后，被分到区里的铸造厂当翻砂工。关于这一点，莲露没有像描述外婆的纺织女工生活那样一笔带过。她特别说到，她有次随外婆去舅舅的厂里找他，远远看到瘦弱斯文的舅舅跟人扛着一桶沉重的铁水，在坑洼不平的砂土上歪歪扭扭地穿行，她觉得只要一个偏差，就可能倒地被铁水烫伤。她搂着嘴角颤抖的外婆不停哆嗦。舅舅过来，穿一套莲露没见过的半旧深灰色石棉裤工装，不停地擦脸上的汗，让她想到流窜在弄堂里的那些野猫的脸。舅舅蹲下来抱她，她突然哭起来，响亮而悠长，引得工棚那头的人都望过来。外婆和舅舅劝了很久她才停下来。舅舅和外婆对望着，一脸的讶异。"以后不要再带她来这里了，也不要带她去你那里。"舅舅怜惜地摸着她的头，向外婆说。"可怜的囡，太小了，很多事会怕的。"舅舅又加了一句，牵牢她的手往外走。莲露说，她那时哭不是因为害怕。她还没到上学的年龄，第一次从舅舅身上体会到了"心疼"的感觉。

住进棚户区后，舅舅几乎就没了社交。中学同学绝大部分都去了北大荒，他自己那些在上海的同父异母兄弟姐妹在动乱中自身难保，外公的死以"自绝于人民"定性后，彼此间更不敢往来。偶尔来家里走动的都是外婆的亲友，出入低眉顺眼，有弄堂里杂乱的街邻好奇攀谈，他们也总是笑而不语，匆匆来去。有时莲露问舅舅："你为什么不出去玩呢？"舅舅就说："你看我多忙啊，要照顾你啊！"见莲露不响，他马上又说："我是觉得跟你在一起玩更开心啊！"莲露笑起来，说："那我们就是最好的朋友！"舅舅点头，莲露伸出小拇指，两人勾起来。莲露说："那我们永远做最好的朋友！"舅舅笑了，说："你是我的囡囡呢。"后来舅舅跟莲露说过，他小时生在大家庭里，虽然有不少玩伴，但经常见不到父母，特别没有安全感。他不愿意莲露也那样长大。他觉得，小孩子每天回家能见到家里有亲人特别重要。

他们在棚户区那窄小一居室里的家具也总是擦得干干净净，发着黑亮的光，让人忘了那老旧里的破败。家里买烧洗汰都由舅舅打理，连外婆和莲露的四季衣裳，也靠他车缝补改。舅舅毕竟是过过几天阔日子的人，用单调素净的布料裁剪出来的衣衫让莲露穿出去，托儿班的阿姨、弄堂里的女人们看到，常会扯近了细看那腰线怎么掐的，领口的小翻边又是怎么镶的，三针两线近似色缠绣出的小花又是怎么弄的。她们跟舅舅套近乎，请他帮忙裁剪衣裳，让莲露都能感觉到她们对自己的客气。面对女人们的热情，舅舅却鲜有表情，待她们不管不顾地说着，他偶尔淡淡一笑，以家事杂多将她们推开，让莲露那样一个小孩子，都觉得难为情。老师们反倒对她更好奇，不时跟她打听家里的事情。到了后来，莲露听老师跟舅舅说要给他介绍女朋友,这一说不打紧,舅舅再来接她时,连笑都不对她们笑了。

莲露早晨由舅舅送到街道的托儿班,傍晚又由他接回来,洗澡喂饭。按外婆的规定,没有大人的相伴,她不能自己出门下楼。这让莲露在绘制童年记忆的图表时,她总是人群中最矮最小的一位,远远地跟同龄人隔离着。但是,她从来没有在关于上海时代童年经历的描述里,用过"孤独"这样定性明确的词语。天暖时,她爬到靠窗的八仙桌上,趴在窗台,透过竹竿上衣衫的间隙,看小鬼们在拥挤杂乱的弄堂间东撞西撞地跑来跑去,踢毽子,滚铁环,砸沙包,跳房。看到高兴时,她会咯咯地笑出声,引来小鬼们跑到窗下唤她逗乐,又邀她下楼一起玩。每到这时,莲露立刻缩头,从桌上蹿跳下来躲起。舅舅见到也不责怪,干完了家务,就唤她到跟前,给她讲故事,从悟空八戒白骨精,到武松阿里巴巴卖火柴的小女孩水晶鞋,比托儿所里阿姨讲的《半夜鸡叫》《一块银圆》那些有趣得多。他还用自制的卡片教她识字,又用它们变出游戏,用来复习、造句。还教她很多算术,五岁多的时候,莲露就能将九九乘法表倒背如流。舅舅还教她临帖练写毛笔字,又学画画。她在托儿所里简直成了神童,但凡有街道或区里的领导来参观,她总被领出来表演。在老师和小朋友面前,听那些老师见到都要屏气低声的人们不停地夸奖,莲露欢喜起来。再回到家里,总是缠着舅舅教她学新花样。到了轮休日,舅舅会带她去公园、动物园,学认植物和动物,回来又对着书本再认学,了解那些动植物的习性。夏天里,舅舅在公休日总是会带上她坐很远的车子去区里的游泳池游泳,春天去远郊踏青,人们都认为他们就是父女。舅舅后来在给莲露的信里说过,如果他没有她的陪伴,那些日子不知会多么难熬。

Athen 13.1.02.

"其实我更像是个单身父亲带大的孩子。"——莲露曾这样强调过几次。怕我不同意,她又说:"这种感觉贯穿我的童年和青少年时代。""外婆呢?"我问。莲露犹豫起来。

外婆这个当时家里成年女性的形象,在莲露的记忆里是愁苦的,以致她常下意识地将外婆从记忆的网孔里筛出。按莲露的讲法,她不记得外婆笑过。外婆常搂着她,也不说话,搂着搂着,突然抹泪,由此哭泣起来,很久都停不下来,令莲露心惊。莲露觉得是自己不好,总惹外婆伤心。若只有她俩在家里,莲露常大气不敢出,怕什么事没做对,又惹外婆难过。

幼小的莲露对远去广西的父母从未有过想念。早期外婆还不时拿出他们在象鼻山前的合影给她看。外婆点着照片里那个穿着四个口袋干部装的父亲说:"这就是你阿爸。"见莲露不响,外婆便"唉"地一叹,莲露那颗小小的心就缩起来。外婆又一点军官身边那个穿着泡泡袖上衣、深色裙子,站着丁字步的好看女子说:"这是你姆妈,像煞阿婆年轻时呢。可怜啊!"——莲露起初很喜欢看相片里那好看的姆妈,可每回一听到外婆叹出这句,就知道外婆又要掉泪了。几次下来,莲露再从栗黑色的矮柜前走过,下意识地扭过头去,再不去看那上面立着的自己父母的照片。后来那照片忽然就不见了,莲露也没想起问一声。从那时起,莲露只有每次添新衣鞋帽时,才会听到外婆或舅舅说,这都是你姆妈给你买的啊。她跟母亲的联系,就这样简化成每月从桂林寄来的二十元汇款。这笔总会引起外婆叹息忧愁的款项,在莲露心头成了一块定时出现的阴云,她怕它飘过时留下的雨滴。

在我的记录里,莲露关于外婆的回忆被打上不少代表需要思考的绿色星号。以莲露外婆的身世,她是吃过苦又有不少阅历的旧式女子,性格应该比较坚韧。但在莲露的视角里,我看到的那个普陀棚户区里的外婆明显带着抑郁症患者的特质。她当年被莲露外公从欢场上赎出，嫁给外公后备受宠爱，生儿育女，风光现世，真是活出另一世人生，让人不禁想起老戏里那类欢场女子资助穷书生进京赶考，书生中了状元后回头将那女子赎出正娶，她从此一步登天，最后成为诰命夫人的经典桥段。外婆正演着一部吉庆喜剧，却到了1949 年后戛然而止。在外婆的意识里，外公是她在世人眼里"洗白"自己的唯一希望。不难想象，被迫离婚的莲露外婆在生活骤变中遭遇种种外界剧烈冲击波后，会有失去自尊和自信、被重新打入地狱的感觉，导致心理大厦斜塌。

莲露七岁那年的初夏，外婆突发心肌梗死，从夜班的挡车机上晕倒跌下，经抢救活下，但多个内脏受损，腿部骨折，身体极度虚弱，卧床不起。舅舅不久也出了工伤意外，一只手臂被烫伤，在街道的帮助下转回街道纸盒厂。在离开三年多后，母亲从桂林赶回上海。

穿着苹果绿色的确良短袖衬衫、黑色绵绸长裤，手提行李袋，身背一只灰色马桶包的母亲在窄小杂乱的弄堂口出现时，莲露正由舅舅牵着在路口迎接。母亲那年三十出头，短短的头发在脑后修得很薄，天然的卷发在前额曲出一个自然的大波，身材挺拔修长，举手投足、眉眼转动间很有舞台感，整个气质装扮跟这弄堂全不搭界，带着上海都罕见的一股洋气，引得路上的行人不停回望。莲露后来想，那是因为母亲早早去了南疆，跟上海断裂的创口还没来得及溃疡之前就被几千里的距离急冻了，待重新归来，却成了上海的新人。

见莲露他们走近，母亲迎过来蹲下，将手里的袋子搁到地上，握着莲露细小的双臂摇着。莲露看到她眼里的泪，那简直就是外婆日常的影像，令她心惊。莲露扭过头去，挣脱母亲的手，躲到舅舅身后。"露露长这么大了,多好看的小囡啊!"母亲轻叫着,又伸手过来。莲露觉得她的声音很好听,忍不住从舅舅腰间探出头来打量这个好看的女子。"叫姆妈!"舅舅拍她。母亲用手帕轻抹着鼻子,转头急切地跟舅舅说起话来,一路往家里走去。在莲露眼里,这个她要叫姆妈的女子太好看了,她身上那抹明艳的果绿缓缓地穿过灰乌乌的弄堂,像是一片飘到污水塘面的新叶,莲露觉得自己闻到了清香。她最后走向前牵上了母亲的手。母亲一惊,又笑起来,更好看了。

母亲的到来让小工房一下亮起来。莲露觉得家里简直来了个下凡的仙女,更要紧的是,这个仙女似乎还总在讨好她。母亲几乎足不出户,收拾停当了,就坐在外婆床前陪外婆小声说话。两个好看的女人,似乎有说不完的凄凉,彼此看着,长吁短叹。莲露听不明白她们的话,可她知道这对母女只要凑在一起说话,就能让大白的天光染出一层深暗,带连母亲原本好看的脸色不住发灰。母亲只有在领着她出去逛菜场或百货店时才露出笑容。

母亲笑起来是那样的好看,晶亮的眼睛小飞鱼般灵活,尖尖的鼻子刀削出似的精巧,只要有机会,莲露就会伸手去捏一下。她们走在街上,总会引来人们的目光。母亲的美丽让莲露生出极深的好感,以致当母亲小心地跟她说,决定带她离开上海去桂林上小学时,莲露兴奋地从窗前的椅子跳下来,打碎了一只墨绿色镂花玻璃杯,这举动引得母亲和外婆同时叫出声来。

对七岁的莲露来说,上海和桂林没有任何不同。关键是她可以从此跟在漂亮的母亲身边,让她在心里生出享受特权的优越感。在莲露的记忆里,外婆和舅舅都没有直接跟莲露提过她就要随母亲去桂林的事情。她只记得母亲和外婆在那段时间里说着话,不时会一齐望向她,急切地压低声音接着说下去。她竖起耳朵,听到她们谈的是舅舅。总是外婆说得多。"我也舍不得囡囡的,将她放去那么蛮荒的地方,想到都难过。我老了,你兄弟也大了,该成个家的。家庭出身不好也罢了,我又病成这样,再拖养个外甥女,这可怎么弄?愁死人了。"外婆反复的话,莲露后来都背得下来了。母亲总是反复安慰外婆,说她这回就将莲露带走,她如今在桂林的生活条件还不错的,有自己的小洋楼,虽比不了过去静安家里的气派,但也是上等人的生活了。如果外婆愿意,也可以接她过去跟自己住的。外婆一听就摇头,说她不要去那么远的地方,那在古时是蛮夷之地啊!莲露母亲就说:"那露露我就带走了。"外婆又摇头,说:"我真舍不得她,一个这么娇气的小囡,生得多好看啊,这一去,怕再见不着了。唉,好在是跟着自己的亲娘,我也就放心些了。"家里的气氛在母亲和外婆越来越重的叹息声里凝重起来,有些个夜里,母亲将莲露送上床了,待外婆也睡去,就跟舅舅到楼下公用灶膛间去说话,很晚都不上来。有天晚间,莲露趁外婆睡过去,爬下架床,光脚摸到楼下。灶膛间的灯很暗,她看见母亲和舅舅站在灶间通向后弄堂的门边,压着声,语气很急,像在吵架。见莲露近了,他们都大惊。舅舅迎过来,说:"你怎么还不睡觉?"莲露不响。舅舅蹲近来抱着她,转头去跟莲露母亲说:"我还是那句话,她要在上海长大的!我是不能同意你带走她的,你不要再乱来!"母亲站在黑暗中,不响,上前一步,在暗里狠狠掐了舅舅一把,示意他停住——在我的记录里,莲露对母亲和舅舅互动的这几句话,被画上几个问号。我想,在莲露的回忆里,显然有不少她自己填进的内容。

莲露在跟母亲离开上海的前夜,才对母亲将要带自己去的地方生出害怕。她的东西由舅舅打理好,装在一只老旧的牛皮箱里。舅舅专门给箱子擦了油,箱子在灯下呈出暗暗的光亮。舅舅在箱子的提把上系了条粉红格子的手绢，反复交代她凭这个记号看好箱子。

舅舅一早起来就为莲露梳洗，给她穿上一身新的花衣裤，换上新的大红色塑胶凉鞋。出门去火车站前，母亲和躺在床上挣扎着起身的外婆抱在一起。一对好看的母女脸都扭曲了，让莲露想到见过的弄堂里那些专业哭丧事的女人们。她贴上去，从后面抱住母亲。外婆示意莲露走到床前，摸着她的头说："到了那边，要好好听你姆妈的话，好生念书。"莲露扯住外婆的手不肯放开。舅舅催促起来，说再不走就要赶不上火车了。她看着自己小小的十指，被母亲从外婆的手上掰离。

舅舅一手拎着给莲露收拾出的小皮箱，一手拉着莲露，跟在莲露母亲身后一路出去。舅舅不停地说："马上就要上学了，要晓得用功，早点学会写信，给舅舅和外婆来信啊。不要忘了舅舅。"莲露在车厢里松开舅舅的手时，看到舅舅的眼睛红了，她追上一步，紧紧扯住舅舅的衣角，叫着："你跟我们去桂林吧！去桂林吧！"她忽然想到，她就要成为一个没有阿爸的人了，大哭起来。舅舅扳开她细小的手臂，将她的手放到母亲的掌心里，跟母亲简单地说了两句什么，头也没回就走下车去了。莲露坐定后，才发现小衣袋里有舅舅偷偷塞下的二十元钱。莲露花过最多的是在弄堂口的小铺子用一毛钱买水果糖，二十元是天文数字。她将钱紧紧抓在手里，紧张地递给母亲，母亲一惊，眼睛随即红了。母亲将票子小心叠好，小声说："我帮你收着，到家再给你。"母亲到了桂林将这二十元钱还给莲露时说，舅舅对你是有大恩的，你将来长大了要报答他。

3

一天一夜之后，莲露随母亲走进桂林榕湖边市革委大院深处的一个小院。莲露从拥挤杂乱的普陀棚户区一脚走到这绿油油的安静处所，不禁屏住气。母亲微弯下腰，轻声对她说："这就是我们家了。"见莲露还咬着嘴唇，母亲摸摸她的头，说："你外公家里当年比这阔气多了呀，唉……"莲露抬头，看到那是一栋坐落在桂树丛中的白色二层小楼，房顶和门窗是沉闷的暗栗色，外表跟那些老式办公楼差别不大。一条红砖甬道直通到小楼大门前的台阶下，两边有些她叫不出名字的花草和果树，小院里还有个水泥圆台、几张石凳。也许是桂树太密，遮蔽了阳光，树下的草皮看上去了无生气。

在一楼宽大昏暗的大厅里，莲露第一次见到继父。那是一个肥胖高大的男人，五十多岁的样子，看上去挺面善。"这是爸爸。"——母亲拉着她的手轻摇着，告诉她，又小心地看向那男人。莲露一愣，觉得这个男人看上去好老，跟外婆该是一辈的，穿着半旧的背心，跟弄堂口那个补鞋的老头很像。莲露心下生出害怕，可她还是乖巧地轻声叫了那男人一声"爸爸"。那男人取下叼在嘴上的烟卷，笑起来，过来摸她的脑袋，说："好闺女，真是生得很好看啊，比照片上的还要水灵。欢迎你啊，这就是你的家了，喜欢吗？"他的口音让莲露听得有些吃力，她却懂得乖巧地点头。继父愈发笑得欢心了，将烟卷在烟灰缸边一搁，去切茶几上的西瓜，递过来让她吃。莲露再一眨眼，看见男人那张脸随即又陷进烟雾里。

继父是从部队上"三结合"后转到市里的三八式老干部，山东莱阳人。在莲露的印象里，继父永远叼着烟，面色嘴唇给烟熏成灰黄，将母亲那张白净的脸衬得气色特别滋润。

莲露被母亲领到楼上自己的房间里。房间不大，向阳。崭新的绿塑料纱窗外是桂树的枝叶，大概是缺乏修剪，离窗很近，又非常茂密，让屋里显得有些暗。在屋里能远远望到老人山主峰的那个老人头形，莲露想到外婆靠在床头无力的侧影，不禁多看了两眼。靠窗摆着一张小书桌，有盏贝壳装饰的小台灯。墙边单人床上的凉席、枕头和毛巾被都是新的,看得出母亲去上海前就为她准备好了这房间。屋里还有两把椅子、一个小衣柜,东西看着都比外婆和舅舅家里的家具简陋,只有天花板上那只深草绿色的吊扇显出几分奢侈,让莲露看得有点发呆。母亲将她的小皮箱搁到小柜顶上,高兴地说,你有自己的房间了,喜欢吧?莲露有些发怯,不响。母亲过来搂搂她,说,很快就会习惯的,不要怕,我和爸爸就住在隔壁。

母亲一回到桂林,像变了个人,说话的频率也提高了很多,进进出出好像总在赶着奔去救火一般,经常是同时处理着几件事,跟莲露在上海时看到的那个总是轻声低气缓言慢语的斯文女子完全不同。那时普通人能有一件的确良衣裳就很不得了,莲露却看到母亲柜里有各种花色的的确良长短袖衫,还有深灰和咖啡色的的确良布料做出的百褶裙。母亲将这些衣裳一套套穿出去,配着她那越剧花旦的底色,举手投足都让人看得发呆。莲露还惊讶地发现母亲能说一口道地的桂林话。母亲那时在市文化宫做文艺宣辅,带群众文艺团队排练彩调或桂剧改编的样板戏,高兴时也上台轧几角,再加上是市革委会黄副主任的年轻妻子,连莲露都能感到母亲到处受人奉迎的派头。每到这种时候,莲露会想到在普陀区那个杂乱弄堂深处小工房里暗扑扑的外婆家,外婆说来就来的泪水,舅舅终日闷声忙碌的身影。她想,人们如果知道母亲家里的真相,大概就不会对母亲这么好了。这个想法让莲露变得安静,很少跟人搭腔,怕自己一不小心会将母亲家里的秘密说出来。她想,如果自己会写信的话,要去告诉外婆和舅舅,要他们一起到桂林来,就不会过得那么不开心了。

在莲露上中学之前,母亲从来没有跟她提过生父。后来莲露慢慢知道了,母亲是继父的续弦。继父有一女二子,都已成人。那女儿婚后住在军分区里的婆家。小儿子在外地当兵。只有在桂林城里当青工的长子住在楼下卧室里。继父的儿女们见到莲露都表现得很友好,"小妹"长"小妹"短地唤着。初时,他们工休时会带她看风景逛公园,遇到熟人朋友,听大家都夸莲露生得洋气水灵,他们看着很欢喜。但莲露不久就发现,其实他们并没有舅舅那种与一个小孩子长久相处的耐性和兴致,他们很快就把她这个小孩从自己的生活中撇开了。

住在家里的继父长子看上去跟莲露母亲年纪差不多。莲露随大家叫他"辉哥"。辉哥个子壮实,皮肤黝黑,脸相应该是像他那也是山东莱阳人的生母,小而亮的眼睛,非常北方。辉哥喜欢穿劳动布工作服配宽大的的确良军裤,那是当年的时尚。辉哥非常活跃,交游广大,只要他一回来,家里出入的人就没断过。他常招来一堆堆年轻人聚众吃喝。继父不是出差就是下乡、蹲点,经常不在家。母亲跟辉哥带来的那些年纪相仿的男女就总混在一起,她看上去特别高兴,完全没有辈分之分。她给他们烧菜做饭,一楼的厅里,仿佛总在开席,烟雾缭绕,酒气熏人。那些年轻人总在喝高之后开始唱歌,母亲就给他们拉手风琴伴奏,有人吹口琴。他们唱的都是外国歌曲,一本本手抄的歌谱翻到哪页唱哪页。有时母亲喝得脸红了,会站起来给他们清唱传统越剧单曲,小年轻们更欢腾了,敲瓶敲碗地伴唱起哄,没有人在意莲露这小孩子的来去。到了吃饭的时候,莲露总是自己快快吃过,又独自回到楼上自己的小房里待着。就是继父在家,他也是跟年轻人打过招呼,随便吃一点儿就离开,自己读报看书或吸烟去了,好像那些热闹跟他无关,看上去完全没有脾气。莲露在楼上听到楼下哄笑声中母亲的狂浪尖声,觉得母亲离自己很远,就想哭。但她不愿自己成为外婆那样动不动就流泪的人,就默默地写字看书。

继父的家在大院深处的僻静角落,莲露下学回到家里就很难再出去了。大院里的孩子跟小院人家的孩子来往又不多,莲露感觉非常孤单。她像在舅舅家那样爬上窗边的椅子,看到的只有眼前的桂树和远处的山影。她想念起弄堂里小鬼们的嬉闹声,便自说自话地学着他们,用上海话叫喊,甚至说些粗话,自己咯咯笑了,又静下来。莲露很快还发现了母亲的心思也不在她身上。继父不在家的时候,莲露下学回到家里,经常到天黑也等不到母亲回来。她就吃母亲前一天买来的菠萝面包,或胡乱热些剩饭剩菜吃下。小楼虽不大,但天一黑下来,楼上楼下黑乎乎的一片,感觉非常瘆人。楼下厅里那台当年平常人家罕见的九寸黑白电视是莲露的最爱。她平时总会守着看到夜里10点节目播完。可家里一空,她连心爱的电视也不敢开,待天一黑就躲回楼上自己的房间,锁上门,开亮所有的灯,将收音机拧到最大音量,一做完不多的作业就上床睡觉,不是忍到实在不行了,她都不愿出门去走廊尽头上厕所。

母亲每次夜里回来,总说是在加班或导戏。莲露慢慢发现,常常是母亲前脚到家,辉哥后脚也就回来了。莲露对这样的巧合感到莫名紧张。有一次,他们大约是夜里10点多才回来,莲露已在楼上睡下。母亲蹑手蹑脚地推开她的门,轻声叫了她两下,又轻轻合上门离开。莲露在黑暗里张开眼睛,想起在普陀工房里跟外婆和舅舅在一起的日夜是那么安全。舅舅总是在明亮的灯下将她抱上架床,让她在舅舅和外婆的轻声细语中安然睡去。莲露开始流泪,过了一阵才停下,迷糊睡了一阵,起身上卫生间。她推门出去,正要穿过走廊的时候,一眼看到楼梯口上母亲的身影。莲露从黑暗的屋里出来,瞳仁不需调节便能将黑道里的一切看得很清楚。她一下意识到其实那是两个人的身影。大概是听到了响声,那对身影立刻分开。其中那个高大的身影往楼下一闪而去,在木梯上留下咚咚的足音。直觉告诉她那是辉哥。莲露听到自己的心跳,她啪地拧亮走道上的灯。灯光很暗，但足以看清楚在楼梯口直立着的母亲。深秋的桂林，夜里已有寒意，莲露的鼻里是桂花的香气。母亲只穿了乳白色带月牙边的紧身背心，碎花的宽腿三分睡裤，光着脚丫，头发凌乱，脸色绯红，两颗眼核亮得如水里捞出的葡萄一般。莲露从来没有见过母亲这样的容颜和打扮，惊在那里。母亲下意识抱紧双臂，但莲露还是看到了母亲半裸的丰满乳房，乳头清晰地在薄薄的针织棉下耸立着。莲露打了个激灵，就听得母亲说："你快上厕所吧。我睡下了才想起，好像忘了锁大门，刚下去看了看。"莲露下意识地答："门锁了吗？"她的声音带着很重的鼻音。"嗯。"——母亲点头，想起什么，趋前一步，问："你怎么了？"莲露不响，回到屋里，在黑暗里坐了很久。莲露觉得自己并不是母亲的孩子，自己到底没在她身边长大，在母亲眼里还不如辉哥他们亲。莲露生出想回上海去的强烈愿望，有几次独自在家的夜里，她将舅舅给她从上海带来的小皮箱找出，认真收拾起来，等到天亮，又明白那不过是梦。她萌生出要给舅舅写信的想法。

　　莲露到桂林后不久，就开始收到舅舅从上海寄来的包裹。开始是由母亲去邮局取了带回来。舅舅寄来的东西，不仅是桂林城里看不到的新鲜玩意儿，就是莲露在上海时，也很少能在家里见到：五颜六色玻璃纸包装的糖果、花生牛轧、大白兔奶糖、奶油五香蚕豆、奶油话梅。还有不同香型的彩色香水胶擦，带磁铁口的大熊猫图案海绵大笔盒。每次拆开邮包，母亲都会"啧啧"地说："都是这么贵的东西，你舅舅哪有什么钱呢！"莲露相信母亲会写信跟舅舅说同样的话，可包裹却没有停过。舅舅还寄来为她缝制的样式特别的衣衫、红色丁字猪皮鞋、粉红色尼龙纱巾、好看的尼龙花袜、鲜艳花哨的彩色发夹发箍。母亲翻看着舅舅做的衣裳，又会叹气，说起自家兄弟可怜，那么聪明、心气高的人，弄得连个老婆都娶不到。莲露便问为什么呢，母亲摇头，说："高不成低不就啊！家里又是这个环境，人家还得挑你呢。你说怎么办好啊？"莲露怔住，连母亲都发愁的事情，她更没有主意了。母亲也似乎只在这种时候会想起她的兄弟，一放下包裹，出了家门，又是另一番天地。每天都欢喜快活的，真不像是有老母亲躺在床上不停落泪的棚户区人家的女儿。

莲露将舅舅寄来的奶糖慢慢吃了，将糖纸小心收集起来，用水泡开，展平，晾干了藏到书页里。那时小学生里流行收集糖纸，莲露将自己的收藏带到学校，同学们围上来抢着看，都想跟她交换。莲露一时成了同学间的热门人物，课间总会有不同年级的人过来找她，要看她的收藏。这让她想起小时候在上海的幼儿园里，舅舅教会她早早识字绘画，被人当作"小神童"来关注的日子。她开始给舅舅写信，开始写得很短，写好了，走到院外小街上的邮局去寄，也不告诉母亲。舅舅的回信总是非常及时。母亲知道莲露跟舅舅通信后，显得很开心，给莲露买来好些邮票。舅舅总在信里交代她早起早睡，不要挑食，出门过马路小心，别跟陌生人搭腔。又关心她的学业，鼓励她好好念书，说只要会念书，将来长大了才不会被人瞧不起。莲露每每读到这类话，会有些难过。她想告诉舅舅，在桂林没有人敢瞧不起她们的。转念又打消了念头，怕这样会和舅舅生分了。舅舅在信中告诉她外婆的近况，说的总是外婆能下床了，外婆能吃不少了，外婆能自己洗澡了，外婆很想她，等等，都是让莲露开心的消息。舅舅却从来不说自己。莲露告诉舅舅自己在桂林的生活，市井趣闻，功课，想到什么就写下来，信寄出去，心里就有安妥的感觉。她知道舅舅会认真地听她那些别人都不会在意的闲话。舅舅在她脑子里的形象慢慢模糊，她给舅舅的信却越写越长。

莲露夜里在楼道上撞到母亲和辉哥后不久，辉哥就搬出去另住了。辉哥跟人们说单位里分到了房子，又谈了个女朋友。辉哥一走，只要继父不在家，母亲显得就更忙了，回家越来越晚。家里过去那些一场接一场的年轻人的啸聚，说散就散了。继父在家的时候，莲露看到母亲穿着睡衣在安静的小楼里无声穿行，拆拆洗洗，然后慵懒地斜靠在躺椅上，在继父吐出的烟雾里翻翻书报，看上去没精打采，心里竟会有些难过。虽然继父不在家时，她和母亲相处的时间可能更少，她还是更喜欢看到母亲活跃欢喜的样子。继父对莲露是温和的，出差回来，不时给她带些土玩特产。他的话很少，因为抽烟过多，天气一变，就拼命咳，进而有些喘，就更没有多少精神，让莲露都为他揪心。家里人的这些事情，莲露从来没有告诉过舅舅。

在跟舅舅频繁通信的时光里，莲露一路上学，学会了一口桂林话，长成一个矜持的桂林女孩。

带莲露离开上海后，母亲利用出差的机会回过两次上海，并没有将莲露带去。母亲带回舅舅给她的各种礼物，还有一些桂林不易找到的连环画小人书。母亲告诉她，外婆的身体看起来越来越差了，又叹息舅舅还是没能成家。到了1978年春节，"文革"总算过去了，舅舅在给母亲的信里说，区里有人来谈落实政策的事了，过去被扫地出门的很多大户人家都在传，老房子有退回的希望。就是外婆的身体状况让人担心，她也总在叹说怕等不到那一天，又很想念莲露，想见见这唯一的外孙女。舅舅在信里说，若是可能，看能不能带莲露回上海看看外婆。十四岁的莲露将舅舅的信拿过来，念着上面的"回上海"三个字，几乎要哭出来。母亲的心情明显好起来，揽着莲露的肩说，我们春节就回去看外婆。

莲露一放寒假，就随母亲去上海。母亲为她准备了一个小小的黑红墨绿三色格子图案的旅行袋，她将一直藏在柜子里的那条舅舅当年为她系在小皮箱上的粉红格子手绢找出来，小心地在旅行袋上系好。

莲露感觉上海跟自己离开时相比几乎没有变化。除了弄堂显得更拥挤之外，她没有一点陌生的感觉。比起莲露已经习惯的桂林居所的空阔，外婆和舅舅的工房显得非常拥挤，可莲露一看到自己小时睡的上铺收拾得干干净净，一家人一关上门，哭笑着抱在一起的热闹和贴心，她想自己是宁肯留在这里的。

母亲只在上海住了大约十天，一过大年三十，留下莲露跟外婆和舅舅过寒假，自己就赶初一的火车回桂林，说要带队去郊县各处做新春巡演。

外婆已是一头雪白，脑后盘出大大的发髻，看上去虚弱而衰老，令莲露想到"风烛"二字，鼻子发酸。按母亲说的，外婆是因为没有康复的意愿，所以身体越来越差，偶尔下床，撑着拐杖走几步就要坐下，腿就更加没力，最后就这样再也站不起来了。外婆眼睛还是很亮，目光落到莲露身上时，愣了一下，随即伸出双臂，眼泪就涌上来。莲露的鼻孔里是久违了的外婆总是带点清凉油混着淡淡花露水的气息。她快步上前，和外婆抱在一起，没想到自己"哇"地就哭了起来。外婆送给莲露的见面礼是一条藏了多年的纯金项链，带一块有莲花和鸳鸯纹案的挂件。外婆将挂件交到莲露手里时，用细长苍白的手指点着上面的莲花说："这么巧，上面有莲花呢。这是你外公送给我的。唉，他都走了那么多年啦。看来你是我死前见得到的唯一的孙辈了，这就留给你，它会保佑你的。"莲露抬头，看到母亲含着泪朝自己点头，她才接过外婆的礼物，紧紧捏在手里。外婆又搂着莲露说："送你去跟姆妈是对的，如今生得这么好，比外婆都要高了，多耐看，是个迷人的囡囡了。"莲露听到外婆对自己用了"迷人"这样的罕见字眼，再去照镜子，忽然也觉得自己像个大姑娘了。

弄堂里的邻居看到十四岁的莲露,都很好奇,七嘴八舌地夸着她的好看。他们说她不太像上海本地的小姑娘,却一点也不乡气,又惊叹她眉眼里有说不出的异国情调。舅舅对邻居似乎也没有从前那样冷漠,听他们夸莲露,总是特别欢喜。

舅舅那时已三十出头,仍是单身,已从糊纸盒的小工变成了街道纸盒厂的会计。跟过去不同的是,舅舅开始吸烟,让家里小小的屋子带上了烟草气息。舅舅起初怕莲露不习惯,总是一早就开窗吹一阵。莲露说太冷了,不要开窗了,桂林家里比这里烟味浓多了,很习惯的。莲露问他为什么要吸烟,舅舅笑笑,说:"解闷啊。""你很闷吗,舅舅?人抽烟是因为烦闷吗?"莲露有些吃惊地问。舅舅一愣,拍拍她的脸,苦笑了一下,没答。

舅舅看上去像是缩小了,年过十四的莲露已可跟他比肩。因有多年频繁的通信联系,莲露看到舅舅,感觉自己好像从来没有离开过。莲露跟在舅舅身边出入,总是很自然地拉上他的手,有时走着,脑袋会靠到他肩上。舅舅肩膀上坚硬的骨头也是莲露熟悉的,让她想起小时候被舅舅抱起,头歪在那上面时小脸被硌着的感觉,如今还带上了她习惯的一种烟草气息。舅舅没事就带她逛街,买书,买上海街头已经出现的各种化纤涤纶面料的花哨时装,都是桂林城里没见过的样式。跟过去最大的不同是,舅舅还带她下起了馆子。莲露已经知道心疼钱,总不大肯去。舅舅悄悄告诉她,外公留下的一些被冻结账户已经解冻了,让她一个小孩子不要为钱的事担心。这些将来都会是你的,舅舅又说。这些话让莲露想起舅舅那年在火车站塞给她的那二十元,觉得舅舅真是最亲的人。

按莲露的陈述,她对舅舅的感情,在随舅舅去苏州和杭州的旅程里发生了微妙的变化。"微妙"这个词一下抓住了我的注意力。

在记录里一片密密麻麻的冷色中，这两个被我标成玫红的字眼，令人难以回避。莲露紧接着加了一句："那时我已经有过初潮。"怕我没听明白，她又说，她对自己和舅舅的性别差异，开始有了意识。这是莲露最接近问题核心的表述。我在此处将她截住，请她解释她这句话的意思。

我的话音落下，屋里一片死寂。在我们一个多月的会见中，莲露一直特别热衷讲述自己的童年，却对治疗需要做的功课，比如回答那些引导她认知自己心理状况的问卷，被临床实践证明非常有效的"苏格拉底式提问"，并没有配合的意愿，常在很多栏目下留出空白，在小组互助性治疗活动中也基本沉默。可以想见，当我听到她罕见地对自己的心理做出分析性评论时的兴奋。

时近晚秋，窗外的枫叶开始变色，加州湛蓝的天空深邃辽阔，有一架飞机在缓缓移动。莲露突然捂住脸，开始抽泣。这是莲露第二次在诊谈过程中哭泣，又是因为舅舅。我安静地翻回最初的笔记，将蓝色的"舅舅"又画了几圈。定睛一看，意外地发现它很像一块磕出的伤疤。我耐心等着莲露的情绪安定下来。我不会在她没有彻底准备好的时候，要求她去揭那个伤疤。我的工作目标是创造心理条件，引导她促使那块伤疤结痂，然后自然脱落。

莲露停止抽泣后，从手袋里掏出一瓶水，喝了两口，又开始忆述。

莲露和舅舅在苏杭，都是住在外婆娘家的亲戚家里。时局已变，多年未走动的亲戚都很热情，一路玩得很尽兴。从杭州回来，离莲露回桂林不到一周的时间了。他们一回到上海，就撞上外婆突发高烧。他们将外婆连夜送往医院。外婆被诊断为急性肺炎，留医治疗。家里就剩下莲露和舅舅两人，整个空间好像一下就扩展了很多，令莲露感到有些陌生。白天舅舅上班，她就转两趟公交车去给外婆送舅舅前一晚备下的饭菜，陪在外婆身边，到傍晚再回家。到了离开上海前一天，外婆看上去虽然还很虚弱，但病情已经得到控制。莲露跟外婆道别，说明天就要回桂林了。外婆拉住她的手。莲露低下头，怕看到外婆的泪眼。可这次外婆没有哭，只轻声说："看到你长得很好，又跟在姆妈身边，我很放心，你看上去就是有福气的小姐相。如今世道也变了，会有好前景的。回去好好念书，将来考回上海读大学。"莲露点头。外婆就叹了气，说："只怕这是最后一面了，不过我开心的，看到你长大了。你回去后，记得常来信啊！"莲露握着外婆柴火般枯瘦的手，不停点头。

莲露在黄昏里提着装着保温壶和大瓶小罐的篮子从医院出来，站在街边等公交车时，想到这怕真是见外婆最后一面了，退到医院的围墙边哭起来。有路人停下问是不是为了家里人的病，又劝两句。她点点头，又摇头。她想起很多年以前，坐在舅舅的黄鱼车上从静安去往普陀的傍晚，她缩在外婆的怀里，很清楚自己是有爹娘的人，心里是欢喜的。她眼下就要回桂林跟她唤作爹娘的人继续过日子，却觉得心里空得荒凉。

莲露在那个傍晚到家时，天已完全黑了。天非常冷，风声很大，家家户户都严实地关上了门。舅舅在弄堂口焦急地等她，一见莲露，他就往她头上搭上一条厚厚的毛线围巾，又帮她在脖上系好。莲露待舅舅接过她手里的篮子，很自然地挽上他的臂膀，心里忽然觉得有些怪异，痒痒的，是她不曾体会过的一种奇异的感觉。舅舅问："跟外婆道过别了？"莲露"嗯"了一声，就听得舅舅叹口气，说："这怕是最后一面了啊！""所以你不肯去？"莲露问。舅舅沉默了一下，搂紧她，说："你真是长大了。"

那个夜里，舅舅烧了好些菜，温了黄酒，一杯杯地喝着，不说话。莲露转眼看到舅舅已为她收拾好的行李，开始流泪，说："我不要去桂林，不要去。"舅舅起身用暖瓶倒了水，拧了毛巾过来给她擦脸，说："那就不去吧，舅舅也舍不得你。"说着，将莲露搂到怀中。莲露说，她清楚地记得，她看到了舅舅红红的眼圈。她有些害怕，问："你哭了?"舅舅开始亲她的脸，咕噜咕噜地说着什么，莲露没法听清。他的眼神已经发直，嘴唇贴到了她的唇上。莲露闻到了很重的酒气。舅舅的胡梢在她嘴唇和面颊上磨蹭着，让她的身体打着激灵。"老实说，我是有些兴奋的。我想我是有逢迎的，完全没有抗拒。如果我当时拒绝了，我——"回忆行进到这里时，莲露又开始哭泣，不能停止。我起身拿来纸巾递给她，说："如果你愿意，我们今天可以停止在这里。"

莲露喝了一口水，揩着泪，眉目扭曲起来，手撑到上腹，目光发直，轻声说："好痛。"我一愣，问她是不是胃，未及等她回答，我已反应过来，她并没有听到我的问话。她半眯着眼睛，说："整个人给撕裂的那种痛。我看到了血，在一团粗糙的手纸上，我看到了"——她的嘴唇哆嗦着。

"舅舅在哪里?"我小心地提示。这是重要的一关。她需要倒出来，理清细节，才能清理创口。她抬头看着我，眼神空茫。"我需要确认的是，你是在说，在那个夜晚，你受到了你舅舅的性侵犯?"——我说得很直接，不让她有机会回避最本质的问题。她不响。我再接上去："你可以暂时不说细节，但请你回答，Yes? or No?"一个不长的停顿，她点头，说："他跪在那里。"她的眼睛一斜，看向墙角，那眼神灵活得好像此时看到舅舅就跪在那里。她再一次绕过问题的核心。

"很多年来，我一直在想，其实我也有错。"莲露不看我，自顾着往下说。"你为什么会说自己有错?"我打断她，试图引领她回到对自我心理状态的分析。"今天我回头看，我的很多行为不够检点。

我那时已经发育得很好，很丰满了，但我在屋里连换衣服还是像小时候那样，对他完全不回避。我又经常主动地跟他有太亲热的身体接触。真的，这么多年了，我从来不敢说，其实舅舅很可怜的。"

"他是成年人，你那时不是。这是关键，其他都是次要的。看清这点，对理清核心问题非常重要。"我再次打断她。"按你目前的说法，舅舅在你十四岁那年的春天，对你有实质性的性侵犯行为。"莲露揩了揩眼睛，没有回答。她眼睛睁得很大，看着我，带着很深的悲伤。许久，她才勉强地轻轻点头，情绪稳定下来。过了一会儿，她又接着叙述。

莲露蒙在被子里哭着。在1978年的春天里，十四岁的莲露其实并不很清楚在自己身上发生了什么。她哭的是那从未体验过的疼痛。令她更为震骇的是，那剧烈的疼痛竟是她一直依赖着的舅舅给带来的。她感到极深的惊恐，缩在被子里发抖，不知道下面会是什么。

屋里的灯接着就黑了。莲露听到很轻的开门声。舅舅出去了。她轻轻地掀开被子，在黑暗里瞪着眼睛。鼻子里浓重的烟酒气令她想吐。直到下半夜，她都没再听到门响。她不知道舅舅那天夜里去了哪里，这倒像她在桂林习惯了的生活。莲露在窗帘显出微微的灰光时，迷糊了过去。

第二天一早醒来，舅舅出现在床头。他的头发好像突然松散了，耷下来，胡子拉碴，脸色愈发黯了，衣裳上很多褶子，带一股酒酸气。莲露觉得已经不认识他。舅舅给她倒来洗脸水，做了早餐。舅舅将毛巾递到她手上时，她的手下意识地缩回，毛巾掉到被子上，洇湿一片。再一抬眼，看到舅舅好像又缩了一圈的身影，躬在墙角收拾她的行装，头顶绕着灰蓝的烟圈。

一路去往火车站，莲露和舅舅都没有说话。在站台上，舅舅将行李和车票递到莲露手里,掏出一支烟抽上,犹豫了一下,说:"你路上要小心啊。再会了。"莲露咬着嘴唇,不响。舅舅将手搭到她肩上。莲露扭了一下身子,想要甩开他。就听得舅舅沙哑地说:"舅舅永远都是最喜欢你的。"莲露还是不响,拎了行李,转身上车去了。列车缓缓驶离车站时,莲露看着车窗外成片成片灰乌乌的上海民居,想到病床上的外婆,觉得自己再也回不来了。

莲露当天中午在火车上上厕所时,感到下体刺疼。到了下午时,已发展为尿路感染,频频跑厕所。小便都是血,伴着强烈的烧灼感,脸色苍白。邻座的阿姨知道了,着急地帮她去找列车员,要来消炎药,又催她多喝水。莲露苦着脸到了桂林,开始发烧,一进卫生间就疼得哆嗦,脸色愈发惨白,又死活不肯随母亲去看医生。一点儿小事就会哭叫,完全变了个人似的。母亲警觉起来,来到她床边坐下,反复追问。

那是寒假结束前的一个午后,家里没有其他人。已是多日阴雨,非常寒湿,莲露蜷在被里,不停地打战。母亲的声音越来越响,最后揪住她的耳朵,不停地扯。"到底是怎么回事?为什么不肯去医院?这样拖下去,肾都可能坏掉,你还想不想活了?"母亲叫。莲露抖着身子,将事情说了出来。母亲先是抽了她一个大耳光,叫道:"你这个死妖精!这么小,怎么就会瞎编这个!"莲露偏过头去,母亲又揪着她,再扇了一个耳光。莲露哭起来。母亲起身离去,走到门边又停下,伏在门框边压抑地啜泣,最后轻声呜咽。莲露用被子蒙着头,满耳都是淅沥的雨声。母亲停下后,出去捏了把毛巾,过来给她擦脸。莲露缩成一团,母亲倾身过来抱着她,轻轻拍着,眼泪又流下来。

我在这里打断莲露:"你母亲是唯一知道细节的人吗?"莲露点头,又说:"当然还有他——是三个人。"

母亲说:"人说红颜薄命,我们是全家都命薄啊!这事姆妈求你了,你千万不能出去说,千千万万啊!任何人都不能说。将来就是嫁人,也不能跟你男人说。要不你会是千刀万剐的命。姆妈别的话你可以不听,但这个一定要牢记,一辈子都不能忘记。"母亲一句比一句用劲儿的叮咛,将莲露从上海带回的惊叹号放大成了蘑菇云。她不明白母亲话语里的逻辑,却被母亲的慌乱吓住了。"如果你说出去,你舅舅会被枪毙的,怎么说他也是你舅舅,他养育过你啊!他不会是故意要害你的,他肯定是喝醉了。你不要他被枪毙,是不是?是吗?"母亲摇着她的肩,唾沫星飞到她的脸上。"枪毙"二字,将莲露吓住了,她抱住母亲的腰,抱得很紧很紧,轻声叫着:"我不会说的,我死也不会说。"母亲抚她的头,很轻柔,说:"可怜的囡囡,姆妈对不起你,这是万万都没想到的事。但你不用担心,他从此会从你的生活里消失得无影无踪,再也影响不到你。你是个多好的孩子,漂亮聪明又懂事,你会有大好的前途。一切会很快就过去,你一定要相信姆妈的话。"

莲露吃下母亲从医院开回的药,又按母亲的指点泡药浴,感染症状果然很快消退。她按母亲的意思,将往事关到小黑盒子里。又按母亲的叮嘱,在那黑盒子上死死敲上钉子。从那以后,她再也没有接到舅舅的信和他寄来的任何东西。上海从此一刀两断,好像她跟那里从来没有过联系。连外婆什么时候去世的,母亲都没有告诉她。

莲露并不知道舅舅是否还活在世上。"你想过要打听吗?"我问。她摇头说:"为什么要打听呢?也许他结婚了,毕竟日子好过了,房子退还了。外婆已经去世,连我母亲也分到不算太少的财产,我想他中年后的日子不会太差。"停了一下,她耸耸肩说,"当然,有时也会想一下。""是好奇?还是牵挂?"我问。她表情带点凄凉地笑笑,说:"毕竟他是我曾经最亲的长辈,你说呢?""你能不能描述你此刻对他的想法?"我又问。她看着我,咬紧嘴唇。没等我再张口,她又说:"想法总在变,海里的波浪那样。但总的说来,我希望他过上正常生活吧,有自己的家庭和孩子。"说着,轻叹一声,"毕竟这么多年过去了。""你恨他吗?"我问。她不响。我看着她,又一次提醒:"你想从滑板上站起来的话,你先得驾驭波浪而不是回避,这是我们要一起做的功课,需要你的配合,真的。"她想了想,轻声说:"等我自己有了孩子才知道,要带大一个孩子有多么不容易!"

莲露在舅舅从她的生活中退场后的那年初夏,由母亲领着到榕湖边上的市委招待所和生父见面。母亲在路上交代她,不要跟他讲家里的事情,见莲露不响,母亲捏紧她的手,又叮嘱,特别是你外婆他们的事——莲露一听到"外婆他们"四个字,像被蜇了一下,慌忙点头。

在市委招待所昏暗的前庭里,母亲将她领到生父面前,让她叫那个着一身藏青中山装的瘦削男子"爸爸"。莲露嗫嚅着。这个词,她已经对继父叫了那么些年,忽然又冒出一个同样称呼的陌生男人,莲露心里生出害怕。母亲凑到她耳边,小声说:"他是你亲爸,你不要这样,叫啊!"莲露才冲那个男人叫了一声。母亲松开手,笑着将她交给那个男人,说好下午下班后来接她。

生父很瘦,面善,说话带很重的壮语口音,让莲露不习惯。他领着莲露一路出来,轻柔地说着话,告诉莲露他如今在南宁工作,那里的家里莲露有两个弟弟,都很乖,让她将来有机会去南宁跟他们玩。生父没有问莲露任何关于她家里人的事情,也没有多问她在上海和桂林的生活,只是说,女孩子还是留给妈妈好,看你长得这么健康,我放心了。生父并没有像其他成人那样,初次见面总是夸她好看,让莲露有些意外。她很想问生父当年为什么和母亲分开,却不敢开口。生父领她一路出来,站在街头,一时不知要去往哪里。他提议带她去叠彩山走走,莲露不肯。生父自语般地说:"你不知道从明月峰顶看桂林有多么美啊!"莲露不响。她跟辉哥他们去过,老师也带她和同学们去过。确实很美,她想,但她不愿意跟这个男人去那里,哪怕他是自己的生父。"为什么?"我在这里打断她。莲露很深地看我一眼,苦笑说:"那山间太僻静了,我不要跟他去。"

莲露从那个上海寒假之后,发现自己只要跟男性独处就很紧张,哪怕是在家里。只要母亲不在家,她就总将自己的门反锁着,必须出来时,总是蹑手蹑脚,生怕弄出声响,引来继父他们的注意。她开始喜欢上学,也开始喜欢参加学校的活动,那里人多,让她觉得安全。生父只得带她到中山路逛街吃米粉,到冰室吃冰激凌喝汽水。她跟着生父穿行在闹市,被赤白的太阳照得流汗,忽然想起跟舅舅在上海的时日,也常是这样的情景。她下意识地挽住生父的手臂,又马上松开。生父温和地看着她笑。莲露看到他那张陌生而平静的笑脸,突然觉得自己多事。

莲露傍晚随生父回到招待所,远远就看到站在前庭台阶上的母亲。她随母亲离开,走到招待所大门时,忍不住回头望了望,看到生父正在上台阶,并没有回头。她的鼻子有点发酸,就听到母亲问她,他有没有问她家里的事情?有没有打听外婆他们的情况?有没有问她对继父的看法?"完全没有。没有。没。"——她的回答全是否定的,又全是事实。母亲吐了口长气,表情有些失落,一路再没说话。

生父走后,就没了消息。莲露觉得生父是喜欢她的,起初还隐约期待着他或者会有信来,但她很快就失望了。莲露不知道是母亲让他不要跟自己联系,还是生父自己的决定。她再次见到生父,已经是从美国回去探亲的十多年后了。因为是到了南宁,顺便的——莲露说到这里,表情很冷。

4

朱老师的名字从莲露的叙述中跳出来时，莲露在诊所的疗程已经过半。

莲露持续回避面对当年在上海遭受舅舅性侵犯事件的细节和受创后心理状态的辨析，她的表现清楚地显示出治疗阻滞点就在这里。而在这时，我意识到自己在诊疗过程中倾注的同情开始愈发地个人化了，我明显地意识到我其实根本无法对另一个病人倾注同样的热情和耐心，这令我开始担忧。在莲露又一次带来多项空白的治疗问卷时，我向她提到她可能要面对转看其他心理治疗师的选择。

莲露的表情有些意外。她没有立刻回应，盯着我，嘴巴微张着，嘴角上翘的线条让她看起来在微笑。她那天穿着一身铁灰色衣裤，看上去像坐在谈判桌边的女强人。我给她盯得有些不自在，侧过脸去，看了一眼窗外，深秋里的枫叶已挂出一树金红。

莲露将问卷拿回去，低头看了看，又放回来。她的手势有些轻慢，卷子像是给甩回桌上。"所有的问卷，我都认真读过，想过的。"她的声音里有在她是罕见的坚定。我控制着自己的情绪，耐心地说："那么是什么妨碍了你回答这些问题呢？要知道，认真回答这些问题是治疗的核心步骤。这些问题不是随手拈来的，是认知行为心理学临床实践经验的结晶。它们会帮助你梳理自我心理的认知和情感，比如自责、负疚，缺乏安全感，不稳定的情绪，深度的悲伤，处理两性关系、婚姻关系的困难，是不幸有过你童年遭遇的人在成年后会遇到的典型问题。设想你在海里冲浪，若想不被巨浪吞没，你得驾驭好滑板，从风口浪尖穿过。要冲进浪里，才能冲出来。如果你只是躺在小舢板上——""我没有躺在小舢板上。"莲露打断我，眼睛往我身后墙上的那幅巨浪照片扫了一眼。

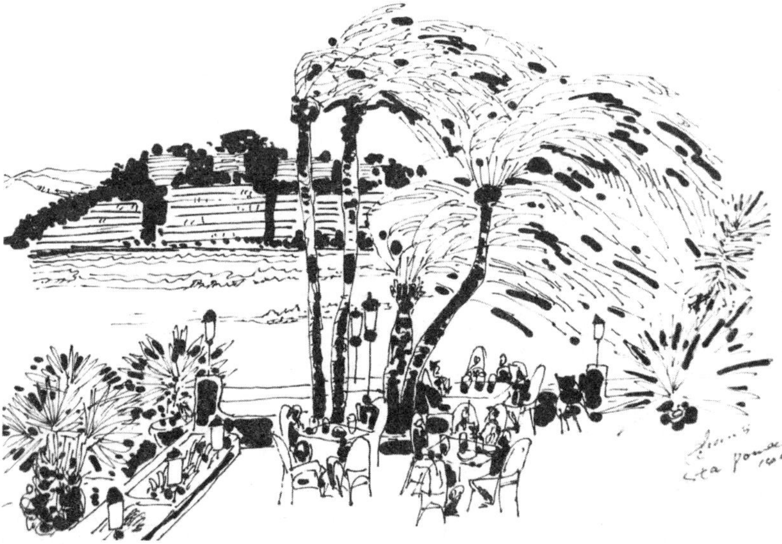

"你请继续。"我看着她，点头说。她斜一眼台面上的问卷，说："我虽然没有怎么回答这些问题，可我都认真看过，也想过。所有的问题，就算是我没有回答的，我都仔细读过。"

莲露盯着我，说："你肯定觉得，我最后一次在上海遭遇的事情是问题的关键。可我想过了，其实那件事我已经放下了。"我马上说："当然没有，你是一直强迫自己忘记，比如我们现在谈论它，你甚至都是用'那件事''上海那次'这样的话语，你甚至无法将舅舅的名字跟那件性侵事件联在一起说出来。你掩着耳朵，可那只铃仍随着你的移动不停地响。你得将那铃摘下来。"刚说完，我就为自己的武断和说教感到了后悔。我还意识到自己的嗓门提高了，情绪也显得急躁，仿佛在竭力说服莲露。

莲露愣在那里，皱着眉，微眯了眼睛，像是刚从暗房出来，一下还不适应室外的强光。我冷静下来，等她的反应。她摇摇头，说："不对。我的问题不在过去，而是在眼前。我要解决的是如何处理眼下的问题。"说着，她看了我一眼，那眼神里有着难以描述的温和。

"嗯，你说了解铃——"她又说，"那个铃是解下来过的。朱老师是解铃人。只是，突然有一天，系铃也是解铃人。"说到这里，她斜来一眼，苦笑。她的脸色在明亮的屋内显得有些苍白，跟平时丰润的气色很不同，在一身铁灰的映衬下，显出平日里少见的憔悴。

莲露在后来的叙述中，一直用"朱老师"称呼她的丈夫。在福建三明长大的朱老师，1983 年春天从北师大毕业后，分到当时是电子工业部直属的桂林电子工学院教书。莲露高中毕业时，母亲说自己一生见多了，觉得还是学门技艺扎实，将来能够安稳过日子。莲露考大学报志愿时，心下知道上海是再不能提的，就报了一串广州的院校。母亲死活不允，老师来做工作也没用。莲露跟母亲争执起来，母亲夺了她的笔，说她不能让她再独自离家，弄不好不知再弄出点什么事来，还是在身边看着放心。莲露听母亲说到这里，不敢再吱声，顺了母亲的意思，轻松地考进桂电无线电技术专业。

莲露在大二第二学期修概率论及数理统计课时，成了朱老师的学生。朱老师黑瘦，个子不高，戴副厚厚的眼镜，当时已年近三十还是未婚。他平时话很少，也不怎么笑，但一上讲台就像换了个人，能将枯燥的内容讲得生动有趣。他的课堂上常爆出活跃的笑语声。朱老师比莲露整整大十岁，曾下乡插队十年。作为老插，他不修边幅的经典故事是，他上讲台时总会换上很新的的确良衬衣，可一转身写黑板时，大型阶梯教室里近百名学生，常能清楚地看到他里面穿的背心后面那一个个洞，有些竟有碗口那么大，引得女生们一阵骚动，不停窃笑。

莲露在校园里很安静，很少跟同宿舍女生一起行动。她早已说一口道地的桂林话，就是跟母亲在一起，她也不说上海话了。她随着桂林城里女孩的时尚和打扮，再也不觉得自己是这个小城的外人。偶有同学穿来家里人出差上海买回来的时装，莲露总会多看几眼。那些来自上海的花尼龙面料衣裙、中长纤维的春秋格子面料，上海传过来的燕子领、A字裙、蝙蝠袖、直筒裤、坡跟皮鞋，对她来说都是时髦玩意儿，她兴致勃勃地看着，才想起自己早已不再是同龄人中引领潮流的人了。她喜欢自己成了一粒融入她们池塘里的盐，而不是浮生在水面的莲花。

那时校园里正时兴跳交际舞，学生食堂一到周末就彩灯闪闪，开着一场接一场的舞会，却从来不会有莲露的身影。她在学生食堂碗架上的碗里，常会出现男生约会她的字条。她总是悄悄地将它们取出塞进衣袋，到没人处撕碎扔掉。他们写来的信，她也总是没拆就处理了。不是因为学校规定在校学生不可谈恋爱，她就老实听了,只是她看着那些一头墨黑头发、满脸青春痘的同龄男生,心里会不耐烦。她试过跟他们去打球、爬山和郊游,却没法集中精力听他们说话,她想自己其实比他们老了一辈,她的知音是比她更老的人。后来,晚自习出来,在楼梯口再遇到等她、堵她的男生,莲露连客气也不讲了,拉了脸甩开他们就走。

　　莲露第一次去朱老师的辅导课时,已近结束。见莲露进来,两个原已背好书包站着跟正在收拾东西的朱老师说话的外系女生便停下来了。朱老师顺着她们的目光望过来,看到莲露,表情有些意外。莲露轻声叫了"朱老师",心跳竟加快了。朱老师看看表,微低下头,从眼镜上方看出来,说:"你是莲露?"——没等她回答,正要离去的两个女生扑哧笑出声,说:"她是我们的校花。"莲露第一次听到人说自己是校花,而且是在这么严肃的朱老师面前。她斜着眼轻声嗔道:"说我是个笑话吧?"那两个女生一听,吐吐舌头,赶忙离开。

　　莲露尴尬地站在那里。朱老师摆摆手,说:"嗯,你有什么问题?"莲露告诉他,自己对一些概念不是很理解,有几道作业题解得没把握。朱老师让她坐下来,自己却站着,让她将不会做的作业题用自己的语言讲述出来,在她讲述的过程中,不时点拨几句。莲露发现自己磕磕巴巴地讲着,在朱老师的提示下,很多概念变得清晰起来了。朱老师微笑着点头,说:"就是这样的。当你能将习题用自己的语言说明白的时候,你就真懂了,解题的办法也就顺理成章地出来了。你就这么练。拿到题目不要急着去解,先吃透题目要你做的是什么,里面牵涉的概念不清楚的话,再回去看书,就这么简单。"莲露仰头听着,觉到一种久违的安心。她和朱老师一起从教学楼的台阶上走下来时,校园里已到处是晚饭前锻炼的人们闹腾的欢声。

莲露开始经常出现在朱老师的辅导课时段。她通常在课时将要结束时出现，这时大多数学生已离去。她跟朱老师聊着，作业基本就当场做完了，教室里没人时，两人也聊些闲话。朱老师很少说笑，却很耐心，不管她说什么，他总是一副全神贯注的样子在听。朱老师给她讲些他十年的插队生活。从他们翻山越岭串访知青点寻读禁书、养鸡放牛、耙田种菜、偷鸡摸狗，到如何爬上牛车赶往公社所在地参加"文革"后的第一届高考，莲露都听得津津有味。那是她的同龄人，甚至家里的辉哥他们都不曾有过的经历。莲露的戒备慢慢松懈下来。听朱老师讲他福建家乡生活习俗的不同，她也会谈起自己童年时代在上海的生活。两人再对比桂林市井生活跟各自背景的不同时，竟有了知音的感觉。

朱老师的课程结束后，已是大三学生的莲露，在专业基础课里遇到与数理统计相关的难题时，还会想到去找朱老师请教。一来二去的，他们就有了些课外的交往。到了暑假，朱老师因为要备考研究生，没回老家三明。他们有时就约了一起去市里逛逛书店，到学校后门外小街上的大排档吃饭，还一起看过几场电影。若是约在朱老师住的单身宿舍楼下碰头，朱老师总是按时出来，从未邀她到楼上他的房间里去看看。这让莲露放松下来，发现自己已很久没能这样轻松地跟男性独处了，心下对朱老师更亲近起来，再遇到什么烦心事，第一时间想到的总是要找朱老师去说，虽然她并没有那样做。

朱老师告诉莲露，他生活的短期目标是争取继续深造。不是报考中科院的研究生，就是争取去美国留学。莲露听了有些吃惊，想朱老师都三十岁的人了，应该考虑成家的，又没好意思问。待莲露进入毕业实习和毕业设计阶段，朱老师也已报考教育部的公派留学生，业余时间都花在英语强化训练上，他们的联系就少了。

莲露毕业后，分到市郊三里店的无线电元件厂，开始了早出晚归的上班生活。夏天快要结束的时候，她突然收到一封本市来信。莲露一眼认出是朱老师的字，赶忙将信拆开。朱老师在信里说，好久没见面了，挺挂念她的，希望她喜欢她的工作。他刚从南宁考试回来，可以松口气了，想请她周六晚上出来，一起去中山路上的"漓江人家"吃个晚饭。朱老师最后强调，请她务必要来，他有些重要的事想跟她谈。直觉告诉莲露，朱老师肯定考取公派留学了，隐隐地，又感到那"重要的事情"跟两人的关系有关，这让她心里有些不安。

"请你具体一点。"我在莲露转开话头之前，截住了她。她看着我，苦笑着说："还不够具体吗？我真的很感激你在整个过程中对我的耐心。"我笑了笑，说："关键处要不厌其烦。比如，在你预感到朱老师要跟你提及两人关系的时候，你为什么感到不安，而不是兴奋，或者盼望，哪怕是紧张？是你不喜欢他，想拒绝他吗？还是其他的原因？"

"当然是因为上海的往事。"她轻声说。"舅舅性侵那件事，这时让你感觉不安。"我说。她的眼睛快速地聚焦，盯着我。"我说的对吧？"我问。她有些不情愿地点点头，想了想，又说："应该比这更复杂些。"我说："好，你请接下去。"

莲露到了高中，成了重点中学尖子班的学生，课业繁重，自己又特别好强，满门心思都在准备高考上，舅舅已经很久不曾在她的脑子里出现过了。上了大学，外国电影《苔丝》来了；男女青年分分合合的故事成了报上的热门话题；青年杂志热烈讨论起非处女问题，从这个话题，又争论到贞操、保持纯洁或被玷污，连篇累牍，令人心惊。莲露觉得自己明白了为什么当年母亲会警告她说，如果她将自己在上海舅舅那里经历过的事情说出去，迎接她的会是千刀万剐的命。

有天夜里,熄灯铃响过后,莲露同寝室的女生又为刚从报上读来的曾遭强暴的女青年的来信争论起来。那女青年在信里说,当年她遇到了现在的爱人,便向他坦白了自己的过去。他对她说,你只不过是被疯狗咬了一口,我怎么会因此而离开你?女孩子们为那个女青年感到庆幸,又说,所以一个女人的纯洁是很珍贵的,因为它一旦失去,就再也无法找回。莲露躺在黑暗的蚊帐里竖着耳朵听到这里,忽然苦笑了。无法找回的东西太多了,外婆那个有外公的家,外公一生经营的公司和工厂,母亲迷恋过的越剧舞台,上海……都是说没就没了。青春,生命,哪样不是一去不复返?反而是那个所谓的纯洁,却未必。好比外婆,她就遇到了生命中的贵人——外公将她从欢场赎回,给了她一生最美好的时光。莲露在那个夜里,明白了她要等的,就是自己生命中的贵人。

莲露再看到年轻男生们争论"苔丝"时的激动,心理上对他们就更疏远了。看这些连女生的手都没有拉过的大男孩,在那儿为爱情的"纯洁"争得青筋暴跳,她就想,"疯狗"那样的词,倒真是他们能想出来的。她很清楚他们不是她在等的人。跟朱老师走近后,莲露一路是欢喜的。但直到收到朱老师的信时,莲露还不能肯定,朱老师会不会是她在等的那个人。

莲露来到"漓江人家"时,朱老师已经等在二楼靠窗的卡座上了。远远看到她进来,他站起来向她招手,表情有些紧张。朱老师那天穿一件崭新的蓝底红细格的的确良短袖衬衣,转过身时,莲露发现那里面的背心没有一点破绽。她微微笑了。莲露那天穿了一条粉红色镶白色荷叶边的尼龙连衣裙,白色高跟皮凉鞋,剪着那时流行的山口百惠式短发,看上去还带着十足的学生气。"欢迎欢迎,我们年轻有为的女工程师呢!"朱老师将她往卡座里引,笑着说。"还差得远呢,一年试用期满后,才能转助工呢。"莲露笑着答,落下座。

　　卡座紧靠的大窗几乎落地，窗外有圈小小的矮栏杆，摆着红白色的海棠。背景里邓丽君的低吟浅唱，听得人心发软。窗外中山路上涌动不息的车流人流，看上去如快进着的无声电影画面。莲露转过脸来，和对面朱老师的目光相遇。她甩甩脑袋，看清了朱老师显然是新剪的短发，腮帮上是新剃净的一片淡青，眼角的皱纹好像更深了。天暗下来，她低下头去喝茶，眼角晃着街市中返照上来的灯光，忽然想到了在上海的时光。这是很多年来，她第一次想到上海却没引发不快的情绪，再望向朱老师，心下生出暖意。

　　朱老师点了好些桂林家常菜，将香槟倒好递给莲露，笑着说："让我们为两个好消息干杯。"一是祝贺莲露大学毕业，长大成人自食其力；二是要跟莲露分享好消息，他已经考取教育部公派留学资格，马上就要到广西大学外培中心去脱产培训英语，然后考托福和GRE，联系美国学校去攻读学位。两人干了杯。莲露放下酒杯，高兴地说："这真是大喜的事啊！"朱老师点头，笑着将杯里剩下的香槟一口喝下，脸就有些红了。他放下酒杯，问莲露："你想不想去美国呢？"莲露一愣，说："哎呀，没敢想过。"朱老师弹了弹杯子，说："那你就去吧！"莲露扑哧笑了，说："你以为是去南宁啊，说去拔腿就去了？"朱老师正色道："你不要笑，我可以带一个人去的。"莲露笑得更响了，说："朱老师你真是喝高了，美国还给你配额呢，来一带———"朱老师的手伸过来，朝她的额头点一下，说："真是个傻妞，我当然是可以带家属的。"莲露的脸腾地就红了。朱老师伸手过来，掌心朝上搁到莲露面前，说："答应我，跟我去吧！"莲露从来没有听到朱老师这样轻柔的话声。她将自己的手搭到朱老师手上，朱老师将手往后一抽，反过掌来，一把将她的手指扣紧，摇了摇。"谢谢你！"莲露鼻子一酸，有些犹豫地点点头。

　　莲露牵着朱老师的手走出"漓江人家"时，天才黑透。他们一路出来，拐上滨江大道，到一个露天茶座的长竹椅上坐下。那时漓江两岸夜里还没有太多灯火，清澈的漓江水漫到眼前，在茶座暗暗的灯影下，甚至能看到河床里的鹅卵石。远远地，还能看到黑色山影上的满天繁星。她的手一直在朱老师的手里，感觉心跳都慢了下来。江水也似乎流得特别安宁缓慢。他们喝着茶，聊起分别后的各种趣事。朱老师很轻地摩挲着她的背说："现在我们的关系不一样了，可以跟你讲贴心话了。你真的是很漂亮的女孩，穿身旗袍走出去，肯定很像上海滩上的大小姐。唉，要不是时代的原因，你就是上海大小姐啊！"见莲露不响，朱老师又说："公费留学的人都有八百块的置装费，等我领了来，你拿去做两套漂亮的旗袍，到了美国，你穿上它，我们到街上一走，让美国人也看看我们中国美女。"莲露笑笑，想起照片里看过的外婆穿着旗袍小鸟依人般和外公在一起，心里一热，将头靠到朱老师肩上，紧紧抓着朱老师的手臂。朱老师环住她，在她脸上亲了一下。她侧身抱住朱老师，一眨眼，眼前就出现了十四岁那年在普陀工房里的情景，非常冷，舅舅抱住了她，她看到自己在回应舅舅的亲吻。莲露后来想，如果她那天夜里没被心里涌出的那股深深的内疚击中，或者能忍住被击中的疼痛，今天的生活就不会如此狼狈了。

　　莲露再次回避了我让她对"内疚"情绪细解的要求。她只接着说，她在朱老师的怀抱里说出了那件上海往事。细节都被埋葬了，她蒙着脸，轻声说出了自己在少女时代就被夺去了纯洁——她自己也没想到，她竟用了"纯洁"两字。朱老师原来在她背上摩挲的手停了下来。她感到背上有股强力，压得她背痛。"是谁？那家伙是谁？"朱老师的声音出人意料地沉着。莲露缩紧双肩，偏开了身子，看到朱老师被远处微光裁出的剪影,带着难以形容的冷峻。朱老师侧过身来,捧起她的脸。莲露从来没见过朱老师那么严肃的表情。莲露说出了舅舅,身子有些哆嗦。朱老师松开了手,很轻地拍拍她的脸,取下自己的眼镜,用衣角擦着,轻声问:"就是那个在上海带你长大的人?"莲露在暗里用力捏了一下朱老师的手,没答他的话。那个夜里,朱老师直到将莲露送回市委大院门口,再没怎么说话。莲露第二天早晨醒来,恍惚间想起前一夜的事情,意识到自己竟已当着朱老师的面,将一块压在心头多年的大石头掀开了,感觉不可思议。

朱老师在周一的中午出现在无线电元件厂时,他们看到了彼此眼里的红丝。朱老师朝她淡淡一笑,点点头。莲露随他一路沿着厂生活区的小路出来,走进午间空旷的灯光篮球场,坐到树荫下高高的位子上。朱老师握起她的手,轻轻地揉着,表情带着庄重,说:"我回想了我们交往的全过程,整个过程里,我一直觉得你是个很纯洁的姑娘。你就是个纯洁的姑娘。"他又重复一句。莲露咬着嘴唇,感到了手心里的汗。朱老师轻轻地拥抱了她一下,轻声说:"我们就要到新大陆去开始全新的生活了,那里的晨昏跟这里是倒转的,全新的初始条件,全新的边界条件,以前那些旧的方程解,全部废弃了。"

莲露送走朱老师,回到车间里一头躲进更衣室,眼泪就出来了。她坐在条凳上,轻轻地拭着泪,心境却是明亮的。那泪水是为自己终于找到了生命中的贵人而流出的欢喜。她相信自己会比外婆幸运。

莲露第一次带朱老师回家跟母亲和继父见面时,朱老师就跟他们说了准备迎娶莲露,并要带她去美国。继父那时已退居二线,又刚因早期肺癌做了手术,正在康复中,话更少了,看上去真是个老人了。他听了朱老师的话,努力地笑着点点头,用沙哑的声音说:"莲露就交给你了,请好好照顾她。"母亲白皙的皮肤上有了些皱纹,看上去越来越像外婆,不同的是,母亲的眼睛带着她这个年纪的女人罕见的灵活,说起话来仍是眼风一飘一飘的,让人很容易忘了她的年纪。辉哥兄弟那时都已离职下海,办了贸易公司,做着往外省倒白糖的生意,母亲就提前从文化馆办了退休,到辉哥的公司里帮忙去了,日忙夜忙,精力过人。朱老师的到来,让母亲兴奋得楼上楼下地穿行,不停安排家里的小阿姨去买这买那,要自己亲自下厨做大菜。

朱老师走后的夜里,母亲来到莲露房间,在床边坐下,轻叹一口长气,表情轻松地说:"这日子过得多快啊,你都要嫁人了。能找到朱老师这么稳重可靠的男人,唉,如果你外婆活到今天,不知会有多高兴呢!"莲露已经很多年没有听过母亲提到外婆了,张了张嘴,刚想问话,母亲又说:"外婆去世之前还念叨着你呢,最不放心的就是你了。唉,我们家三代女人,终于熬到你这代能过上好日子了。"莲露看到母亲眼圈红了,赶忙拉起母亲的手,轻声说:"姆妈,你也过得挺好的呀,不要太难过了。"母亲叹口气,很深地看她一眼,想了想,轻声说:"你如今也大了,有些话可以跟你讲讲了。我当年跟你生父来到桂林,连话都不会讲,样样都很不习惯,再不能上台唱越剧,就算你能唱也没人要听,就在电影院卖票。跟你生父在生活里有很多问题,上海却回不去了,在当年的时势下,就是能回去,我怕也是没勇气回去的。而且在那年头,没完没了的政治运动,动不动就要'清理阶级队伍',我们这些外地人是首要目标,要被调查,上海家里的情况就是个定时炸弹,随时会把人炸个半死。就在那样的情况下碰到了你继父,他对我很关心,帮我调到文化馆,那时他爱人已经去世好几年了,我就和你生父离了婚,嫁给了他。这辈子这么过下来,你也都看到的。我没有什么可抱怨的,特别是你能在这样安全的环境里长大,要不然,就不敢想象了。"母亲说到这里,拿起莲露的手,轻轻拍了拍,说:"把你交给朱老师,我就再没有什么不放心的了。过去姆妈有什么对不住你的地方,你也就都原谅了吧!"莲露倾向前去,轻拥住母亲,松开手臂的时候,听到母亲又说:"你记得我告诉过你吗?你出生的前夜,我梦到过一朵洁白的莲花,上面滚动着很多闪亮的露珠,真像钻石那样漂亮。你看,那吉兆真的应验了啊,你肯定会有很美好的前程,真是让人太欢喜了。"莲露和母亲在灯下开心地笑起来。

5

朱老师在莲露大学毕业那年的冬天,办妥了申请美国留学的各种手续。他们在桂林登记结婚。

去登记前的一个轮休日,莲露将屋里柜顶那只老旧的皮箱拿下来。多年不曾打理,皮子已经发脆开裂。莲露将存放在皮箱里的舅舅来信,当年收集下来的各色糖纸,连同舅舅当年为她系在行李袋上的那条粉红格子手绢一起,捧到院子点火烧了。那粉红间白的手绢被高高的火苗吞入,缩成一团,再一展开,变成了一堆小小的灰白。舅舅当年将那手绢系到箱子上时,反复交代她凭这个记号看好箱子。在这个时刻,彻底烧毁它,莲露心里有特别的仪式感。所有的火苗都消停后,她蹲下来,用树枝将那手绢的灰烬一扒,它就散成了碎片,微风一过,四散而去。莲露吐口长气,起身拎上那只开裂的旧皮箱,在阴湿的小路上走了一阵,扔到大院里的垃圾回收箱。第二天的上班路上,莲露还专门拐了点路,经过那只墨绿的大垃圾箱时,她跳下自行车,亲眼确认它已被清空。再转出去,她觉得车轮子似乎都上了翅膀,心里有说不出的轻松。

莲露和朱老师在桂林登记结婚后，回朱老师老家福建三明举行婚礼。准备婚礼时，朱老师陪着莲露，找到桂林衬衣厂的上海老师傅，量身定做了一袭深红、一袭宝蓝花色的缎子旗袍。到衬衣厂门市部试衣时，莲露一掀开试衣室的帘子走出来，门市部里的客人都围了过来，七嘴八舌地赞叹。不仅因那时旗袍罕见，更因为莲露的相貌和身材，让旗袍衬托得特别出众。大白天也开着灰蓝日光灯的门市部一下染出了明艳的色彩。为莲露做旗袍的老师傅是当年随工厂支边迁来广西的，胖乎乎的他一脸福态，笑眯眯地看着莲露，叹说"文革"多年没做旗袍，手都生了，没想到出来效果还真不错，到底还是姑娘的架子好啊，像足了上海小姐的样子呢。莲露听了，喜滋滋地去看朱老师，两人目光交汇时，会心地笑了。朱老师微笑着告诉大家，这是为婚礼准备的，人们又啧啧恭喜他们。莲露带着这两套旗袍随朱老师回了家乡。朱老师的父母亲友看到莲露都非常高兴。说到这里时，莲露专门提到，她特别感激朱老师的一点，是朱老师说到做到，他们是在三明完成了婚礼的仪式，喝完喜酒之后才住到了一起。莲露说，朱老师这种特别形式主义的做法，对她自尊心的重建非常重要。他们相拥着倒在洁净的大红花色床单上，曾经的阴影被红火喜气的亮色冲得一干二净。她才知道，相爱的两个人彼此的拥有是那么美好。

婚后不久，新年一过，朱老师启程去波士顿大学留学。一个学期过去，莲露后脚就到了。她一边补习英文，一边接连生下两个孩子，洗买烧汰带孩子，收拾家居，每天总有做不完的事，完全陷在家庭里，成了真正的陪读太太。朱老师家里没有后顾之忧，又非常用功，在学科领域的顶尖学术刊物上发表了几篇很有价值的论文，攻下博士学位后，顺利拿到伯克利加大的教职，一家人的生活才安定下来。等孩子们也上学了，莲露开始到旧金山州立大学修读软件工程，毕业后到伯克利找到现在的工作，一直很稳定。前两年孩子们都离家了，人到中年的莲露才觉得松了一口气。到了这时，朱老师已成为世界一流名校伯克利加大的终身教授多年。随着中国经济起飞，朱老师跟国内学术界的交流频繁起来，成为最早入选中国引进海外高层人才"千人计划"的学者之一，同时兼任国内多所大学的客座教授，在太平洋上空频繁穿梭，寒暑假期间都长时间在国内工作。

　　日子过到这个光景，莲露觉得她的生活，美国人有个说法特别准确——她满足，但没有深度的幸福感。朱老师来美国后一路小跑，夫妻俩坐下来好好聊聊天的时间越来越少。两个孩子生下来后，她有好多年都没再和朱老师单独出去吃过饭、看场电影了。可看看周围同样背景的中国同事，大家在新大陆成家立业道路上的足迹都差不多，莲露也不觉得有什么缺憾。只是有时去参加美国朋友的聚会，看到人家中年夫妻也左一个"蜜糖"，右一个"甜心"，搂搂抱抱的热乎劲儿，才会有些浅淡的惆怅。偶尔清理衣橱，看到挂在衣橱深处那两件寂寞的艳丽旗袍，莲露总会将它们取出来比画一下，想到朱老师当年说，到美国后穿上它们到街上走走，让美国人看看中国美女的那些话，不禁苦笑。她倒是清楚地记得，暴风雪初停的波士顿郊外，周末里总是她陪着幼小的儿子在堆雪人；夏天的周末，也是自己和年幼的女儿穿上母女装，沿着伯克利长长的林荫道漫无目标地骑着车。她成为两个孩子的母亲后，尽管身材保持得很好，可那旗袍还是穿不进了。她的手在水一般的缎面上滑过，会忍不住想，这触到的是自己的青春。旗袍的色泽并没有减退，可镜中的自己却像一件用旧了的漆器。莲露并没有抱怨。在加州明艳的阳光下，她再不被阴影堵截。她愿意就这样跟朱老师在固定的轨道一路滑行下去，互为老伴，修成正果。

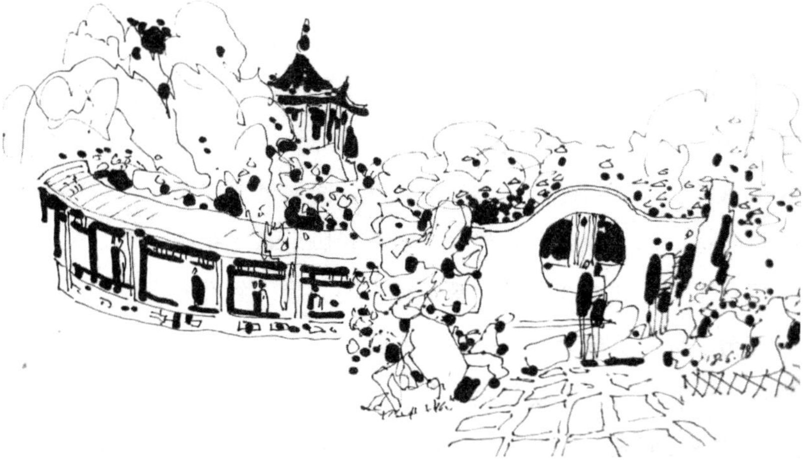

2010年底，朱老师从广州回来后，莲露开始频发尿道感染。她在刚生过老大之后，有段时间也不时会有这毛病，基本不用求医，多喝些山楂汁之类，就可以度过。这次是多年来第一次重发。她按过去的老方法处理，灼烧和疼痛的感觉却越来越强烈。她开始尿血，身上一阵冷一阵寒，令她惊恐地想起十四岁的那个早春，心下生出不祥的预感。医检的结果，是染上衣原体病菌了。家庭医生将结果告诉她时，看着她的眼睛说："这是一种性病，会通过性生活传播。幸运的是，这是性病中比较容易治疗的一种，只要服用对症的抗生素，效果很不错的，你不用太担心，但你要了解它的传染渠道，需要特别注意性生活的安全。"莲露愣在小诊室里，只看到家庭医生的嘴在动着，耳里是嗡嗡的响声。近年来，她对入眠环境越来越敏感，朱老师却工作得越来越晚，有时就算躺下了，忽然想到一个什么问题，他又会爬起来，轻手轻脚地拿上手提电脑，进到卫生间掩上门工作很久，互相都觉得很不方便。到女儿离家后，他们已常分房而睡。朱老师这次从国内回来后，他们有过肌肤之亲的夜晚不出一二。她一下就寻到了自己的病因。

莲露在晚餐桌上告诉了朱老师自己看诊的结果。在这之前，莲露没有告诉朱老师自己身体有不适。朱老师听后一脸震惊。他微张开嘴，瞪着眼睛，直直地盯着莲露，少顷，抓来一张纸巾，低头擦鼻子。莲露看到他头顶已经花白的头发，开始松弛的皮肤上的一道道深纹，心下一酸。她正想开口告诉他，据她从网上查询的信息，男性若染上此病，症状可能是隐性的，就听到朱老师带着鼻音的话："我明天就去联系医生做检查。"莲露点头，没有说话。当天夜里，莲露刚熄灯躺下，就听到门响了一下。她听到朱老师的脚步在床前停住，似乎是犹豫了一下才坐到床头，没有拧灯。他显然知道莲露还没有睡着，低声说："我很对不起你，那个病是我传给你的。

我真的非常非常抱歉，非常非常后悔。"莲露没有响。朱老师的手搭到她的肩膀上，轻轻捏了一下。她躺在床上，看着暗光中的天花板，好一会儿才说："你竟然也做那种事。"

朱老师低声说："我自己也是万万没想到。这些年来来去去，我从来不曾动那类念头。这你得相信我。不是说我人品多好，确实是没兴趣，何况如今年纪也大了。"莲露一下翻过身来，拧亮了床头的灯，等他的话。朱老师接着告诉她，这次回来前，最后一站是北师大珠海分校。夜里在酒店的咖啡厅里跟人谈完事，一个女孩子走过来搭讪。朱老师不耐烦地摆摆手，示意她别打扰，一边收拾摊在台上的东西。"老师——"那个女孩子叫了一声，朱老师抬起头来，想要赶她走，一看，她长得特别像大学时代的——朱老师说到这里，停住了。莲露听到了自己急速的心跳声，她闭了一下眼睛，希望他不要说出来。朱老师转开话头，说："那姑娘看上去真是清纯，打扮得也很朴素，确实像个在校的女大学生。"她说自己是四川乡下出来的，来珠海找工作。可到了珠海，本来说能接应的老乡却下落不明。她父亲早年就病故了，母亲丢下她和两个弟妹改嫁他乡，如今年幼的弟妹和老奶奶都在乡下等她寄钱回去接济。朱老师打断她，让她好好找个地方学点手艺，告诉她如今有点专长的技工很抢手，收入很不错，那才是长远之计。那女孩低眉顺眼地谢着朱老师，说自己还是个处女，真是因为困难了才出来这样做，很幸运碰到朱老师这么好的人，真心愿意将自己的第一次给他。

"因为她说自己是处女，你就做了？"莲露一下坐起来，叫着。朱老师一把取下眼镜，捂住脸，用力地摁住双眼，不响。莲露又叫了一声："就因为她说她是处女？！"朱老师停了很久，轻轻点头，轻声说："就是一念之差。"莲露看到泪水从朱老师已经长了稀疏老人斑的手指间流出。"可哪是什么处女！这个世界哪里还有什么处女!"朱老师压抑地哭叹。莲露的心软下来,倾向前去抱住他。朱老师的情绪安定下来,说:"请你原谅我!"莲露拍着他说:"你明天马上去看医生吧。"

朱老师果然也给查出衣原体带菌。夫妻俩遵医嘱服用相应抗生素后,身体很快恢复了正常。莲露没有想到的是,朱老师的这个意外并没有像她以为的那样很快过去。到莲露到我诊所时,她已跟朱老师正式分居,正在进行婚姻关系的调解。

"这个过程比我想象的艰难多了。"莲露说。她没有想到,朱老师从珠海带回来的冲击波有个滞后时段。当它最终席卷而来时,带着超出她想象的杀伤力,比当年舅舅带给她的痛苦更甚。这是莲露在谈到舅舅当年对她造成的伤害时,第一次使用了"痛苦"这个词。她其实很快就原谅了朱老师因"一念之差"而将风尘女子带到酒店床上。她没想到的却是,朱老师道出的那"一念",像一个魔咒缠上了她。一个当年给你解开那个结的人,隔了二十年后,又亲自给你严实地系上,莲露强调说,表情里有藏不住的凄凉。她不时想起母亲当年的话——你若说出去,你就是千刀万剐的命了。即使到了新大陆——换了全新的初始条件和边界条件,最后还是旧的方程解。

莲露开始整夜失眠,就是入睡了,也全是梦。"你能不能描述你的梦?"我问。"都很模糊,很多的人声,非常杂乱,基本都是黑白的。""你知道是在哪里吗?"我提醒她。莲露轻轻一笑,说:"我知道你的意思,但我确实不知道在哪里。蛮像美国中西部那些老镇。太杂乱,大部分并不惊悚,也没有清晰内容,就是很多,过电影一样,让人无法进入深度睡眠。"我的转椅一动,忍不住看了一眼墙面上的那幅海浪。莲露马上说:"老人与海,是最清晰的一幅,彩色的。我老在那个梦境里惊醒。画面非常美,可醒来常会出虚汗，心跳非常快。"

"所以你要认真完成那些问卷。"我说。莲露摇摇头，说："将我送到今天，送到你这张椅子上来的，不是你想象的他们——舅舅，或者朱老师。都不是，是我的孩子。"大概看出我有些意外，莲露点点头，表情有些凄凉地苦笑。

莲露病愈后，在治疗过程中从主卧室里搬出去的朱老师看上去并没有再搬回来的打算。他总是趁莲露出门上班后，将自己的书籍、电脑之类的杂物一件件挪出去，卧室显得空阔起来。莲露也没问朱老师的打算，夫妻间就这样达成了默契。他们还在一起吃晚饭，还是莲露主厨。跟过去不同的是，他们如果不谈家里必须处理的琐事、关于孩子的事情，饭厅里就只剩下电视的声音。等饭吃完了，又各自回到自己的屋里，像是一对搭伙过日子的房客，彼此也不再能同步跟上对方的日程和计划。莲露发现，她其实挺适应这样的生活方式。夜里醒来，看到卫生间的门开着，屋里一片沉寂的深黑，让她想起儿时在桂林的生活，竟有些高兴自己如今已能享受这样的孤独。

朱老师在接下来的那个学期，利用学术年假，回北师大着手建立学科博士点。离开前一夜，朱老师在晚餐桌上交代完莲露需要关照的家庭杂务，犹豫了一下，说："我这次去的时间会比较长，家里的事你就多费心了。"莲露答说："你自己当心点就是了。"朱老师盯了她一眼，起身安静地将水池里的碗洗了，转身离去。

朱老师一走，莲露一改过去下了班就回家、独自散步、上网、养花种草看电视的生活程式，她到社区活动中心报名参加了跳舞班。她一脚踏进舞场，发现那里几乎都是她这样的中年人。双双出入的基本上是空巢的夫妻或恋爱中的情侣，其他大部分则是形只影单的独身人士，外加身份暧昧的零星男女。莲露出门跳舞的时候，总是将无名指上的婚戒取下来，让自己的身份也暧昧起来。不曾学过跳舞的莲露，或许真是因了曾是越剧花旦的母亲的基因，跟在老师身后两三个星期转下来，已能满场翩飞。莎莎、桑巴、芭恰塔，样样都跳得有模有样，不时被老师选出来给同学们做示范。舞蹈班上的东方女子本来就不多，莲露那样的身材相貌，又显年轻，穿上紧身衣裤，柔美的腰肢上套条镶着零星金属小挂片的装饰小围裙，轻快舒展地飞转在忽明忽暗的硬木地板上，成了舞场里最显眼的女士，前来邀她跳舞的男士没有停过。莲露忽然意识到，原来自己在年轻时代错过了那么多。

有个周末深夜，她跳完舞回到伯克利山间的家，推开大门的瞬间，看到客厅里一地的月光，竟轻快地哼起了舞曲。她摸黑走到厨房，倒来满满一杯红酒，边走边喝，走到后院的大露台上坐下。山下旧金山湾畔的灯火已稀疏下来，她在月光下独自喝着酒，忽然想，原来放纵自己是有快感的。她又好奇地想到，母亲当年每每深夜归家，走进大门的时候，是不是也是这样的心情？莲露说，后来发生的事情，让她意识到人心其实是带有很多小屉子的盒子。大部分的人活着，后天获得的教养、道德、规范，都是用来压紧那些可能跟现世安稳相抵触的屉盖，让盒子能够平稳地搁置在人世间的大柜子里。其实那些屉里的东西是人类基因的各种搭配，无所谓对错。——她说到这里，停了一下，想了想，表情有些勉强地说，朱老师那次"意外"，无意间让她揭开了自己盒子里那些令人难安的屉子。

以暧昧身份出现在社区舞蹈班里的莲露，不久就开始频繁接受单身白人男士的约会邀请。她除了跳舞外，跟他们吃饭，打球，看电影。她发现跟这些白人男性在一起有一种她不曾享受过的松弛感。完全不同的成长背景，让他们对她的历史有很深的隔离。她个人历史的多米诺骨牌在他们那里一下就躺平了——从中国南方来，母亲，生父，继父，本科，移民，数据系统管理软件师。他们不需要知道更多，不是不想，而是听了也跟不上。她意外地获得了全盘洗白的欣喜。这样的交往，开始只是停留在美国人的"盲约"上，一旦发现他们有确定实质关系的心愿，她就退缩回到原点。直到她遇到了老麦——那是她对前美国联合航空公司机长麦克的称呼，像她叫"朱老师"那样自然。

莲露说到老麦时，特别强调他比她大二十岁。老麦身材硬朗魁梧，经济条件优渥，太太前些年去世了，孩子们都已离家，一人独居。老麦一开始就非常投入，事事都以她的兴趣和选择为最优先考量。那种她成了他生活的中心、他的女王的感觉，给莲露带来久违的贴心和温暖，甚至还带来美好而浪漫的性情，有时让人有回到新婚时期的感觉——说到这里，莲露停了一下，看看我。我说："明白了，你是说刚结婚，而不是刚恋爱时的感觉。"她点点头，又继续下去。莲露开始想到跟朱老师分开的可能性。她向老麦坦白了自己真实的婚姻状况——当然，她没有告诉老麦她婚姻出问题的真正原因，倒不是想隐瞒，而是知道这种问题很难向一个普通美国人解释清楚。她只是告诉老麦，她的婚姻有麻烦，目前跟先生处于分居状态。老麦有些意外。他说他真是爱她的，希望能跟她共度余生，如果不能，他也理解，真正的爱，要以她的好为终极目标。莲露为老麦的这些话流下了眼泪，她说请他给自己一些时间。他们从此不再讨论未来，却往来更密切了。

到了那年早春，莲露在美东罗德岛上学的女儿嘉嘉回来度春假。莲露特地休假陪嘉嘉去西雅图游玩，看望了在亚马逊工作的儿子，又顺便到女儿联系暑期实习的当地公司看了看，一路非常开心。嘉嘉已长得比莲露高出小半个头，有时一个恍惚，莲露会以为是撞到了大学时代的自己。只是嘉嘉和她哥哥一样，真不愧是在加州长大的孩子，身上都是阳光晒透的清爽气息。莲露看着他们，经常会对自己肯定，她这一生最大的成就，就是养育了这两个连笑容都是透明的健康孩子。

从西雅图回到湾区的当晚，嘉嘉便约了她那些也是回湾区度春假的高中同学，晚饭后到伯克利水边的酒吧聚会。担心嘉嘉有可能喝酒过量，莲露将她送去，又约好10点半过来接她。莲露从酒吧出来，就坐进了如约等在停车场里的老麦的车子，去往海湾边的万豪酒店咖啡厅。一周未见，两人竟有很多新鲜话题，一直说到近10点才离开。老麦将莲露送回酒吧停车场里，在莲露的车边停下。看到时间还早，老麦摇下车窗，两人坐在车里又聊起来。那是个满月的春夜，空气里有浓郁的花香，远远能望到海湾大桥上的灯火。他们在车里轻拥了一下，刚松开，两人又同时伸出手臂，紧紧拥住对方，接着是一个长吻。待莲露张开眼时，看到一张年轻女子的脸从车窗前快速闪开。莲露一惊，定睛一看，见嘉嘉闪进了边上她的车里，随即是"砰"的一记很重的关门声。

后来嘉嘉告诉莲露，那天夜里，她在酒吧里喝多了，感到有些头晕，出来吹风。正想给莲露打电话让早点过来接她，一眼看到莲露的车子已在停车场，便走过来。没想竟撞到那样的情景。

那天晚上，莲露一坐进车里，就试图给嘉嘉解释，嘉嘉蒙上了耳朵，她只得住口。母女一路安静地回到家里，道过晚安，莲露回到自己屋里，一直无法入睡。她半夜里起身下楼，想去厨房里找杯红酒。出到黑暗的走廊上，她看走廊那头嘉嘉门下一线昏暗的灯光。她站下来，想起很多很多年前在那遥远的桂林，自己在深夜的走廊上看到母亲跟辉哥分开的那个瞬间。这个联想是致命的一击。她转身回到屋里，倒在床上轻声哭了起来。在那之后，她很快中止了和老麦的交往。在我的笔记里，在莲露的这句话边上，我画下了一个星号——我对她在两性关系上可能将面临的困难，表示了担忧。

6

莲露的心理历程上的各路经纬，到此时变得清晰。它们听起来似乎是一团乱麻，实质却是像一只八爪鱼，所有的虚张声势的腿爪，都汇聚在它结实的身体上。在莲露的个案中，那个实体症结就是舅舅在她少年时期对她进行的性侵犯。在美国当下临床心理学实践中，对未成年性侵受害者的心理治疗已有成熟的治疗方法。棘手的是，莲露的经历却是非典型个案。她在少年时代遭受创痛之后，又在成长过程中遭遇东方文化里"处女情结"施予的重负。作为她生活中最重要的男性，朱老师在帮助她走出困境后，又在中年将她推回原点。加上莲露一直回避切开问题的实体症结，不愿对舅舅性侵事件的整个过程进行认知治疗，使得康复进程十分缓慢。

相当意外的是，我意识到自己在前后三个月的治疗过程中，对作为患者的莲露逐渐产生了一种非常个人化的情感联系。

莲露在深秋的一次会谈结束后，起身离开。走到门口时，她已经在拉门把，忽然侧过身来，向我说："你太太很漂亮。"见我一愣，她马上笑了说："不要问我在哪儿碰到你们的，但我很肯定那是你太太。"说着歪了歪脑袋，笑着说："以后和太太去吃饭，最好不要自顾着看手机哦。"——她的表情带着亲昵和调皮。我一愣，心里想，说实在的，燕菁没有莲露漂亮。见我不响，莲露吐了吐舌头，说："真对不起，我怎么成了心理医生了，对不起对不起。"

我和燕菁自小在昆明郊外的部队大院里长大，从幼儿园起就是同学。文静温婉的燕菁从小画得一手好画，高中毕业时顺利考到中央工艺美院学平面设计，毕业后到出版社当了多年美编。燕菁性格非常静，用她自己的话说，一旦决定了要做的事，总能做得很专心，哪怕当家庭主妇。我来美国改变专业方向修读心理学，一路非常辛苦。燕菁总是无声地陪在身边，一边带着孩子，一边还在家里开班，教小孩子们画画，贴补家用。我工作稳定后，她就将画画班停了。她告诉我，她上大学的时候，其实已经对画画失去了兴趣。来美国后，她就发觉自己最想做的，就是一个有文化的家庭妇女。带好两个儿子，管好这个家，对她来讲就够了。如今生活安定了，她觉得有条件实现自己的理想了。她相信的是，并非女人走上社会才是妇女解放，真正的解放，是女人有选择的权利和条件。我在这样的问题上，没太多可说的话。燕菁就按自己的意愿留在了家里。打理家务之余，她在社区学院里上烹饪班、园艺班，学日语、阿拉伯语，修戏剧课，念中世纪史，还参加女性读书会，做义工，养花种草练瑜伽，家里光是猫就养了三只，还带一只哈斯奇大狗。车库里她过去用来画画、给孩子们上课用的台子早已蒙灰。有时我看着燕菁会想，她就是那种过了花季就停止生长的女子了。

　　我不由抬起头来看了看莲露。如果能走出自己的心魔，莲露将会长成一朵艳丽绽放的花朵。而且，在新大陆的阳光里，她会比她的外婆遇到外公后、她的母亲嫁给她继父后，开放得更加娇美多姿。

　　我在那个下午跨出了危险的一步。我向莲露讲了自己的感情经历，虽然很简短，但在这个过程里，我清晰地感到自己对莲露生出一股带着亲密的情愫。那次之后，我再没和莲露谈过我的家庭。她也没再问。但我对她的出现，有了一种超越职业感情的盼望，这令我忧虑。我知道自己大概没有太多的选择。我的职业身份使我和她的关系就像舅舅跟她的关系一样，中间横隔着禁忌。在考验有可能到来之前，我以职业的理性为放弃她的决定，又添了一个砝码。

　　在接下来的诊谈时间里，我跟莲露谈了打算让她转看其他专家的意见，并介绍了我认为对她非常合适的皮特逊博士。莲露的表情非常错愕。她瞪着眼睛说："这怎么可能，不是进展得很好吗？我现在感觉好多了。"我告诉她，这只是她的主观感觉，可从专业的评估看来，治疗效果并不显著。根本的问题不解决，那旧伤随时可能复发。"你不愿意一辈子都在旧伤随时复发的阴影下生活，对吧？"我问莲露。我看到她眼中的两颗梅子慢慢地变成满圆。她轻轻点头，说："如果你都没有办法，我想别的人更无能为力了。"

我摇摇头，说："只要有决心就有希望的，但这需要治疗师和患者双方的共同努力。我见过不少有你相似背景的患者都走出来了。""走出来是什么意思？"莲露打断我，问。"就是能够正常地生活下去啊，人其实是可以带着创伤过正常日子的——如果让创口结痂的话。"我说。莲露轻咬着嘴唇，等我说下去。我的声音低下来："人类在漫长的进化过程中，产生了法律、道德、伦理来保证自身繁衍和生存的最优化。在这个框架里，乱伦、性侵犯给受害人带来的伤害是不能低估的。弄不好，受害者一生都难以正常生活。他们或跟人交往有障碍，对异性缺乏信任，无法享受正常的性爱关系；或者走向另一极端——性混乱。总之，难以组成稳定的家庭。"

莲露摇着头，接上来："所以我非常绝望，真的，就是到了美国，也没人能救我。"她的眼圈开始发红。我说："心理治疗师就像冲浪教练，他可以教理论、技巧，甚至诀窍，但最终还得靠冲浪手自己在实践中把握它们，靠自己的力量在滑板上牢牢站稳，在大浪中保持自我平衡，最终在风口浪尖自由穿行。"莲露苦笑了一声："医师，我愿意借船出海，可要冲浪，怕是没这个体力。"

我想了想，说："莲露，让我暂时放开美国心理治疗师的身份，说点我们中国人之间的话。你说到了美国也没人能救你，你不知道，美国的心理治疗，其实跟中医是一个道理，也是通过治本来治标，同样疗效很慢，需要很长时间。都是引导你提高和加固自身体内的元气，才能压制并抵抗外界入侵的邪气。所以关键还是要自己下功夫，要靠内功。如果你心理上足够强大，对过去的事真的放下了，舅舅就再也击不倒你；而朱老师做什么，也不会让你滑倒。你明白我的意思吗？"

莲露点头，想了想，问："我们还能一起再努力吗？"我告诉她，疗程已错过了最佳时机。她的眼神黯下去，说："这几个月来，虽然我在会谈时情绪不稳定，但有你这双拐杖，我发现自己走得好多了。我甚至都不再需要去跳舞、社交，心里平静多了。"我告诉她："这是好消息，希望你换了新的治疗师后，保持积极的心态。"她叹了口气说："对跟只讲英文的心理医师合作没有信心。"我就说："那我就给你介绍一位华人女心理医生？"她一愣，说："男女有别吗？你是不是觉得我妨碍了你的工作？"我马上说："当然没有这个意思，完全是从你的具体情况出发，觉得更有利于沟通。"莲露不响，接过我递过去的几张医师名片，轻声说："谢谢你。"我听到了她话尾轻微的颤音。

莲露最后一次到诊所来，是前年感恩节前的傍晚。她临时改了时间，临近下班时才到。她告诉我她要利用感恩节假期回桂林为母亲提前庆祝七十大寿，回美国后再跟我推荐的医师联系。她又说，继父已去世多年，母亲如今身体还不错，奇怪的是，她从没有表示过想回上海生活。母亲曾来美国探亲，匆匆打个转就回桂林了。如今就靠已成为成功私营企业家的辉哥就近照顾。她真是个好看的老太太，莲露说着，笑了笑。

我们一起离开诊所，天已经黑下来。走到台阶上，莲露忽然说，她的车子坏了，这是为什么她今天要改时间的原因。后来还是同事送过来的。她问我能不能将她捎到捷运站，她要从那里坐捷运回旧金山。我心里有些犹豫，可在这样的情境下，我没有拒绝的理由。车子开出诊所停车场时，她忽然说："天已经晚了，我请你吃顿饭？"我谢谢她，又告诉她这可是有违职业规范的。莲露问："不能通融一次吗？就当我们只是朋友？"我苦笑着摇摇头，说："不仅不能吃饭，按规定，将来如果我们在其他地方碰到，我是不能主动跟你打招呼的。""那我主动跟你打招呼呢？"莲露的声音高起来，尖尖的。我看了她一眼，心里觉到很深的伤感，但没答她的话。她安静地坐着，握了一下我的手。

到捷运站前，我下车送她。我们几乎同时拥住了对方，很短暂，却是一个非常有力量的拥抱。莲露一路走进捷运车站。我坐在车里，看到她穿黑色短风衣的身影一闪，消失在转角处，才慢慢将车子开出车站。回到家里，车子在车库停稳，我一眼看到莲露坐过的座位上有个小小的物件，就着灯光拿起，看到那是一只做工精巧的镂空金属小挂件，两面分别是荷花和"十相自在"图案，用色艳丽喜气，长长的彩色穗带上有只微型铃铛，一动就轻声作响，很是悦耳。我给莲露去电话，告诉她忘了东西在我车里，我会给她寄回去。电话那头很静，我轻唤了她一声，她才说："你就先放着吧，等我什么时候有空再去取。"

莲露当然再没来过。我们从此也没再联系。今年早春的时候，我曾在伯克利的超市里远远见到她推着一个购物车，站在果蔬柜前挑选。她穿着一件桃红色短夹克，头发盘在头上，看上去很出众。她身边站着一位留着整齐胡子的中年白人男子，两人不时说笑，表情非常亲昵。莲露看来又有了男友，这让我隐隐有些不安，担心她会不会停止了心理治疗。我没有上前打招呼。我想，或许将来，另有机缘也未可知呢。

我拉开办公桌左边的抽屉，莲露留在我车子里的那个挂件安静地躺在屉子的一个格里。我将它拿出来。那上面的莲花被精心描绘在镂空的金属细纹上,随着我的手移动,闪着微亮的光,那当然不是钻石光芒,却也不像泪水。我将挂件放回屉里的瞬间,无法再否认自己心里的内疚——莲露是被我推出去的。在她和我相处的那三个月中,其实我是她唯一交往的男性。作为心理治疗师,我应该知道这种可信任的异性关系对莲露的极端重要。她甚至说了,在那三个月里,我是唯一一副支撑她的拐杖。

我拿起电话,拨杰妮的电话,没等拨完,我又将电话放下来。我有机会详细报告的,不用急。

我站起身来,背离着身后那排从太平洋击来的巨浪而去。晚霞中金红的水域耀眼得让人无法直视,我停在门边,等着眼睛调适过来。

天真的黑下来了。

2013 年 1 月 19 日　一稿
2013 年 2 月 5 日　二稿
2013 年 3 月 8 日　三稿
2013 年 3 月 14 日　四稿
2013 年 3 月 21 日　五稿

刊发于《长江文艺》2013 年第 5 期
《中篇小说选刊》2013 年第四期转载
《中华文学选刊》2013 年第 7 期转载
《北京文学·中篇小说月报》2013 年第 6 期转载
进入 2013 年度中国小说学会排行榜

麒麟儿

葵葵起身的速度很快，以致有瞬间的眩晕。她知道这是因为清晨血糖低，自己又蹲得太久了。她握牢水池沿，看到镜里一张青黄的脸，被密实长直的黑发盖掉一半。

葵葵拧开龙头，在"哗哗"的水流声中冲洗黏湿的手指。她默念着说明书上的话：尿液滴上后，若在试杆中间呈出两道粉红色粗实线，怀孕的概率在百分之九十九以上——请尽快联系医生做进一步的检查。

那道线不是粉红，是玫红。葵葵想着，低头望向搁在地上的试杆。粗实线瞬间变成一根血红的针刺进眼里。她掬一把水往脸上拍去，再掬一把，又一把，从酸楚的鼻腔里确认眼泪汇进水流里给冲走了。

喜极而泣。这四颗掉进水里的碎石溅出的水花打湿了葵葵的袖口。她旋即拧掉开关。昏暗的屋里一片死寂。

葵葵揩了把脸，冲镜子里的自己笑笑。她那两道长眉的尾巴，几乎要跟两只微凹的大眼的眼角碰上，让她就是在大笑的时候，看上去也含着悲苦。自来了美国，冷不丁就会有人跟她说，你跟时装界那个华裔大牌设计师王薇薇真是很像。她听了总是淡淡地苦笑，并不言谢。人家的本意是赞美，但她明显不买账，他们的表情就带上了尴尬。戴维在给她的第一封"伊妹儿"里也是那么说的。准确地说，那是她贴在北美免费交友网站上的照片给他的第一印象。怦然心动间，戴维立刻点击了她的信箱链接。

看了照片上笑容温厚的叫戴维的美国硅谷资深硬件工程师给自己的留言，葵葵赶紧上网搜了一圈。Vera Wang——中文名叫王薇薇，跟她的"王葵葵"摆在一起，果然像姐妹。葵葵真不愿意自己像那个女人。她看不清楚自己，但她看得清楚王薇薇。无论王大师将婚纱华服设计得再美，也盖不住她在中国脸谱图上被打上的约定俗成的标识。葵葵不愿意用"苦相"这样的词，但她承认，王薇薇看上去至少是跟自己一样的缺乏喜气。但是她迎合了戴维。她的回信友好而俏皮，为戴维将她和王薇薇的类比表达了兴奋。戴维很快就告诉她，像她这样自信又幽默的中国女子是罕见的，令他欢喜。非常喜欢这样的你，戴维又强调一句。戴维那时刚调到公司的生产部门，一个季度至少到深圳出差一次。

葵葵时任深圳一家台资电子厂的质检部主管，日忙夜忙之余，最重要的目标是要将自己再次嫁掉。"再次"是学盛离开的那个深夜被她扔下心井深处的大锁——她执着地想，只有将它打开，才能获得她在那个无边的黑夜里被学盛的死刻下的铭心一记：她要有一个孩子。

那是她深刻的愿望。在学盛十二年前撒手人寰的暗夜，葵葵憋足气力从深黑的海底挣扎着浮出水面，这个愿望利箭般地刺穿皮肉骨血，进驻她二十八岁的心脏。学盛只得三十一岁。从乙肝带原者突变成肝癌病患，前后不过五个月。他留下的成包成包的中药还在厨房的架上按序排列，等待煎熬，是夜已是天人永隔。学盛吐出最后一口黑血的时候，葵葵如往常一般，赶紧扯出纸巾要为他尽快擦净嘴角，身旁的年轻护士一把抓牢她的双臂，使劲将她拖开。葵葵掉转头去，一眼看到监视屏上那条直白的粗线。那条线先还微微抖了几下，随即凝固，在暗灰底色上变出结实的一道惨白。学盛母亲突发的悲声引来了门外的人圈。女人们畏缩着挤在门口陪着掉泪。她们的目光落到葵葵身上时，抽泣声更响了。

后来再在楼道里碰到葵葵，女人们就红着眼睛围上前安慰："往好点想，你还这么年轻，又没有拖累，生活可以重新开始。"葵葵摇头，盯紧她们一张张嘴，恨不得将手伸进去，使劲掏出那团"拖累"。她曾一直以为有无限的光阴经得起无穷的计划：考研、跳槽、创业、成功……别的都是拖累，孩子首当其冲。学盛当然也没二话，果然志同道合。但在那夜二重奏的交响戛然而止的深黑里，曾经以为是拖累的种种被泪水冲开，像河道里突现的礁石。葵葵想，如果学盛给她留下个孩子，她就不会这么害怕独自面对那黑洞般浩瀚的空了。

要有一个孩子的愿望，从学盛离开的那夜起，让生活里别的念想反转成了葵葵的负担。如今如果不对着照片，她常会觉得学盛的容貌已经模糊。她那招牌般的齐腰长发里，也已开始蹿生银丝。

葵葵在三十二岁那年去往深圳，以为一切可以重新开始。在那个移民城市里，一路并没人对她的来历有过特别的关心。她甚至有机会在那儿遇到又选择了离开令人心仪的同乡大哥华源。之后也开始过两三次很认真的关系，让她以为那果然是一个代表希望的新世界。但她和那些男人的关系，又都在他们得知她有过学盛之死后，无疾而终。层出不穷年轻貌美的女孩对比出她的苦相和不吉——这是她在见过其中一位的父母后，从老人的话里听明白了他们最终离去的理由。在生物钟开始拉响警铃的三十五岁那年,葵葵决定出国。到了这时,她亲眼看到身边被离婚抛离家庭轨道、拖儿带女的大姐们,忽然一个接一个通过跨国社交网站在大洋彼岸找到了不错的归宿,心又活了过来。她到涉外社交网站上注了册。照片刚贴出去,就碰到了戴维。

时年四十七岁的戴维送走因白血病去世的同居女友不久,正处于人生低潮。按戴维说的,葵葵深黑的头发、深棕的眼核和浅棕色的皮肤,都让他想到他那个叫吉娜的来自南美的女友。戴维和吉娜同居了十五年,她帮他将第一次婚姻带来的两个乖巧的女儿拉扯大,自己没有再生孩子。葵葵为吉娜流下了眼泪。她想,吉娜没有生育自己的孩子,肯定跟没有婚姻的保障有关,就直愣愣地问戴维为什么没娶吉娜。戴维回说:"她就是我的妻。我是按她是我的妻送走她的。"戴维后来告诉她,他不肯结婚,实在是被第一次婚姻伤透了。戴维和前妻是高中甜心,结婚很早。前妻生下老大不久就开始酗酒吸毒。从戒毒戒酒中心出来后有所好转,待老二出生后再次重犯。戴维只得离婚。法庭将两个女儿判归他。戴维又当爹又当娘,直到遇到吉娜,生活才重上轨道。他跟吉娜讲,两情若是久长时,又岂在那一张纸?天主教家庭出身的吉娜,竟然不再提婚姻话题,陪在戴维身边,直到离世。戴维传来了两个女儿的照片,两个相貌乖巧的女孩子,分别在读大四和大二。

葵葵跟戴维说起了学盛,这是学盛走后,她第一次能和人如此自然放松地谈到他。葵葵这时意识到,跟戴维相比,她的故事太简单了,一时有些愣住。戴维很快回了信,说:"女孩,我太懂你的痛。为什么你这么多年没有再寻找伴侣?"戴维又问。她说:"找不到。""你这么漂亮美好的女孩,怎么会?"戴维不肯信。

他们在仲夏的深圳见面。戴维说,他在酒店放下了行李就过来了。戴维的头发有些花白，背着双肩包，T恤短裤皮拖鞋配着硬朗的身板，一口雪白整齐的牙，对这个世界一副照单全收、全无脾气的沉着，让葵葵的心静下来。戴维站在他们约会的华侨城餐馆的门口等她。远远见一袭白色针织无袖长裙的葵葵迎面走来，他取下太阳镜，露出深深的两汪蓝。一看就知道是你！戴维微笑着，迎上前轻轻拥抱她。

葵葵和戴维吃完晚饭出来，在榕树交错成隧道的街市里慢慢散着步。在南国溽湿的夜色里，葵葵用语速缓慢的英文，有一搭没一搭地穿插讲着自己的生平，他们最后落座到冷气充足灯光昏暗的酒吧里，看着窗外被霓虹用赤橙蓝绿搅碎的夜色，她忽然想到学盛有过的那些年轻的梦被死亡击碎的过程。学盛留下的那最后一条直线，是她跨不过的路障。她的泪水涌上来，对戴维说，她好像看到学盛跟吉娜正在舞池里跳着莎莎舞。戴维捏住她的手，说她让他处处想到吉娜，他非常心疼——葵葵接过戴维递过来的纸巾揩泪，没问他心疼的是她还是吉娜。在后来的一个多星期里，他们几乎天天下班后都在一起，戴维教会她跳正宗南美风情的莎莎——"正宗"是戴维强调的，当然跟吉娜有关。戴维完成在深圳的工作回美前，休假去往云南丽江。飞机在昆明一落地，在奔往下一个机口的短暂间隙，他发来了短信：快过来，太想念你。葵葵告假去往丽江。飞机在丽江机场下降时，暴雨初停，她看到一条笔直的白线，慢慢在天边发散，弯成彩虹。在束河古镇纳西人家花木扶疏的居所楼上，清晨里从小小的木格窗里越过层层叠叠的飞檐，望着远处玉龙雪山白色的顶峰，戴维搂紧她，反复说，我要带你去美国。

葵葵果然在那个冬天，拿着戴维为她申办的美国专为未婚夫妻发放的K签证，飞抵旧金山机场。按K签证的要求，他们必须在三个月内决定是否成婚，不然葵葵就要回中国。在戴维那栋塞满了笨重老式乡村家具的房子里,他们开始讨论婚礼的细节。葵葵告诉戴维,她最想要的礼物,就是一个自己的孩子,越快越好。戴维一脸的错愕:"你为什么不早告诉我?"葵葵清晰地听到一条裂缝被撕开的声音。戴维没有商量的余地:我已经太老了,不想再生养孩子了。她想说,我还很年轻,但是忍住了。她的前面排着吉娜。他没有给吉娜婚姻,也没有给吉娜孩子。是她自己不肯看清。

葵葵和戴维的关系,从孩子那个裂口撕开。她在第一个月内就明确知道了他们无法成婚,却连哭的时间都没有。戴维帮她联系学校,申请转换学生签证。她由戴维帮助垫交了圣荷西州立大学第一学期的学费,就搬离了戴维家。她不能要得更多了。靠在深圳工作的积蓄和课余打工的收入,葵葵花两年时间修出了计算机系的硕士学位,又由戴维介绍到他朋友新创的小公司里工作。到了这时,葵葵才终于在新大陆喘顺了气,戴维也有了一个来自西安的同居女友。她再次清晰地听到生物钟钟摆的声响,那频率越来越急,声音越来越大。

现在,是横在地板上的那条红线让那刺耳的钟摆声突然停住。葵葵微蹙着眉,将搁在地上的试杆拾起,从水池下的小屉里抽出一只小塑胶袋,将试杆放进去,搁到小屉里。

合上抽屉的时候,葵葵听到自己快速的心跳声。在年届不惑的当口,她的人生将被改写的可能性达到了百分之九十九。葵葵下意识地摸了摸自己平坦的小腹。对生理周期精准的人而言,例假已经错过三周意味着什么,她当然明白,却一直不敢证实。直到昨夜切开平素喜爱的胡萝卜,忽然恶心欲吐,葵葵才在夜里冒雨去往超市,买回验孕试杆,又拖到今晨才进行了测试。果然没有意外。

葵葵走进窄小的卧室,拿起 iPhone,看了一眼时间,是清晨5

点刚过。她在暗里快速搜着通讯录上的名单。她需要与人分享这个喜讯。很快，高光锁定在"华源"这个名条上。葵葵的手在 iPhone 平滑的表面轻动了几下，又将机子扔开了。她倒到床上，看到天花板顶上灰暗的圆形慢慢退远，凝成一滴泪，从华源憔悴愁苦的脸上滑落，泅湿了她的脸。

葵葵没有想到，隔了那么多年，他们竟那样碰上，又这样关联起来。

葵葵离开家乡桂林去往深圳发展那年，原来单位里的小姐妹华清将她在深圳的哥哥华源的手机号码给了她，说已跟哥嫂都打了电话。他们很热情，说葵葵到了深圳有什么需要帮助的一定不要客气。果然葵葵一到深圳，华源就来了电话，问她有什么需要帮忙。葵葵那时最怕听到人们同情关切的口吻。她谢过华源，说她喜欢深圳这个为移民存在的都市。她经研究生时代的同学介绍，在这里找到了不错的工作，衣食住行便一顺百顺，过得很好。华源在电话那头就说："那我改天请你吃饭，老乡啊，而且你是华清的好朋友，应该的。"华源果真是讲信用的人，不久就来了电话，约好开车过来接她，和他的太太和儿子阿麒一起见面吃饭。见面才知道，大学自动化控制专业出身的华源，当时刚离开旱涝保收的电信国企，和朋友一起在初创一家电子遥控防盗设备公司。

华源戴一副无框眼镜，中等个儿，浓黑的眉毛和温和的笑容让葵葵想到学盛。和他握手时，葵葵的鼻子竟有点发酸。华源的太太苗条修长，烫着短短的头发，一双大而长的眼睛在瘦削白净的脸上异常醒目，脸上的笑淡得有些冷，让人想到漂洗得太久的丝绸。他太太在报社当编辑，话很少，只安静地在后座上不时搂紧七八岁模样的阿麒亲一口。那是葵葵第一次见到阿麒，也是最后一次。

阿麒长着圆圆的脑袋，有着母亲那样的大眼，笑起来眼里有着奇异的光亮，动作敏捷得让人感觉是卷携着风的，像极了一只来自大森林深处的神鹿。那天他穿了一套翠蓝的运动服，衬着他白白红红的脸，带着灵气。葵葵忍不住也搂了他几次。那次之后，葵葵和华源走动起来。华源的公司那时已有六十多员工，租在一栋大楼里，五脏俱全，样样却都带着初创的潦草。葵葵开始只是对他们质检部门的专项给些口头建议，很快就帮着带起人来，几乎所有的业余时间都花在了华源的公司里，连物流那块也接管起来，做得有声有色，引得人们有时都笑称她为"老板娘"。到了那年秋天，有天她和华源在深夜里从公司出来，像往常那样来到大排档吃夜宵。华源问她愿不愿加入他们的团队。工资、职务和待遇当然就不用说了，还可以给她些股份。葵葵没有说话。和华源一起用功，让她在深圳的日子变得有了着落的踏实。每次加班的夜晚，华源将她送到公寓楼下，她一转身上楼，倒下就能睡到天明的那种感觉，让她上瘾。她喜欢这样的格局，却不知如何表达。她要了啤酒，和华源喝起来，好一会儿才说："还是这样好，就这样吧。"华源揽住她的肩，两人的头靠在一起，忽然都有些哽咽了。葵葵就说："好的，我明天就去辞职。"华源将她搂紧了，说："那就真的过来当老板娘了。"葵葵的视线有些模糊，突然就看到了阿麒那双明亮的大眼，一闪而过。她轻叫了一声："阿麒！"华源就放下了酒瓶，握紧她的手，脸色凝重地说："只有一件事，为了阿麒，我不会离家的。"葵葵再没有说话。华源说："对不起，我只是想对你讲真话。"葵葵点头，抹了抹眼睛，说："谢谢你。"那天夜里之后，葵葵就再没有接华源的电话。华源安静地退远，没有一丝的拖泥带水，令她感激。后来葵葵偶然也会想，华源也许跟那些与她交往不久就一拍两散的男人并没有太大区别，只是他更高手，能让她自己知难而退。这让她心下生出绝望。

葵葵在去年底圣诞节假期回到桂林探望阔别五年的父母，见到了华清。华清在茶室里一坐下来，几句话就说到了华源。葵葵握到茶杯上的手停住了，接着就听到阿麒的名字——"阿麒，你见过的吧？"葵葵点头，说："那真是个精灵的孩子啊，好大了吧？"华清铁青着脸，摇着头说："那可怜的孩子前几年在深圳自家住的小区里被绑架杀害了。"葵葵一把抓住华清的手臂。"阿麒走的时候，还没满十三岁啊！"华清加了一句。葵葵想，那是她刚在美国开始打工上学的时候。人真的有命，华清轻叹，"那是个周末，我哥嫂突然接到电话说表哥出了车祸，在医院急救，他们就赶着过去。阿麒说他自己待家里。我哥嫂想着那么大个孩子了，也不会有什么事吧，何况那是挺高档的小区，保安很严。他们前脚一走，阿麒不知怎么就想起要到同小区里的一个同学家去。你能想象吗？就在小区里失踪了。从我哥家到阿麒同学家，只要穿过一块草地，如果你去看现场，那么漂亮的花草、蒲葵、亭子，人来人往的，根本无法想象会在那里发生过绑架。我哥嫂深夜里接到勒索电话，要二十万。报警后，搜查范围很快缩小到小区里，开始搜那些未售出的单元。阿麒就在其中的一套毛坯房里被撕票了。是小区里一个二十出头的保安干的。他在事发前两天夜里打麻将输了两万块钱，女朋友知道后，和他大吵完就搬走了。两万！为了两万，他就做出了这样的事情啊！我哥嫂并不是所谓的有钱人，这么多年背井离乡，辛辛苦苦讨生活，人到中年遭遇飞来横祸。阿麒那么乖个仔。"——华清的眼泪下来了。葵葵给她添茶，轻轻拍着她的背。华清揩着泪，又说："家里没一个人撑得住，我只能硬撑着飞过去。是我亲自去公安局看的阿麒，脑袋是给铁锤生生敲碎的啊！"葵葵看到了他那黑茸茸的圆脑袋，在他母亲的臂弯里不停地转动。她蒙住了眼睛。"遗体告别那天，我听到我哥哥号啕痛哭，我从来不能想象，一个男人会有那样的哭法,真是天地变色。那个凶手最后给判了死刑,但我没有感到一点的解脱。那也就是个二十出头的乡下孩子,很瘦很黄,穿得特别单薄。我想到他留在乡下的父母家人,难过得不知怎么反应。"

葵葵握着华清的手。华清摇摇头,说:"整个家就这么给毁了。我嫂嫂不再工作,去接养来一只小白狗,天天抱着,取名阿麟。那狗有个小病痛,她就丢魂一样的,那状况看着真是让人担心。我哥哥话变得很少,头发一下白了好多。"葵葵想,华源的太太如今应该还不到五十,就轻声问:"他们这些年想过再生个孩子吗?"华清苦笑着说:"我想是想过的吧,但一直不成功。我嫂的身体本来就单薄,如今就更弱了,很难了。"葵葵本来就计划回程时在深圳停几天,见见过去的同事和朋友。听了华清的这些话,她向华清要了华源的电话。

华源出现在宾馆大堂的时候,葵葵第一眼竟没认出他来。葵葵!是华源叫着她的名字迎上来。华源的头发真的灰白了。他看着葵葵淡淡地笑,说:"你一点儿都没有变。"葵葵摇头,她看到他满脸写的都是苦,让她想到自己在镜中的脸。他们一起吃晚饭,一路沿着长街走着,直走到天黑。葵葵想起他们曾经有过的那短暂的过去,老有些想哭。他们吃完晚饭出来,到街边露天咖啡座坐下,葵葵告诉华源她听说了阿麒的事。葵葵看到华源握着杯子的手在抖,她倾身过去,两人紧紧地拥抱在一起,很久都没有再说话。葵葵看到大街上不时闪过的车灯,想起阿麒那天真如炬的目光。她想,如果阿麒活着,应该上大学了。再想到学盛如果活着,他们的孩子也该是少年了。葵葵的泪水下来了。那个夜里,她跟华源都说了好些"如果"。华源后来说,可惜很多事是没有如果的,比如生养孩子。葵葵点头,没有人比她更懂这一点了。华源说,阿麒走后,他太太一直都想再生个孩子，但没有成功。有一次好不容易怀上了也没有保住，如今年纪大了，几乎就不再有可能。华源苦笑着说，医生告诉他们，按他们的身体情况，如果能找个代孕的还可以试试，可是代孕在中国不合法。华源苦笑着说，他们如今在办投资移民，原来只是为了想要到一个没有回忆的地方去，他太太后来听说国外代孕合法，手续也不复杂，就抱着希望在焦急地等。

华源后来问起葵葵的近况，葵葵三言两语讲着，华源的脸色就有些凄伤了，说："你刚来深圳那年，还只是三十出头啊，我这些年来，常常会想起你帮我们做事的那些日子，公司后来的不少规矩，都是延续着你当时帮搭起的规矩呢。"葵葵说："那是好久以前的事情了。"两人对视一眼，不响。华源开始叫酒。葵葵轻声说："不早了，你回去要开车，不要喝酒了。"华源说："她去峨眉山进香了。"两人的话就少下来。葵葵由他点来一瓶红酒，两人慢慢地喝下去，看着街上的车灯越来越稀。华源送她回到宾馆的时候，两人的脚步都有些飘。华源一路将她送上去，她没有拒绝。在他转身离开时，葵葵突然从后面抱住他，他们开始一起哭。葵葵后来听到了学盛和阿麒嬉闹的声音，她问华源是不是也听到了。华源也笑起来，他们倒到床上。葵葵看着学盛领着阿麒在天花板上轻快奔跑的步伐。她指给华源看。华源点着头。他们相拥着倒到了雪地里，越陷越深，发出尖锐惊喜的呼喊，直到天花板上的影像在晨光中消融。

葵葵在第二天午后醒来，看到一床平整的洁白。那是一个梦。她想。很快地收拾好，提前退了房，从福田出关，取道香港踏上了回美的旅程。

那个夜晚，却不完全是梦，它为四十岁的她留下了果实。葵葵感到眼里的凉泪。她侧过身，在暗里摸回扔远的 iPhone。她要打这个电话。她想华源是会欢喜的，她希望他欢喜起来。她要告诉他，不管是男孩还是女孩，她都会给孩子起名叫阿麟。她和阿麟对华源没有任何要求。她只是要他分享那百分之九十九的欢喜，给彼此浸在灰暗里的天空镶上一条彩边。

葵葵揿键前瞄了一眼时钟，北京时间夜里 8 点刚过。她点击"华源"，电话响了好一阵，对方才接起。一个男人粗急的喘气声，呼呼的，还有背景嘈杂的车声人声。"喂！喂！哪位？说！"——华源几乎是在吼。"是我，葵葵。"她轻声说。"你有事快说！"华源又叫了一声。葵葵感到了耳边的热气，将手机放下，按了扩音器，说："我是想告诉你，我有了。""你到底在说什么？"华源吼出一声，急促的喘气声又响起。葵葵的视线开始模糊，一字一字地说："我怀上了你的孩子，我要叫他阿麟。"华源呼哧地边喘边叫起来："阿麟！我们是正在满世界找阿麟啊！我老婆傍晚领着它出门散步，它只挣开了一下，到街角一转，她再追过去就没了！满街的人，没有一个人看见阿麟啊！我老婆已经要疯了！——喂，喂，等一下，你刚才说什么？你是葵葵？哎呀！啊！是不是在那边？我等下给你打回去！对不起，我等下一定打回去！"电话就断了。

葵葵滑坐到地上，她捂住小腹，弯下腰来，轻轻地叫着："阿麟，阿麟，现在只有我和你了！"再一眨眼，满目的雪花。

2012 年 3 月 30 日　定稿

原发于《新世纪周刊》2012 年第 17 期
《长江文艺·好小说》2013 年第 4 期转载

后记

小说存活下去的理由

陈　谦

在这个炎热的夏天，我一路奔波，从北美出发，到华东，再去往马来西亚槟城。又折回，终于回到故乡南宁，能够喘口气，坐下来整理被这东奔西跑的日程落下的种种事务——为自己将在年内出版的小说集《我是欧文太太》写个后记，便是其中之一。

从新世纪初出版了长篇小说《爱在无爱的硅谷》之后，这十多年里，我主要在写那种被称为"大中篇"的小说，动辄七八万字，五六万字更不在话下。在这个浮躁的时代，一边在说文学已经边缘化，信息碎片化，没人有心思读小说，可出版市场上却是长篇为王，中短篇小说少人问津。所以大家看了我在那儿吭哧吭哧写一些体量不算小，却又无法当长篇出卖的玩意儿，时觉可惜。说蛮好拉一拉抻一把，整成部长篇什么的，好卖。在这个时代，"好卖"确实是个有着魔力的词，让人闻之难免脑袋一热。可热度一散，还是能记起自己之所以选择写小说，是由着喜爱而不是冲着"好卖"。在这样的写作中，重点就是表达。我只能一意孤行，由着性子"哗哗哗"地不长不短地写下来，图的是尽兴。这本集子里收入的，便是我以这样的写作方式，在近年写下的一些中短篇作品。

《繁枝》刊发于 2012 年第 10 期的《人民文学》。获得了广泛而正面的反响，带来许多的奖项。在《繁枝》的写作过程中，当我携同锦芯和立蕙姐妹穿越于家族历史的丛林，经历着她们的心头之痛时，伴随我的是惨烈的牙疼。这个奇妙的生理现象，今日思之，仍令人惊悸。我相信，如果你将它读下来，一定能体会到我当时经历过的身心煎熬。在不少关于《繁枝》的评论里，都有"家族血脉"、"爱恨情仇"这样的字眼，其实从我打下第一个字起，我觉得自己只是牵着锦芯和立蕙那对姐妹的手而已，我想要做的，不过是由着好奇心，从她们人生的波折起伏里看出"故事为什么会发生"——这便是我的小说观。由于篇幅所限，《繁枝》在杂志刊出时作了删节。而此次书中收入的是更全的版本。

书中的另一部中篇《莲露》，则是以心理医生的视角切入。我对心理学一直有着浓厚的兴趣，这与我的小说观密不可分。当要真的以一位心理医生作为叙事主体，我才发现，只有兴趣是远远不够的。非常感谢我的好友、临床心理医生童慧琦博士帮助和引领，让我将这场挑战对付下来。

在写作《莲露》的过程中，面对着众多的素材，我清楚地意识到，如果要达到心目中的艺术真实，必须做减法。这是一种全新的经验，颠覆了我对写作的认识——艺术在有些时候应当低于生活。换句话说，生活可以复杂、精彩到令艺术黯然。写作的乐趣之一，是在其中完成个人的成长，《莲露》的写作，正是让我体会到了这样的过程。

在写作中篇的同时，我写了数量非常有限的短篇小说。大家经常会论及长、中、短篇小说的写作难易。以我看来，如果以"写得好"为要求，它们各有其难。但以我的写作实践而论，短篇小说确实最不容易。其难度在于"精"——它是生活的一个横截面，要截得漂亮，要心明眼快力足，不能拖泥带水有毛边。

多年前，我写过一部悬疑类型的中篇小说《残雪》，在我的写作实践里，那是一个异数。《我是欧文太太》从《残雪》那个开放的结局里起步，试图将曾经散落一地的冰块拾起，装上一款看得出来龙和去脉的迷你雪橇。对我而言，这并不是一件轻而易举的事，因为在短篇有限的构架里，我必须放下这些年来令我迷恋的、在阔大的中篇容量里对"故事为什么会发生（Why）"反复追究并演绎的展示，学习如何用有节制又具深意的语言，讲述好"发生了什么"。而短篇的魅力，恰恰就在这样过程中凸显。

而另一部更短的小说《麒麟儿》，是我为国内前卫而勇敢的《新世纪周刊》杂志所写的。《新世纪周刊》曾尝试开辟短篇小说专栏，出高稿酬广招优秀短篇。《麒麟儿》正是应杂志的文化主编徐晓老师邀约写下的。它的核心枝干生长于一个我亲耳听过的真实故事，我甚至仍能记得讲述者那骇然痛苦的表情。在几千字的篇幅里，我尝试用梳理命运肌理，以让心中的沉痛得以消解。

我同意"小说是一种手艺活"的说法。我同时又更愿意说，在好的技法之上，对人类生存困境进行思考和追问，应该是小说存活下去的理由。好的小说，应该能够帮助读者更好地理解他人，理解生活，进而在面临生活的选择时，行为有所依据。如果从小说中我们不能找到榜样，却能够体察到警醒，也是收获。作为写作者，我做不到对生活里的各种问题提供答案，但我一向都对生活本质提出问题有着浓厚的兴趣。如果大家读完这部小说，对其中的每一个角色能够有所理解，对他们如何能够获得更好的结局有所思考，我的作业应该就及格了。

感谢太白文艺出版社和责编的扶持。更要感谢在茫茫书海里选读此书的读者们,你们是我的知音,也是我写作的理由。

2016 年 8 月 27 日于广西南宁